陆道如 著

大时代逐浪

我的工作经历

上海社会科学院出版社
SHANGHAI ACADEMY OF SOCIAL SCIENCES PRESS

目录

1 ▶ 留言在前

1 ▶ 合利,与生俱来的沧桑之地
  走"艇"上任与"下马威" / 3
  新乡的起步与"恣意" / 17
  "大事"与特色 / 30
  我这书记我的乡 / 38

57 ▶ 千年之交的阜宁抉择
  行政的"钥匙"打不开市场的"锁" / 60
  解锁的初级密码:5·18 / 64
  伊士曼的"阜宁站" / 82
  开发区的"阜宁模式" / 98

113 ▶ 盐碱滩上的动力源
  财政不是政府的"会计",而是政府的 RFP / 116
  县长不是"线长" / 128
  苏北黄浦江的"身价" / 134
  大电厂,再造一个响水"财政" / 143

159 ▶ 百亿元平台的"积淀"
  左冲右突,在"大"和"小"上做文章 / 162

前思后虑，在"优"和"远"上动脑筋 / 176
承上启下，让"经历"能发挥到作用 / 185

193 ▶ 刷新盐城的天际线
陆公祠——城市文脉的对话载体 / 195
新瓢城——诠释城市基因 / 209
先锋岛——历史与现代的交汇点 / 226

247 ▶ 沉淀与激荡
盐城水利的方位及前瞻
——基层水利变了啥？走向哪？ / 250
水利变革之管见
——是谁动了水利的"奶酪"？ / 266

282 ▶ 后记

留言在前

人生的路总是坎坷曲折且不断向前的单行线,"人过留痕"是主观愿望,我记录其轨迹也纯属"敝帚自珍"。

这不是回忆录,因为不是什么人都可以写回忆录的,准确地说,这是一本说"事"的书。

一个归于"芸芸众生"的处级干部,似乎不该有什么值得写的。然而,做"事"而生的快意与其中的感悟,使我欲罢不能,加之一批朋友的一再"怂恿",让我总想把它写出来。

再者,在我做事的过程中,时不时会因没有范例和指导而困惑,有时又因不知深浅和左右掣肘而苦恼,其中还夹杂着对结果的难测和求新的惶恐,过程中总是期盼有人指导抑或有案可查。这个因素也一直提醒我把它写出来,尽管将来的效果可能未必如愿。

有位哲人说过,昨天的阳光晒不干今天的衣服,然而,今天的温度可以影响明天的凉热。

一

为明天,是动因。而最初的动力却是值得回味的经历。

我在团县委书记岗位上转岗时,组织上安排我去牵头组建一个新乡,其特别之处并不在于新乡组建之难,而在于一开始就是在县委书记"不一样的乡镇"的期待中起步的,个中探索之惶恐远大于艰辛之累。接下来到县里任副县长,这本该是一个"安分守己"的"配角",然而,却一步一步地还是踏上了开创开发区之路,五年的岁月,硬生生地在一片洼地里建成了省级样板开发区,用"风生水起"来形容当年阜宁开放型经济的形势,真的是十分恰当的。再后来被安排到盐城最北边的响水县任副书记、常务副县长。在"大电厂梦"的期待中,在众人怀疑目光的注视下,当时就抱定了"再造一个响水财政"的目标,调整思路,另辟蹊径,为陈家港电厂和灌河深水航道的"上马"夯实了"临门一脚"的技术基础。后到市政府任副秘书长,负责筹组政府融资平台——国投集团。这当中,既为建成了百亿集团、创建一批城市地标而欣慰,更为冰火金融形势的经历,以及从一个"不确定性"的状态筹划出一个"确定性"的结果而记忆尤深。最后一站到市水利局任党委书记,相对超脱的岗位使我有时间让自己"沉淀",更可以以"旁观者"的视角思考水利工作的优缺和未来。

"经历"的不一样当然是始料未及的,且这些经历的每一次转换无一例外的都是从"被"开端,进而衍生出不一样的结果。如果当干部以升职高低来衡量其成功与否,我无疑不是一个值得称颂的样本,但是能有这么多"事"让我去做,且都是极具挑战性和开创性的事,着实难能可贵,每每总是从头再来,这便注定了这段经历的与众不同。

我很幸运,这就是我自己感叹的"可遇而不可求"。

每一次"被"后的不舒心,反倒成就了我独特的心路历程。让我意识到,"被"才是生活的原生态,而"被"后的选择则是自主的。从某种意义上说,这是一本写给"被"后的"情书",这应称之为"被"后之道。

二

本书希望,搭上具象"方法论"之船,驶向宏观"认识论"的彼岸。

当干部能有我这样的"经历",值了。然而,经历的跌宕起伏不是价值的必然归因,而最有价值的倒往往是我们通常所忽视的过程。

创建新乡,筹建开发区,牵头办大电厂和创办国投集团等,这些都归于"点"的尝试,都是自己主导与负责的。其中当数"做实基础,创造特色"最为重要。新乡的"三件大事"、开发区的"合力共抬"、电厂的"技术积累"和国投的"做大做精"等,都是"基础",而合利的"轻型管理"、开发区的"特殊政策"、国投的"全新创意"等,则是"特色"。基础不立,特色难存。当然,有基础,不一定有特色,特色往往是业务水平的体现和表达。

"线"的实践主要包括主管财政、探索开放型经济模式和创新水利动能的经历。这些"线"的工作积累我始终坚持把握两点,一是立足"线",在专业中不断提升。"线"上的专业工作时间长,相对稳定,由此产生的"审美疲劳"是常见的毛病,因此追求"提升"常需"耳提面命"。二是跳出"线",在全局中找准动能。"财政不是政府的会计,而是政府的 RFP"(RFP:理财规划师);如何合理配置环境、优势和载体这开放经济的三要素;是谁动了水利的"奶酪"等,都是在全局中寻找"动能"的尝试。只有不断重置动能,才能永续前行。

当乡党委书记、副县长、县委副书记和市政府副秘书长则主要是"面"上工作。"面"上工作锻炼人的定力和选择能力,同时最为关键的是敏锐力,它以战略意识为支撑,通常以抉择取舍为外在表现。这应该是"主官"区别于其他人的最为关键的特质。阜宁快人一步抓住外资,又抓紧补上开发区这个短板,这就是"主官"敏锐力的加持。再者感慨之深的是要权衡"利弊",坚持"用人"为要。作为"领头羊",最首要的任务便是摆兵布阵,因此管理人应是"面"上领导者的为政之要。第三就是要摆脱"繁杂",始终把握"重点"。正如明朝著名哲人王阳明所讲,绝大部分人不是败于懒惰,而是败于太忙。在"面"上工作,最难拿捏的便是跳出"业务"而抓住重点。某种程度上说,"重点意识"是"面"上领导者的第一能力,在"快餐化"时代尤为如此。

细析行政工作岗位,一般都可以将其概括为点、线、面。点、线、面不仅形式有异,更为重要的是侧重点不同,因而,思维路径和方法措施当然有别。其中经历了点的统筹和深化、线的内涵和边界、面的重点与特色，它们就像树叶和年轮的交织，最终成就了这段不同寻常的"故事"和"经历"。

三

这"经历"的有意义，当然不单单在于形式的齐全，更为重要的是因为含有"被"和"创"的特点而显得颇有厚度和分量。

我工作经历的五次重要转岗，其实都是"被"的结果。说每一次都心悦诚服的那是假话，但我认定，感恩也好，埋怨也罢，其实都可能是从头再来的营养。有时，我也曾"乌托邦"一下，如果组织上真能结合本人的意愿调整，减少"被"的负效应，该是多么美好的事。

"被"是常态，而把"被"作为手段来加持"被"，则是非常态。

"被"是客观的，"做"则是主观的。导演固然重要，但戏还得自己唱。

平时的"爱琢磨"更养成了我不断求新、求全的思考习性。凡事都会思量一番：是不是有更好的办法，既定的路径合理吗，有没有更好的性价比选择，等等。

顺着别人的路径，永远留不下自己的印迹。在合利，"新乡的新思维"，为当时的乡镇体制机制洞开了一扇"轻"型之门；招商引资的"县外即外"，看似简单的空间拓展，实质则是思维路径的转变；把国投做大做强，在轰轰烈烈的实践中我琢磨出平台风险的四条"铁律"，其实质就是想让国投走得更远；面对大水利时代的背景，推行创新创特三步走，旨在为"成熟"的水利注入"不安分"，以提供动力支撑。

如果把"事"作为常数，只要加入"创"的变数，其结果一定是不一样的数值。

本书不是"被"后人生逆袭的图谱，而是改革开放背景下做人与干事的心路历程。

"经历"的丰富并不必然会有多彩的结果。而探寻其中的特质和规律,则肯定是有益的。

把握大势,顺势而动才有未来。

机遇好,有了做事的机会,更重要的是应和了大时代变革的韵律。

回想初到乡镇工作时,沉重的乡镇已渐露疲态,因此"轻"型改革、科学管理则呼之欲出;主抓县域经济工作,国企和乡镇企业在改制,民营经济难承投资之重,要投资,抓招商引资则是必由之路;大家都习以为常理解常务县长的"穷家难当",实际上则蕴示着路径变革势在必行;用市场的办法做城市,政府融资平台当是有益的探索;水利的积累是财富,又何尝不是负担?时代需要水"激荡"起来。

重心下沉,沉到底才能踏实。

解剖我做事的轨迹,有个特征是共同的,那就是依靠大家,面向基层。工作中,我一向认为"好办法在基层"。事实也一直表明,"闭门造车"是想不出好办法的,领导干部也未必办法就多。一般说来,到基层越深,办法会越多;越困难往往越能在群众手中找到解难的钥匙。

依靠群众,应该是做事的基点。看起来最简单的基点,往往是最难坚持的,这也应该是做事之难点。

放宽视野,心胸大才有天地。

从水乡起程,再到管水,真可谓与水有不解之缘。此时我想起了一句关于水的名言:水的清澈并非因为不含杂质,而是在于懂得沉淀。其实做事的背后一定是做人,而其中有无大格局则至关重要。

这样表述并非说自己格局就一定大,但追求大格局的初衷和步子不容含糊,有三点我是一直秉持的。在我之前,我们家中最大的干部是我爸爸——生产队队长。因此我一直告诫自己,一定不能辜负人民之所托,我始终把做好事情放在第一位。"做好自己是我的坚持,而一直羞于推销自己。"此为一。之二便是我崇尚激情做事,用心做事。用心,是创意的原始起点,是做成事的唯一"笨"方法。鲁迅也曾说过,聪明人不能做事,世界是属于傻子的。之三便是守好底线。这就是古人所说的"知止"。

懂得"沉淀"是"清澈"之始。百岁老人杨绛说,我们曾如此渴望命运的波澜,到最后才发现,人生最曼妙的风景,竟是内心的淡定与从容。

"把握大势,重心向下,放大视野"是我做事的三点心得。说实话,我不一定能够赠给读者异常有效的方法,但我一定与大家分享我最实在的做事体验,因为,我始终相信"道不远人"。

四

从合利水乡起程走到今天,这本书的路程近30年,时间的底色,因创新而显生动,同样,也因用心而显得有厚度。

行文至此,掩卷沉思。其中最为重要的还是,我们遇上了一个改革开放的大时代、好时代。

这30年,是改革开放力度最大,也是最深刻的30年。在基层,我经历了国企职工下岗、乡镇企业改革、外资植入、城市拆迁、政府职能改革、增长方式转变等一系列重大历程。我们既应和了大势,也见证了改革开放在基层的非凡实践。

这30年,唯一不变的就是变。有人分析过,18世纪,知识更新周期是80年~90年,19世纪为30年,20世纪缩短为5年~10年,进入21世纪,许多学科的知识更新周期已缩短至2年~3年。处在这样一个知识不断"折旧"的背景之中,我既要因"被"而不停地变换角色,更要不停地"充电"赋能。我的经历印证着变化也留存了这段时代的拷贝。

30年,我们从投资缺失的手足无措,到会用市场办法的融资和民资开放;从招商引资的广种薄收,到不断升级的开发区和经济集聚区;从面对审批的左冲右突,到技术的有力支撑和审批的上下联动。这当中,你当然能体味到从被动走向积极,从生涩走向成熟,从政府一家"独唱"走向"联袂合唱"。这基层改革的一步步,正是中国改革开放的见证和缩影。

浪因风起,站在风口浪尖之处时,唯有迎风逐浪,方才见"彩虹"。是大时代成就了我们,我们也在以"弄潮儿"的勇气和身姿,在点缀那大时代壮丽的"搏浪图"。此情此景,真可谓"心潮逐浪高"。

我有幸参与了盐城诸多地标的策划和建设,因此也刷新了城市的天际线。此时我想到了"天际线"的特质:世上还没有两条一模一样的天际线;一条完美的天际线一定不是随意的结果,但肯定是不一样的秉持和诸多唯美产物的呈现。

30年,勾勒出一条不一样的人生"天际线",在波澜壮阔的大时代背景下,"逐浪"愈显得非同寻常!

合利,与生俱来的沧桑之地

于一个踌躇满志的"新官"而言,坚守一份"基点"十分不易而又必须,因为"基点"是"新官"从政做事的"准星"。一穷二白的新乡,"花架式"不顶用,急功近利的行不通,因为坚持了"重心下移,依靠群众",才获得了出人意料的实绩,这份实绩亦是重新定义了合利。

蛤蜊港,只是阜宁东乡一个很不显眼的小地方,而在漫漫的历史长河中,却极具独特的符号性。

一千年前,那里还是浊浪滔天的大海,公元12世纪初,任性的黄河不管不顾地霸占了淮河之床,裹着泥沙,循着射阳河,洋洋洒洒地奔向了黄海,在河口与大海的交汇处,潮涨潮落,沙积滩涌,淡水咸水在泥沙之上轮番交融、碰撞,浅滩上便催生了成片成片的蛤蜊,这样,便有了"蛤蜊港"的名号。

大自然主导的"沧海桑田"在此上演。

一百年前,为反对黑暗统治和追求民族解放,阜宁县最早的中共地下党组织——蛤蜊港区委成立,策划秋收起义,坚持抗日斗争,一群仁人志士用理想和生命为被压迫的人民谋取光明的未来。中共蛤蜊港区委则是早时建立的中共阜宁县委的主要工作地。

劳苦大众的"翻身解放"又历史性地选择了蛤蜊港作为主战场。

在千年之交,随着河道优势被公路网络取代,昔日熙熙攘攘的蛤蜊港轮船码头孤悬于杂草丛生的射阳河畔,浪击依旧,分明是静守着冷落,宣泄着不屈。1991年,经江苏省人民政府批准,蛤蜊港建乡,"蛤蜊"去掉"虫"字旁便成了合利,于蛤蜊港和建乡之人而言,这种"变",当然是一个"希望"的开启。

身处"风口"和不甘平庸的蛤蜊港,再一次诠释——合利,与生俱来的沧桑之地。

"要新建两个乡镇啦!"这消息像长了翅膀一样在阜宁城乡流传,传着传着便被证实了。

"我们不仅要建两个新乡镇,我们还要挑选两个出乎大家意料的当家人。"县委书记在全县干部大会上激动地宣布。

本来就劲爆的消息,更吊足了大家的"胃口"。上上下下不仅对新建乡镇充满好奇,更对谁去主建新乡镇存有期待。

就这样,我便成为这"出乎意料"中之一啦。

走"艇"上任与"下马威"

不一样的上任

在专职团干部的岗位上,我是个老兵,从1982年到1991年,先后已达十年,主持团县委全面工作和任书记也已有四年,转任是我必须面对的现实。

1991年,阜宁县调整行政区划,新辟了永兴镇和合利乡两个乡镇,县委决定由我任合利新乡筹建领导小组的组长,负责新乡的全面筹建,筹备组一共五个人,建乡之后的构架是我任书记,一名乡长,一名副书记和两名副乡长。说实话,这真是令我"出乎意料"的转岗岗位。

当年6月1日,县委一位副书记送我们五个人上任。因为合利不通公路,只能走水路,我们便乘坐着与吴滩分家分得的唯一家产——小艇,走"艇"上任。

射阳河水波光粼粼,熠熠生辉。初夏的风,带着两岸水草的清香,吹在人的身上,颇为凉爽怡人。而我此时此刻却未及体味这一切,心和小艇一样"突、突、突"不停地跳着。

五个人,一艘小艇,开启了首航之旅。

恰逢六一儿童节,亦开启了新乡合利的"新生"。

合利,是吴滩大乡新辟的一个乡镇,处阜宁东部,北与滨海县陈铸乡隔河相望,东与射阳县阜余镇毗邻,是个"鸡鸣三县"的地方。地域面积为38平方千米,有2.6万人口,22个村。虽说到县城的绝对距离并不比吴滩远,但因射阳河的阻隔和不通公路的现状,合利其实早已沦为吴滩的"边角料"。分乡对吴滩而言是不能言传的"好事",因为包袱卸掉了。但对2.6万合利人来说,分乡既充满着好奇,又怀揣着满满的期待,当然也包含着对"不确定性"的隐忧。

坐车到吴滩后再上小艇,小艇沿着合利河向北径直开向合利村。不间断的发动机声,刚好遮掩了我内心的忐忑。

记着县委的嘱托和合利人的期待,我们踏上了合利的土地。

不,准确地说,是爬上了合利的土地,因为合利河岸边没有可以停靠的码头,我们只能贴着湿滑的泥草河坡,一个接着一个地爬上岸。现场一定挺滑稽的,现在看来,这是一个序幕,也是一个隐喻,仿佛预示着我们在合利摸爬滚打的工作状态。

这是我平生第一次与合利土地的"零距离"。

岸上站满了前来欢迎我们的村干部和群众,与其说是来欢迎的,倒不如说是看热闹的人居多。群众对我们这支只有五个人的队伍,既充满好奇,也颇有些不以为然。"就这几个人?""乖乖,这个书记多年轻啊,是个毛头小子。"大家小声嘀咕着。其实,他们心里想得最多的一定是,这几个看上去像大学生一样的"秀才",不知道会怎么折腾这个新乡呢。

"毛头小子",不客气地解释,就是生涩"青果"和愣劲"菜鸟"的结合体,尽管我知道,这只是乡亲们善意的猜度和担心的流露。其实,那时我也已年过而立并不年轻了。

合利新乡驻地合利村,是射阳河畔的一个小集镇。说镇,是历史形成的习惯叫法,其实是个连村部都没有的村。蛤蜊港小街规模很小,人不过千,街不盈百步,所以第一次的迎新见面会,实际上也是吴滩和合利的分乡交接会,是在合利小学的教室里开的。

会场条件虽差,但这个会是历史性的。

它表明新乡合利"分灶吃饭"的开始。我们五个领导加上其后从其他乡镇抽调的五个中层干部,正式"接管"合利。

交接后,我们租住了老百姓的房子作为宿舍,两大间上、下两层,五个人。吃饭就搭伙在合利小学,老师的办公桌一拼,便是我们的饭桌。

桌面上是饭菜,肚子里装的可都是学问啊。

大家伙开玩笑说,还真有点"上河工"的感觉。不同的是,比"上河工"的压力可大了去了。

建新乡,这是个明确但不具体,有范例但充满变数的目标。有努力的空间,更有创意发挥的余地,然而主要的特征还是其不确定性。

尽管未来是不确定的,但我们抱定希望是确定的。

晚上,送我们来的县委领导和吴滩乡的书记、乡长都走了,看热闹的乡亲们也归家了。

喧闹的小街安静下来。没有月亮,更没有街灯,黑黝黝的,远处倒是有着星星点点的亮光,在这陌生而又熟悉的时空里,时光好像把人抛进了久远的时空。

黑暗的天空无边无界,给了我一个独立的思考空间,我使劲地嗅着那泥土夹杂着野草的芬芳,梳理着白天的一切,头脑回放着合利的"昨天"……

有故事的合利

合利,古称蛤蜊港,是射阳河边的古镇。

射阳河是建湖、阜宁、射阳的母亲河,源于宝应一带的射阳湖泊,也是河海相连、淮水入海的主要通道。最初是宝应一带射阳湖和大片河荡积水倾泻入海,久而久之便形成了涌流不息的射阳河。射阳河全长198千米,流域面积4 036平方千米,是里下河地区最大的入海通道,也是里下河平原上的主要河道之一。

史载,唐朝时盐城的海岸线在庙湾(后来的阜宁县城)、盐城一线,也就是现在的204国道一带。1194年黄河夺淮,黄河大量的泥沙裹挟入海,导致下游成片的滩涂淤积成陆,海岸线不断东移,射阳河水裹挟着黄河之土倔强地奔向大海,同时也润养着两岸世代劳作的人民。

它书写着沧海桑田的故事,同样也镌刻着两岸人们无尽的苦乐和心底的记忆。

蛤蜊港明朝时距黄海直线距离也就一二十千米,但沿着蜿蜒的射阳河入海还有一段的河程,蛤蜊港一带便处淡、咸交替水域,潮起潮落,海浸水泻,便盛产蛤蜊,因而得名蛤蜊港。后来,人们去掉了"蛤蜊港"的虫字旁,就称作"合利"了。

"合利",这两个字挺好的,合则利。

一个名字的变迁,寄托着乡民们一份心底的期待和祝福。

德国人文地理学家拉采尔曾说:"交通是城市形成的力。"在水路作为主要交通途径的河道经济时代,蛤蜊港知名度很高。据说,在民国时期的一份中国地图上,阜宁沿海标注的地名中仅有"蛤蜊港"三个字。

"蛤蜊港",听上去是个很土气的名字,却从来不缺故事。

这是一片红色的土地

明嘉靖三十六年(1557)的一天,蛤蜊港海口发生了一场震古烁今的海陆战争,阜宁军民英勇抗击由海上来犯的四千多倭寇,大获全胜,一扫长期被倭寇烧杀抢掠的颓势,军民欢欣鼓舞,特勒平倭碑以纪念。尽管平倭碑不知何时何地沉入了射阳河底,成为永久的谜,但丝毫也不影响它在人们心中的光辉印象。

蛤蜊港,以其沧海桑田的经历和悲壮的底色不断上演着永载史册的活剧。

蛤蜊港地区是阜宁县早期的中共地下党活动区域之一。

1927年,国民党反动派发动了"四一二"反革命政变,上海的许多共产党人惨遭杀害,为了保存党的有生力量,党中央决定党转入地下活动。是时上海党组织委派李林、王四等回家乡苏北开展地下党工作。王四(又名王富生)是曾与著名的"五卅"运动工人领袖顾正红并肩战斗的优秀共产党员,他们都是上海沪西日商内外棉七厂的工人,同时又是射阳河边的老乡。在邓中夏等党的领袖亲自培养下迅速成长,这些农民出身的产业工人是上海"二月罢工"、"五卅"运动和工人武装起义的骨干力量。回乡后,他们很快与当地的地下党取得了联系,1928年1月在花园头(蛤蜊港附近)成立了地下党支部,王四任书记,发展了朱怀之、姜元之等蛤蜊港人入党。以这批共产党人为骨干,1928年1月在阜宁草堰口(现建湖县境内)成立了中共阜宁县委,这是共产党在苏北地区早期的县委之一。同年10月又成立了中共蛤蜊港区委。区委积极发动群众,不断壮大队伍,酝酿组织蛤蜊港、蔡桥地区的农民秋收起义,蛤蜊港遂成为盐阜地区地下党活动的中心区域。

蛤蜊港区委培养了顾光明、曹加明等一批蛤蜊港地区早期的优秀党员。顾光明是曾两次到延安的党的优秀工作者,1938年,他从延安抗大学习归来,在蛤蜊港一带创办了苏北最早的秘密抗日读书班,向皖东一带输送了近百名抗日人才。阜宁民主建政后,曾任苏北行署主任、县政府第一科(民政科)科长,后因积劳成疾而早逝,当时年仅35岁。

蛤蜊港地区人民积极参加抗日斗争,1938年,当地民兵曾成功射杀了在射阳河上横行的日军汽艇上的小队长,在当时那可是天大的事件,老百姓欢呼雀跃,而日本鬼子则疯狂报复,烧杀抢掠,蛤蜊港小街一片火海,令人称羡的地主顾乃荣顾家深宅大院被全部烧毁,小街几乎被夷为平地。尽管如此,蛤蜊港地区人民的抗日斗争从未停息。

1943年,陈毅、张茜同志要随新四军军部转移到安徽黄花塘,残酷的战争迫使他们不得不将仅满半周岁、还在襁褓中的儿子托付给蛤蜊港邹河人邹鲁山先生抚养。邹鲁山是阜宁东乡著名的爱国民主人士,在当地很有声望,与陈毅多有交往,遂成为挚友。接受了陈毅儿子后,邹鲁山请了奶娘照看"小压子",此间机智地躲过了日伪的数次盘查和搜捕,八个月后,将孩子送回黄花塘军部。这就是盐阜大地妇孺皆知的"陈毅托子"的故事。这个"小压子"就是陈毅元帅的长子昊苏同志,昊苏同志一直将自己的出生地填写为"江苏阜宁",且视奶娘潘素芹大娘为亲娘。

当年,唱响全国的《拔根芦柴花》的女著名歌唱家雪飞(曾用名皋宇、皋学兰)是个要饭娃,她是射阳河北岸滨海(是时滨海亦属于阜宁县)皋滩人,本姓皋,平时就在蛤蜊港小街上卖唱要饭。光着脚丫的小姑娘在弯弯的小街上,低唱乞食,在白眼和欺凌的日子里,过着衣不遮体、食不果腹的"小草"童年。是顾光明领着她参加了新四军,过上了人的生活,十四五岁的她视部队为家,很快便成为抗日宣传的骨干和领头人,组织上还推荐她到抗大学习。中华人民共和国成立后,她成长为江苏省歌舞剧院的院长、著名的民歌歌唱家。她将蕴含着苏北风味和射阳河旋律的《拔根芦柴花》唱到了北京,还因此受到了毛主席、周总理的亲切接见。

蛤蜊港,因质朴而流着红色的血液,同样亦因红色的血液而生机无限。

这还是一个有故事的地方

20世纪初叶,蛤蜊港是远近闻名的繁华小镇。一方面因为它是射阳河下游连镇接海、贯通南北的枢纽,另一方面还在于这个镇区出了一批知名度很广的地主。

射阳河是流域区内入海的最大通道,蛤蜊港则是当时这条河上最靠海的小镇。黄河夺淮加快了海岸线东移的步伐,蛤蜊港之下的海滩积地则逐渐成熟宜耕,特别是张謇"退盐复耕"的扩展,沿海滩地则成为圈地赚钱的"处女地",不少有钱人便抓住"跑马圈地"的机会囤积土地,蛤蜊港则聚集了一批拥有大片土地的地主。

这批"淘金者",囤积了大量含有盐分的土地,也催生了若干有苦涩杂陈的故事。

在阜宁东乡,"顾乃荣的田,顾二刚的钱"的顺口溜长期流传于民间。顾乃荣是蛤蜊港地区最大的地主,据传顾家在民国时期曾挂过"千顷"牌子。所谓"千顷牌",是政府对实力强、拥有土地多的地主的一种认定和税费豁免,平时薄税,但遇特殊时期或政府特需,要调粮即出,可见顾家是有相当实力的。有人说,为躲避日寇和土匪,顾家财产转移时,曾装走三大篷帆船金银财宝。还有传说,在顾家的祖茔上曾有人挖到过金器。由此可见,过去的地主敛财和剥削是很厉害的。

顾乃荣家还有专门的保安部队,置办了数十条枪,在当时当地也算是有头有脸的"人物"了,但在那动乱的岁月,捐的"府官"和"面子"都不管用,枪也保不了他的平安,他还是遭了土匪的绑架,结果丧了命。

史载,盐阜海边倭寇和海霸结成的大大小小土匪武装,最多时有四万多人。人民群众生活在官府欺压、地主盘剥、土匪侵扰的水深火热之中,他们躲避过、抗争过……

盐碱浸泡的土地,除了有着与其他土地一样的贫瘠外,还有着海盐的苦涩,那滩地上一丛丛暗红色的盐蒿子,在嗖嗖的海风中,以其单薄而倔强的身躯,抵抗着恶劣的环境。然而,倾覆之下,岂有完卵?

顾家的祖屋抗战时被日本人烧毁,中华人民共和国成立后成为合利粮管所的选址。

在蛤蜊港南端的汇水窝还有一个地主,叫顾醒吾,顾家乃耕读世家,他家的土地主要在海边的通洋一带。其子顾怀祖在国民党部队当兵,1949年前举家迁移台湾,退役后的顾怀祖在台湾创办醒吾商业专科学校等,创下了"十年建五校"的佳话。两岸互通后,顾家传人不忘桑梓,在盐城、射阳、阜宁等地先后捐赠了八百多万元,创设了六所明达学校,还在射阳独资创办了明达大学。怀祖先生去世时,蒋经国先生等亦致挽联沉痛悼念。

还有一个关于蛤蜊港的传说。中日关系正常化后,日本首相田中角荣访华,其间曾向周总理打听蛤蜊港怎么样?五醍浆还有没有?博闻强记的周总理一时也难以回答,便派秘书赶紧查证。原来,日本侵华时田中是个军曹,驻八滩。当时周边名气最大的当数蛤蜊港镇和五醍浆大曲,因此而念念不忘。

此为传说,无以为证,但从侧面表明了蛤蜊港有很响的知名度。

蛤蜊港,承载着繁荣和沧桑,一定会在盛衰迭代中走进一个全新的世代。

周边渐渐亮了起来,慢慢升起的月亮打断了我的思绪,看着刚刚探出头来的月亮,周边有着一圈浓浓的月晕,明亮中夹带些朦胧,它的"眼光"有些特别,怎么看都有一种"拭目以待"的感觉。

我知道未来的坎坷,不然,合利怎么会配称"有故事的地方"呢?

夜捋思路

回到事前安排好的临时宿舍,一张床、一张办公桌,还有一把椅子,挺简单的。我知道,这是他们认为最"周到"的准备了。这也体现了合利的水准,不过,简单,符合我的习惯。躺在床上,闻着淡淡的"新"棉布味,毫无睡意。"知此知彼",这是"战前"的基本要求。

回顾了合利的前世今生,现在该思考"为什么要建乡"了。

前几天"恶补"的关于农村改革的重点和前瞻,又在我的脑海里清晰起来。

十多年的农村改革使农村发生了翻天覆地的变化。包田到户,农民不愁吃了;联产承包责任制,农民又试着把"种田"作为"营生"。深化农村改革之路该怎么走?中央给出了三个重点:一是以家庭联产承包为主的责任制是党在农村的基本政策,应在稳定的前提下逐步加以完善;二是推进农村走上有计划发展商品经济的轨道,搞活农村商品流通,促进农村劳动力转移,促进城乡要素流动;三是推进村民自治为重点,构建新型农村管理机制。

根据中央的改革方略和政策精神,合利下一步的大体走向应该不外乎三点。

一是建好政府,立足一个"快"。一方面,合利地处偏僻,基础太差,加之经济结构单一,水平低;另一方面,改革催生了农民更多的希望,合利人对新乡和好日子亦有诸多的期待。心里的期待要在追平现实的日子中实现,当然得坚持一个"快"字。

快是要求,路径呢?我当时的想法不具体,但有几点还是很坚定的。首先,以改革的精神,建一个轻型政府,坚决不走大而全的老路;其次,以服务为重点,调动全乡人的积极性,加快步伐;再次,一定要构建一个好的乡村管理体系,使村民自治落到实处。

二是稳定农业,盯住一个"升"。土地是农民的根本,农业是合利的主业。以土地为基础的产业,是农民赖以生存和发展的"基本盘",我的思路是应该维护好这个"基本盘",并提升它。

这个提升,简单地说,应该是做好基础,提高水平。合利地势低洼,农田水平欠缺,稳产高产的田块不多,因此,抓好基础建设应该是重中之重。提高水平,当然包括品种、技术和种植结构等等。

三是发展经济,瞄准一个"活"。农村改革所有的目的,就是让农民生活得更好。温饱之后的农民如何富起来?这是所有农村改革愿景的出发点和落脚点。因此,大力发展农村经济是关键,是个坚定不移的关键。至于具体怎么做?必须认真调研后,因势利导,才会有方案。但有这样几点必须坚持。一是要扬长避短。必须从实际出发,抓住重点,循序渐进;二是要充分发挥农民的能动性。发展合利经济,农民是主角;三是在发展中调整,必须大胆试,大胆闯,放开搞活,不断丰富商品经济,在发展中规范。我暗暗与自己约法三章:抓紧做,但不要太急,急则生乱;放开做,不搞人为障碍,绝不乱指挥;扎实做,坚决不折腾,老百姓经不起折腾。

明晰了三点思路,快建政府是条件,亦是新乡设立之初衷,稳定农业是基础,是坚定不移的准则,搞活经济是根本,是所有农村工作的主基调。三位一体,让合利成为一个新型农村的试验田。

思路既定,心里便也轻松下来,慢慢地我做起了梦……

然而,现实不是梦。

天上掉下个"下马威"

合利建乡了,说来惭愧,就新来了五个人。

老天从来不会给我们准备的时间,我们当然也不会知道下一个路口有什么样的风险。

五人小组在合利才刚刚"满月",说实话新鲜感还未褪去,天上的暴风骤雨便迎头而来,把我们浇"醒"了。

7月3日,一个闷热难耐的酷暑天,下午,一阵雷鸣,一道电闪,狂风急急地赶来,大雨倾盆而下,持续不断,前所未有的雨情、水情为当年的汛期拉开了序幕。

看着农家院子里越积越深的水,河道里不停上涨的水位,想着合利曾有"锅底洼"之称,情况不熟、心中无底的我,心情越来越着急。

当晚,我即向县委、县政府求助,并请求还未分设的吴滩水利站立即派员到合利,指导防汛抗灾有关技术工作。

虽说当时是一种不明就里的本能反应,但后来得知了真实情况,还是让我惊出了一身冷汗,实实在在地表明我的担心不是多余的。

首先,每年七八月份是淮河中下游的主汛期,蛤蜊港历来都是全县防洪防汛的主角儿。合利地处射阳河下游,作为行洪主河道的射阳河蜿蜒乡境十多千米,行洪压力特别大。再者,乡内平均地面真高(黄海高程,下同)仅两米多,汇水、敖河一带更低,是阜宁出了名的三个"锅底洼"之一。

其次,合利的圩堤均是土堤,质量不高,射阳河沿线长,险点多,圩区分散,不达防洪标准的圩堤占70%以上,抗御大风险的能力太弱。

再次,沿岸工程性措施少得可怜,有一百多个河道敞口,而圩堤闸站更少,域内没有骨干排涝动力,仅靠零散小机小泵,排涝模数不足0.4。而有的乡镇的排涝模数则达到了1以上。

况且,新乡刚分,力量薄弱,公路不通,协调抢险的难度亦不言而喻。

褪去上任时的新鲜,我们面对的是一场不可小觑的"下马威"。

小艇躲过生死劫

4日下午,依然风狂雨骤,用老百姓的话说,天塌下来了。

顶着泼风泼雨,我与接县水利局专家的小艇在射阳河边的跃进河口会合,我们四人(县局二人)乘小艇,沿射阳河向北查看。天地一片迷蒙,风雨中的射阳河,浪高水急,湍流连连,小艇艰难地驶入汇水湾。

汇水湾是射阳河上的一个急湾,地形复杂,水流多变,因漩涡奇多而出名,河口宽达五百多米。当时河面上一片苍茫,风助雨势,雨推风行,气势甚是凶险,我们在船舱内根本看不清窗外,只感到艇身如过山车一般剧烈颠簸。瓢泼大雨、呼呼风声,掩盖了我们紧张的心跳。

待到小艇靠上了北岸,开艇的顾师傅来到客舱,只见他脸色刷白,浑身湿透。他语无伦次地告诉我们,小艇是从水肚里拼命"顶"出来的,侥幸躲过了全艇覆没的危险。他身上的水,愣是从舱门的缝隙里打进驾驶舱的,仅一瞬间,便全身湿透。

我们的艇说是小艇,其实就是普通机帆船,发动机功率小,加上一个简易驾驶舱,谈不上密封性能。因此,在浪高水急的大河里没入水体,能挣扎出来确实是个小概率事情。

顾师傅在部队是开摩托艇的驾驶员,大风大浪亦波澜不惊,但刚才一瞬间的危险竟将他吓傻了。

我们几个人躲过一劫,都吓出了一身冷汗。

这个"下马威",是风雨送给我们的生死考验。

一旦全艇覆没,合利的历史当然就得改写了。

一艘极普通的小艇,一处有故事的汇水湾,以暴风雨为背景,上演了一出惊心动魄的生死劫,这便是鲜为人知的合利建乡的"序幕",一个以"生命"为主题的序章。

万众一心降洪魔

意外的风雨,把我这个不谙"水性"的人,逼到了合利防汛总指挥这个位置上。

暴雨不停地下,河水不断地涨。在随后的半个多月里,我们如履薄冰,丝毫不敢懈怠。既要注重把握全局的主动,又要考虑每一个风险节点的应对,那段日子真的是卧不成眠、衣不解带。指挥调配上,我主要抓住三点。

其一,在把控全局的基础上,尽快熟悉和掌握每一个风险点。我们跑遍了射阳河大堤,又沿翻身河、蒋圩河等逐点巡察,对大小隐患了如指掌,融会于心,力求临危不乱,处置恰当。

其二,动员全乡干群,形成了严格的三级责任制和两套处险、抢险方案。分工明晰、责任到人。做到事有人管、责有人负。在不到一周的时间内,我们把全乡广播突击搞通了,知情的干部群众都说这事本身就了不起。合利地处偏远,广播多年不通,而我们刚到合利,上下不熟,如没有广播,就不可能号令全乡,这也是逼出来的。

其三,及时研判情势,不断完善调整,强化抢险力量。由于我们始终坚持防患未然,排险在先,整个汛期仅两河村蒋圩河堤坎出了一次较大险情,经及时抢险,三个小时就将险情排除了。

那是一个大雨间隙的下午,一个过路的群众看到内外河水位高差超过1米的河堆出现了裂缝,他立即报了警。不到40分钟,邻村的120名抢险队员便赶到了。按照乡水利站给定的预案,大家紧张有序地干起来了。

不一会儿,天又下起了雨,看着小伙子们被雨水和汗水湿透的衣服,以及那紧张有序的抢险场面,对于刚从办公室走出来的我,确实是感慨良多:群众真好。

苦乐相伴"走"汛期

半个多月的汛期,我们只能靠两条腿"行军",因为全乡不通公路,也没有硬质路。又因水位上涨,河水漫过桥面,唯一的交通工具小艇也用不了了。只能靠步行,烂泥路上又湿又滑,在远处看走路的人就像是"跳舞"。那段时间,说实话,累是确实累,但老天爷没有留一点时间让我们叫累,连续多日大雨不停,水位居高不下,客观上容不得我们片刻松懈。

不可预知的汛情压力,日夜奔波的肢体劳累,新官上任的我诚惶诚恐,然而在2.6万干群期待的目光面前,我的这点"小心思"显得那样渺小和无足轻重。事后我曾感慨:年轻真好。

刚刚分乡,便面临如此大灾,如果我们不站出来,不冲出去,老百姓就没有主心骨了。所幸,有2.6万勤劳朴实的干群坚定地跟着我们防汛抗灾。

当然,汛期也是趣事不断。一天上午,我和县水利局的顾老一起巡视到老沙村,在一个约五米宽的大沟上,担着两根木棍捆起来拼成的"桥",平时沟里水少并不觉得沟宽,现在水涨了,显得沟挺宽的。顾老走在前面,我紧跟其后,上岸前他后脚用力一蹬,不料竟把"木桥"蹬断了,我还在"桥"的中间,整个人便"扑通"掉到水里,待我狼狈地爬上岸,还未来得及抹下脸上的水,身后的一个中年妇女便直嚷嚷:"不能走,赔我们家棍子。"还好,听到消息的村书记赶来,帮我们解了"围"。

她哪里想得到,眼前这个"落汤鸡"竟是她们乡的党委书记。

半个月后,云开雨霁,汛期终于结束了。合利全乡 29 个圩区未毁一坝,未破一圩,未倒一房,未伤一人。

后来从综合资料中得知,这年的洪汛是江、淮齐发,为 1931 年水灾(洪泽湖倒坝,里下河一片泽国)后里下河地区最大的水灾,半个多月时间,降雨 1 000 多毫米,几乎把全年的雨水在这半个月内全倒下来了。射阳河阜宁段水位达 2.23 米,比正常水位高出 1 米多,是历史上较大的洪灾之一。里下河腹部最大 15 天(6 月 28 日—7 月 13 日)面雨量,相当于 120 年一遇。

这百年一遇的洪汛,我们刚刚上任便"遇"上了。

在"老天"部署的这份试卷面前,猝不及防的我们却交出了一份走心的答卷。

合利人称此为"奇迹"。

县委、县政府表彰了我们,这也是新乡合利获得的第一张奖状。

平时对奖状不甚关注的我,看着这张饱含雨水、汗水的奖状,竟然觉得特别好看。

更为重要的是,在共同经历一场"下马威"之后,我们与合利人的心理距离拉近了,情感上亲密了,不少人愿意和这"毛头小子"拉家常,好多人看我们的眼神也从"疑虑"变成了"信任"。

尼采说过,其实人跟树是一样的,越是向往高处的阳光,它的根就越要伸向黑暗的地底。是的,一场天雨,让我们在合利深深地扎下了根,让群众看到了我们和他们打成一片的精神。

这是老天赐给的"机会",这是汗水凝成的"答卷"。

众志成"坝"

汛期终于过去了,按理说,应该松口气了,可我怎么也平静不下来。

百年一遇的特大洪汛,合利处于全县主要泄洪通道边上较低洼的区域之一,防汛基础设施几乎为零,又偏偏处在新旧交接的关键当口儿,是什么让我们渡过了这个怎么看也不可能渡过的难关？是什么样的"坝"挡住了历史最高水位的洪水？是运气好，还是有众人帮助，抑或是我等指挥得当？反复斟酌。是，也不是。

众志成坝，对。是万众一心的"坝"，是2.6万干群心往一处想，劲往一处使，拼死努力，用汗水和智慧构筑成的挡洪之"坝"。

众志成坝的前提是"众"。全乡有29个防汛圩区，97千米长外水河堤堤，127个敞口，69座病、险闸站……靠几个人、几十个人，乃至几百号人，都是不行的，因为防汛是"木桶理论"的最好例证，堤堤、敞口、闸站、机房，只要有一处出险，哪怕只有一处出险，便可能满盘皆输。因此，防汛的"众"，是一个都不能少、一个都不能出错的"众"。

显而易见，要实现这样的"众"并不是一件简单的事。而做到了，堪称了不起。

众志成坝的灵魂是"志"。众人的意愿、目标和希望汇集到一点，便是"志"。新乡初建，并且是在一穷二白的基础上新建，2.6万人，每个人心里都憋着一股劲，揣着一份希望，当然也留有一份担心。而这份对现实的担心则会渐渐地加重心劲和希望的分量。

当猝不及防的特大洪灾来临时，不用设计、不用细想，甚至不用号召，大家将担心转化成力量，将希望凝聚成默契，或坚守，或合作，值班就是一颗螺丝钉，抢险就像特种兵。这样的团队当然会无往而不胜。

众志成坝的效果一定会放大，甚至比我们想象的都要大。战胜洪灾的结果就是证明。有了这样的"坝"，不可能的事变成了可能。这让我更深刻地理解了毛主席的教导："决定战争胜负的因素，是人而不是物。"

说实话，这是我到合利工作后受教的第一堂课，亦是我感触最深刻的课，也是对我工作指导思想最现实、最直接的课。俗话说，新官上任三把火。是的，新官上任得烧火，这是树威信的需要，但我以为更多的应是让属下见识你的能力，这本无可厚非。可我们，火还未来得及烧，便赶上百年一遇的"大雨"。如何应对呢？事情过后我扪心自忖，唯有用心。虽然这是我一直秉持的，但经此特殊的岁月，还是感慨尤深。

大雨给你一分考验,你还合利一个实诚。

"用心",我粗浅的理解至少应有三层内涵。首先是基点。你的基点应该放在老百姓这一头,往大处说是宗旨意识,这其实是基层干部,尤其是地方主官要确立的根本。从根子上解析,基层政府就是替百姓服务的。换个角度想问题,只有一心一意为百姓做事了,政府工作才能做好。心中无百姓,干事准跑偏。"火"烧得再旺,到头来倒可能是引火烧身。

其次是实在。在农村,花里胡哨的东西百姓不认可,当然也不会有好的效果。新干部与群众之间的"了解"是互相的。你去考察基层干部,基层干部也在认识你。这实际上是一个互相"建档"和互相"交心"的过程。

再次是用心。我体会这不是一个口头宣誓,也不是一个书面保证,应该是全身心的投入,由内到外,通透如一。其实你是用行动和群众在交流,用心不用心,实践出真知。

用心和不用心,效果会截然不同,感觉亦会大相径庭。

毛主席说过:"群众是从实践中来选择他们的领导工具、他们的领导者,被选的人,如果自以为了不起,不是自觉地作工具,而以为'我是何等人物'!那就错了。"这话听来质朴而伟大。

不用心,做事会是任务式的,可能是流于表面的。不用心,会少了一分火候,少了一点激情,多了一分将就,多了一分应付。不用心,多半是心存杂念、心有旁骛,或是"打工"心态,抑或是虑及"升迁",负重而不能专心。

还是尼采的话说得直接:聪明的人只要能掌握自己,便什么也不会失去。

用心,是我到基层工作后的第一份"心得"。

新乡的起步与"恣意"

汛期一过,躲过"下马威"的兴奋感瞬间便被合利现实的"菜单"击得粉碎。

合利的基础"菜单"：

乡治所在地合利村,街不足百米,房不过百间；

电、电话、广播三网全无,通信靠一部"文物级"的摇把电话机；

是全县唯一不通公路的乡镇；

全乡仅有的工业是一个风雨飘摇的砖瓦厂；

村级基础也差,村支书有一半不想干了,22个村只有两河、北汛等五个村有村部。加之"天高皇帝远",管理不沾边。听说过去吴滩的分工干部下一趟村都得两天,用自行车,因为当时还未时兴电瓶车,也买不起摩托车。

乡境西域和北边均有大河阻隔,东与射阳县毗邻,南又远离行政中心。当公路经济时代开启以后,河道经济迅速退位,其封闭特征日益凸显,而封闭是落后的孪生兄弟。

直到此时,我才渐渐地领悟到县委为什么要派我到合利,也好像明白点县委书记说"出乎意料"的真实含义,我又一次补充了"能量"。

但是在建新乡与做基础次序的权衡上,我们还是选择了齐头并进。群众有太多的期待,我们别无他选。

在民房门前挂上乡政府的牌子

1991年10月5日,合利新乡正式挂牌成立。

当时也有人认为太仓促,希望等筹备更充分时再挂牌,我们再三权衡,经请示县委县政府,最终还是果断决定如期挂牌。

因为乡是我国政府级最基层的行政管理单元,也就是直接和老百姓打交道的单位。若长期虚位,既不利于新乡运行,也给老百姓申请宅基地、准生证等"柴米油盐"之事带来不便。群众说："地不可一日无主","筹备领导小组"覆盖不了政府功能。因此,乡政府挂牌宜早不宜迟。

10月5日这天,伴随着国庆节的喜庆氛围,建乡大戏终于登场。于合利而言,是乡庆。合利人自发组织起来,在空旷的广场上,搭起了一个简陋的台子,用乡土欢庆的方式载歌载舞。现场市、县领导云集,在一片奏乐鸣炮声中,合利新乡正式宣告成立。

接过"重担"(侯向轩摄于 1991 年 10 月)

"热气"四溢(侯向轩摄于 1991 年 10 月)

新乡奠基（侯向轩摄于 1991 年 10 月）

为了庆祝这历史性的一刻，少先队员向大会作了献词。说到献词，还有着有趣的故事。大会组织者在筹备会议时，把献词的任务交给了中心小学的校长。校长听了任务，一脸茫然，不知道什么叫献词。他问遍了全校所有的老师，大家都摇头：不知道。听说他们还跑出去取经了。

好笑，但我笑不出来。合利需要太多的改变。

这里不是责怪老师们的孤陋寡闻，一个刚从农村一般完小升格成的中心小学，哪知道这些呢？

我们租住了两间两层上下的民房，把乡党委乡政府的牌子挂上去了。

合利新乡，从这间民房开启了未来。

三县交界的新乡，建乡很是热闹了好一阵子。

开场的"热闹"，多半是未来的"责任"。

热闹的背后，我思考的最多的当然是牌子的分量。

尽快让牌子"厚实"起来

挂牌容易"立"牌难。在建乡后不到一年时间里，我们侧重做了三个方面的事。

一是把乡管理中层框架搭起来。经与县委组织部对接,乡里新进了七位中层干部。这七位同志一业为主,身兼多职,统筹兼顾,重在运行。

当时乡里还没有女干部,妇女工作就明确由乡政府男性王文书兼管。有次县妇联召开工作会议,王文书参加,临开会了他才到,一屋四十多名全是女同胞的会场,来了一位男性,主持人便停下话来问:"请问你有什么事情?"王文书答:"我是开会的。"看着全场唯一的男性,女干部们哄堂大笑。

我们就靠这十多个同志,担起了乡直各部门的工作,保证了新乡运行。

我们抱团克服了一个又一个困难,最让我感喟的是:人,才是最关键的因素。

二是将有基础设施建设任务的乡直部门先建起来。因为基础设施都有个规划和审批的过程。没有人,没有专业、专门的人,是干不好的,同时时间也相对较长。我们相继新建了邮电所、水利站、卫生院、广播站、交管所、粮管所等部门。这些部门第一位的任务是,必须在规定的时间内拿出本部门的建设和专业规划,并抓紧审批,尽快开工建设,这是确保新乡正常运行的关键。

三是健全乡直部门。经过反复研究,并与县直相关部门请示沟通,我们以事为基础定机构,不求大;以人为重点抓组建,重实效。相继筹划建成财政、税务、公安、农电、文化等部门。

至1992年底,新乡基本规范运行。而这,走过了仅仅才一年半时间,未来的乡村建设有更远的路要走,且过程比结果更有意思。

抓住"基础"这个新乡运行和发展的"牛鼻子"

罗斯福夫人曾说过这样一句话:"与其诅咒黑暗,不如点燃一支蜡烛!"面对合利"一穷二白"的现状,我们没有诅咒,没有抱怨,做得更多的是把蜡烛点起来。

围绕基础设施建设,我们打了三张牌。

第一张牌是快接交通。交通的通达性决定着一个区域的发展维度。

公路交通是所有基础建设的重中之重。在县委、县政府的领导和支持下，交通部门加班加点，加快吴合公路的开工建设。

吴合路原有的路基是不错的，但有的地段宽度不够，沿线桥梁基本不达标。那些日子里，我和大家一起，骑着自行车，逐村逐路段勘察情况，哪家民房要拆迁，哪个河段要建桥，都摸得一清二楚。

谈建桥，就想到了另外一个基建话题。到合利工作后，我曾感慨：合利最值得记载的基础设施是河网建设。合利的农田是由沿海滩地逐渐改造成的，碱性重和水系不畅是制约农田质量的两个短板。20世纪70年代前后，合利人打了一场水利治碱的翻身仗，在南北向河道的基础上，东西走向是一千米一条沟，二千米一条河。吴合路南北仅六千米长，东西走向就有五条河、七条沟。这河沟体系不仅为防洪防汛提供了基础，同时也为建设灌排顺畅、爽碱汰盐的高产田提供了可能，合利的农业从此翻开了新的一页。

河沟体系是合利人引以为豪的优势，但就修公路来说，跨河建桥就成了一个难题，而这也可能正是合利长期未通公路的一个原因吧。吴合路在合利境内需架设大小桥梁12座，最大的是翻身河大桥，跨度达五十多米，且是航道桥。

公路桥架设不仅耗资大，建设周期也长，我们将此作为吴合路建设的硬仗来打，组建了五个服务班子，全程跟踪服务。我们当时就想：哪怕就是早一天通车，也要全力以赴争取。

吴合公路最终于1992年3月正式通车，从此结束了全县乡镇不通公路的历史。

合利与外界打开了通道，合利人亦跟上了时代的脚步，我从大家伙喜悦的笑脸和掩饰不住的兴奋中看到了更多发展的可能。

按照建乡之初"连南接北，西通阜宁"的规划，我们随后修建了射沙路，并下决心打通与邻县滨海的通道。经过合利上下若干人的努力，一代又一代合利领导班子的坚持不懈，阜宁至滨海的射阳河大桥也于2002年11月建成通车。

于合利而言，这是个历史性的大事，合利不仅仅是鸡鸣三县的宝地，更是名副其实的连接南北之枢纽。

跨入新千年后,火车和高铁的阜宁东站又被规划在合利的西圩村境内,这样,西通阜宁的构想不久便将成为现实。

交通,逐渐使合利变身为陆路枢纽,合利人也从怀念"河道经济"的记忆中走出来,从闭塞边缘的现实中走出来,走上了一条四通八达的开放发展之路。

第二张牌是新置通信。新乡刚建,就是一张白纸。我们着重抓通信、供电和广播网络的构建。这些既是基础设施,更是合利连接乡外开放发展的条件。例如通信,全乡原来就只有一根电话线,风一大,就断,线一断,就切断了合利与外界的联络,因此必须重新构建通信网络。在县电信局的大力支持下,针对公路不通、线路传输难的问题,合利率先建成了以高频传输为途径的通信网络,后来又建成了光缆传输系统,在全县率先新上了程控电话。

这就是说的"后发先至"吧。

邮电所"家当"(侯向轩摄于 1991 年 7 月)

汛期因陋就简抢通的广播,汛期后又进行了更新重建。就乡镇而言,广播的作用不可小视,它是号召民众、统一步调的重要载体。我们那时候的乡镇,重点任务很多,有"两上缴"、挑河治水等,这些都需要广泛发动群众,而广播则是乡镇不可或缺的宣传工具,是乡党委政府真正的喉舌。

与此同时,合利建成了全新的供电网络,实现了全乡供电网络的独立运行和管理。

在行政性极强的社会管理模式之中,若不构建以行政区域为切块的网络和管理机构,则很容易在运行中掣肘。虽然从社会化运行的角度分析,这不是一个最优的选项,但一定是最切合当地实际的选择。

第三张牌是做大镇区。蛤蜊港是一个有历史底蕴的河滨小镇,但若真真切切地走进她,不免让人有点失望和无助。在长不过百米的老街上踱步,唯一能看出点"厚度"的,就是偶尔看到某个门前的青石板和斑驳陆离的后巷古砖。在合利小街,人们口中流传甚广的还是轮船码头的繁荣和顾乃荣家的浮富。

悠久历史,但长期闭塞的迟滞和老旧街区的陋小,则难以承担起引领全乡的重任。所以,扩大镇区在所必然。

接下来的事情有两点很值得回味,便是规划和实施。

先谈规划。蛤蜊港小街处射阳河与合利河交汇处的港湾上,依射阳河东西向延布。缘于"古街"的魅力,若干年来,周边屋舍已星罗棋布,并不规整。规划若依古街延伸、拓展新镇,则掣肘太多,难以施展。

但蛤蜊港小街是合利的根,甩开它"另起炉灶",无疑是舍弃了过往的积淀和小镇的文脉,也辜负了当地人的蛤蜊港情结,这是新镇规划的难点之一。

第二个难点则是定向复杂,蛤蜊港古街是沿射阳河展布,射阳河在蛤蜊港处是缓弯,这就决定了小街也呈弯曲走势。这样,主向不一,势必多方受制。

难,是客观的,但陷进去不能自拔则于事无补。把"难题"放在一边,我们首先从"定位"上展开研究。合利新镇要体现河畔小镇的特色。射阳河是合利的母亲河，亦是合利人所有记忆之源泉，放大和凸显射阳河特色应成为新镇规划的基本点。再者，"公路经济"时代已经来临，将要开通的吴合公路应是新镇规划的主导方向。只有两者交会，才能既凸显空间的照应，又兼顾古今之衔接。还有就是打通向北通道，连通滨海，为小镇空间拓展增添新的活力。

基于以上考虑，在听取多方意见的基础上，我们确立了"依吴合路为主轴，顺势连接古镇，预留北向通道，注重近期远景"的基本思路。经后来的实践检验，这个思路是既务实又有前瞻性的。

再就是功能的把握。新镇区应是全乡经济政治文化的中心，这是不言而喻的。经济是一个镇的主要支撑，或者说，经济可决定新镇走向和特色。那么合利新镇的经济支撑是什么？

蛤蜊港成名于射阳河运输之便利，出名在三县交界的空间优势上。纵观和预测未来新镇的经济支撑点，不会是工业，也不会是大的专业市场，最大的可能是跨县集市贸易。合利射阳河阜滨大桥的兴建将使这个支撑点得到印证和放大。后来的事实也证明这个功能定位是合适的。尽管目前合利已撤镇变为社区，但周边的集市贸易依然很红火。

前不久，我到合利走走，观察小镇之繁荣程度不亚于邻近有些知名乡镇。

合乎实际的定位，使新老衔接的"难题"迎刃而解，亦使我们体味到了"无心插柳柳成荫"的妙境。

再看实施。实施也是步履维艰。首先，从自身条件看，合利是个经济基础相对薄弱的小镇，大跨步反而会久拖而不决，只能伤了信心，害了自己；其次，虽然从外界寻求力量当然不失为一个路径，但如将支点放在"外援"上，则可能需要等待，错过最佳发展时机。于是，面对一张"白纸"，我们从小的突破口入手，重点先兴十字形大街。南北向合利主大街以布局行政服务机构为主，东西向大街则定位为商业街，西与老街连接。

破土（郭以武摄于1991年10月）

钱从哪来？我们在调研摸底的基础上，逐步形成了清晰的思路：基础工程全乡抬，南北大街行政筹，东西大街靠市场。

基础全乡建。把街道基础等项目的土方工程与乡际冬春水利规划结合起来，决定拓宽镇东侧的中心河，增强输水入射阳河功能，挑河的土方则做好两条"十字"大街基础。1991年冬，动员全乡民工，开始了拓河建基工程。经过十几天的苦干，一条宽36米，长1000多米的合利主大街初展雏形。

在河工现场，我听到有的人嘀咕：做这么宽的街干什么呢？

说来也不能责怪他们，多年闭塞使他们对合利的前景难有较大的期许。

主街行政筹。南北走向的合利大街两侧主要是乡政府机关和乡直单位。我们一方面自加压力，制定时间表，抓紧布点，尽快连街；另一方面加快乡直单位的筹建步伐。建乡不到两年，乡政府大楼以及邮电、供电、税务、农行等乡直单位和部门的办公楼相继建成，总算有那么点街的味道了。

基础工程——新乡路基施工（侯向轩摄于 1991 年 12 月）

街是市的基础，无街不成市。街既成形，合利人对未来的期许也就有了一个现实的落脚点了。

辅街靠市场。这话说起来容易，做起来难。我们将东西走向的合利新商业街全部规划设计好，但钱从何而来？一时还真没什么着落。我询问到多处，可没有听到一个靠谱的"主意"。当时的实际情况是，有好多人希望到新街上买房做生意，但乡里不能做房地产开发，更不能集资，能做的就是可以安排宅基地。而安排宅基地是无法收费的，可谁都知道，宅基地的位置设计实际上是有"价值"的。经过反复琢磨，我们设计了"宅基地位次拍卖"方案。其核心是鼓励全乡的居民到新街建宅基房，做生意。我这是从级差地租理论中受到的启发，以宅基地与主街距离的远近，确定不同地块的价格，为了规避"卖地"风险，拿出一个差别化的商业街位次拍卖方案，上市拍卖。

曾经为农民计划供应过铁锹、铁锅、犁铧、锅盖等生产生活用具的农具社，一时风光无限，退出历史舞台后，无奈地守着寂寞，那曾经门庭若市的仓库，矗立在小街旁，还以其破败的"身子骨"显摆着过往的历史。

但它做梦都未想到，这次还真的让它又重新显摆了一回。

农具社废弃的空库房成了拍卖会场，进门要收保证金，不然拍卖场会被挤破的。拍卖规则公开公正，现场秩序热烈而井然。经过紧张激烈的竞争，所有位次全部有了买主，最贵的一间溢价达8万多元，在1992年时，这可是一笔很大的钱了。就这样，我们从"市场"上筹到了一笔难能可贵的基础建设资金。

农具社的库房和合利人一起见证了一场亘古未有的新鲜事。

拍卖会"场"——原农具社仓库（侯向轩摄于1992年6月）

尽管我们在操作上低调处理，但合利拍卖土地的新鲜事还是"炸"开了。

《盐阜大众报》的方群主任敏锐地捕捉到这是一件了不起的推动体制调整的大事，便写了《新乡的新鲜事》的报道，刊登在了《盐阜大众报》上。

而另一方面，个别唯恐天下不乱的人心里不平衡了。要告状，怕写"人民来信"来不及，破天荒地出现了"人民来电"。这个人拍电报到县市领导那里,举报陆道如违法买卖土地。

合利人厉害吧,"人民来电",这也是"亘古未有"!

这是改革的附产品,也是我预料中的事。因为在来合利之前做"功课"时,就有人一再提醒我:"那个地方复杂着呢!"

但是,要干事必然有阻力,干大事必须抗大压。当那些非议和责难迎面而来的时候,我想起了西方一位哲人说的话:那些没有消灭你的东西,会使你变得更强大。在合利的那些经历,不仅让没有基层工作经验的我得到了实践锻炼,更锤炼了我的意志和耐力,坚定了我守土尽责的决心。

我心里有底:因为我身后是2.6万人民。

经过不到两年的奋斗,公路通了,新镇"有模有样"了。

合利2.6万人的心也随之豁亮了,合利终于后来居上,跻身全县乡镇前列。

在来合利时,心里当然有目标,但那目标是不具体的,或者说是模糊的,甚至是有点"不知所措"的,然而当有模有样的新乡摆在眼前时,我的目标逐渐明确了,于是我又不"安分"了,我想让我的目标在明确中变得更有质量。

新乡的"新"

在新乡初创时,县领导和广大群众虑及最多的就是"新"。因此,新乡建设的重点是"新",其出彩的当然也是"新"。诚然,在薄弱的基础上搞建设也容易出新,而要历久弥新,则不是件容易的事。从某种意义上说,一穷二白上出新不难,而让成果"保鲜"则不容易。

关于新乡建设的基本功能是专家的事,而特色则应该是策划者的责任。

在新乡建设的过程中,最不易的是坚持一份执着的理念。其中至少包含三个要素:

引"史"为鉴。历史是岁月和文化的积淀。规划建设,更重要的是给后人留有与历史对话的载体。蛤蜊港小街不起眼,甚至是破败的,但这是蛤蜊港的根,是百年传承的文化载体、民俗载体,同样也是合利新镇规划的"看点"。抓住这个,就抓住了新乡的特质,一种年轮演绎与现代思维相融合的特质便可以展现出来。在规划中,始终坚持从蛤蜊港小街出发,注重倡导和弘扬传统特色。

应"时"而动。城镇构建是时代特征的生动表述。不容否认,任何建筑都会留下时代的印记,但不一定能成为精确诠释时代的语言,这同样要用心让后人读出策划者的初衷和理念,既要从古街建筑走出去,还要在现代大街上回得来。建设要有合适的节奏,必须有一两年内能够成形的实体,给民众以信心上的鼓舞,当然更应该有长远的考量。新乡建设的前瞻性定位至关重要,当初若不定位"北连",就不可能有后来的射阳河大桥,若不规划"南拓",就很难策应后来"阜宁东站"的良机。

人不可能未卜先知,但经验和研究的"车子"会把我们带向更远的远方。

以"人"为本。人是所有城镇规划的第一要素。这里既应有量的考虑,也应有质的安排,而更为重要的还是必须有怡人的效果。当年合利新镇的布局,合利人对其特质与"人本""人文"属性还是充分认可的。

我们坚持了这份理念,历史如何评价,留待时间去印证。关键是我们守住了这份坚持,坚守了既有承接又有前瞻的理念。

"大事"与特色

乡镇是最基层的政府,也是个复杂的社会,那时的复杂主要体现在"上下不对位,一定要对位;左右不平衡,一定要平衡"。其难度可想而知。

机关工作与基层工作模式是不一样的,到乡镇工作后才知道,当时农村工作中有三件大事是不能掉以轻心的,那就是"两上缴"、挑河治水和计划生育。这三件事有个共同的特点,都是事关全局。倒不是说事情本身都具有全面性,而是说这三件事若办不好,负面作用大,消极影响坏,极可能牵一发而动全身。

先说"两上缴"。这里有个逻辑关系,老百姓的口袋富余了,才有钱缴农业税和"两上缴";农业税有了,财政才能运行。"两上缴"足了,才能办大事。因此,一环套一环,一环断了,满盘皆输。

再说挑河治水。那时候冬春主要任务是挑河治水,县里有任务,乡里也有安排。挑河的关键是不能拖后腿。一旦哪里"赶不上趟",众目睽睽的难堪是次要的,倒是重新接上茬则需费很大的周折和成本。会带河工的干部,关键是一鼓作气。和打仗一样,善于摆兵布阵,方可无往而不胜。当时在乡镇有个流行的说法,能把河工带下来的干部,在乡镇就能胜任乡镇长了。说的就是这个道理。

还有就是计划生育。计划生育虽是单项工作,但对全局影响甚大,这一件事对全局工作也是至关重要的。

面对这三件事,我和我的工作同事拟定了相应的措施。下面着重叙述一下前两件事的做法。

足额"两上缴"

在当时的农村工作中,能否完成"两上缴",是衡量村级基础工作是否到位的主要指标,也是检验村级班子工作能力强弱的试金石。所谓"两上缴",是村民承包集体土地和承担社会公共功能应上缴的乡统筹和村提留。此后随着农业税的取消,"两上缴"也走进了历史,农村劳动力每年只需承担5个~10个义务工和10个~12个劳动积累工即可。

当然,我对取消农业税之举是有想法的,尽管这从组织原则上说不是一个基层干部该有的思维。土地税是历朝历代都有的基础税收,就农村而言,不仅是税收,更是农村管理的一种手段。简单的取消,看似减轻农民负担,功德无量;实际上把基层管理农民仅有的经济手段也取消了。此后,农民不再是农村挑河治水、修桥铺路、公共卫生等的主体,诸多矛盾盖源于此。其实减轻农民负担肯定是硬道理,假如将农业税直接"转移支付"、缩短环节依然用于农村、农民,均是减轻农民负担的有效办法。

当时，合利的"两上缴"是不乐观的，全乡欠缴面达 40% 以上，有的村整个组都缴不上来。合利是大吴滩"两上缴"的"老大难"，它的终结表现形式是公粮欠缴。

做好这项工作，一是先分头摸点。农民不肯缴公粮，背后都有原因，必须找准病根，才能对症下药。我坚持下到村里，下到农户家里，也鼓励同事们一户一户地摸情况。经过摸点，2 000 多户不肯缴和缴不足公粮的原因大体是村干部不公正（占 38%）、村级财务有问题（占 36%）、村里排灌不到位（占 19%）、家里太困难（占 4.7%）等。

我们条分缕析后，先立足于解决主要矛盾；若主要矛盾暂时不能解决的，则做出解决问题的时间承诺。对老百姓关注和反映的问题，做到件件有交代，事事讲清楚。至此，看似铁板一块的问题，有了松动的迹象，打下了进一步做工作的基础。

二是再做"两头"。就是相对容易做好工作的农户，鼓励他们带头，个别死活不肯缴的农户，也选择重点进行突破。一般"两头"突破之后，面上的"薄冰"很快就会融化。

三是重点解决"老大难"问题。对最后还不动的个别组，摆下"不达目的不罢休"的姿态，采取"集中力量打歼灭战"的策略，其重点是打消个别人"侥幸""讨便宜"的心理，攻克最后的堡垒。

1993 年，合利的"两上缴"面达到了 93% 以上（一般会缓、免 4% 的特困户和五保户），农村工作的好局面就此形成，走上了良性循环的路子。

这件事让我体悟到：衡量农村工作办法的好坏，关键看能不能解决问题，能解决难题的就是好办法。

好办法在基层，好办法在群众。

攻克挑河治水与突发事件

这里说的挑河治水，一般是指县以上水利工程。在那锹挖人挑的年代，这可是个硬任务。大家在一个工地上，是不能"掉链子"的。当然其中最重要的还是安全问题，说白了，就是不能出"纰漏"。但事实上，"纰漏"

真是在所难免。

有一年,我们乡组队上马家荡防汛工程,前方不断传来好消息,最后圆满结束。哪里想到,就在全乡民工撤离工地返程的那个晚上,四合村的书记打电话给我,泣不成声。我很吃惊,我们这个书记是很能干的,做事、说话都很有章法,不是出大事,他不会乱了方寸的。一问才知,原来,民工坐船回撤的时候,有个民工突然生急病,快不行了。此为突发事件,我简单梳理后,立即下了三条指令:一是船直接开到县医院,全力抢救;二是请乡里一个副乡长专门负责此事;三是派人把病人家属从合利请到阜宁。

解决这类突发事件,当然要有感情,但必须理智。理智能使事件妥善处理,而感情有时则能"泛滥成灾"。

到医院是第一个环节,一方面是便于抢救,一旦出现不测,也便于处理善后,不致使问题放大。我们在处理许多突发事件上的被动,往往是由于一着不慎酿成难以弥补的后果。再者把家属请来,这既是人之常情,也便于积极沟通处理事务。第三就是一人为主,便于协调和安排,不能乱,不能走错步子。"不可逆"是处理突发事件的基础路径。防止"个个问,个个问不到位"的情况出现。后来这位民工还是去世了,经医院鉴证,是突发心脏病。经过一周艰苦的工作,我们理顺了家属情绪,顺利解决了问题。

我离开合利到开发区工作后,在开发区土方基础工程现场,合利工地又因病殉职了一位同志,经过当时的县委书记亲自拍板,死者许其东同志被江苏省人民政府追认为革命烈士。从解决突发难题的角度分析,这又是一起处置得当的案例。

富民与工业

上述事关全局的"大事",其实都是与经济发展息息相关的,它能影响全局风气,亦能左右工作方向。而经济发展则是乡镇一切工作的基础和重点。分析合利的乡情,我们把经济工作的着力点放在两个方面,即千方百计抓富民,因地制宜上工业。

富民是政府的头等大事，始终是我们的出发点和落脚点。合利是个基础比较薄弱的地方，抓富民更须脚踏实地，步步为"盈"。

我在深入调研的基础上反复琢磨，得出合利推进富民可以有两个着力点的结论。

一是农业增收。如前所言，合利有较好的河网基础，但农田的"最后一公里"太差，全乡没有符合标准的高产田。合利又是个倚重农业的边远乡镇，农田基础这个短板要补上，也必须补上。当时我们做了个三年规划，每年重点解决一片，并以点带面，点面结合，不急不躁，脚踏实地地坚持，最终建成了2万亩高产农田，这对合利农业是个了不起的成绩，这种方式也成为农民增收的主要途径。

二是发展多种经营。鼓励各村依据自身特点发展多种经营，不折腾，不搞一刀切。西圩村过去在"割资本主义尾巴"时"不彻底"，留下了大批果树，我们就加以利用，请来技术员，把果树种好，扩大规模，改良品种，并帮助促销。阜东村村民种棉花有经验、产量高，我们便因势利导，把棉花大户、技术员培养成村支部书记，带动更多的村民，使棉花越种越好。我们这片棉区后来和吴滩一起兴办了合东棉花交易市场，形成了棉花生产、销售"一条龙"新格局，发展成区域性最大的棉花交易场所。再就是传统的养猪、养鸡、养鱼等，倡导一村一业，形成特色，经过几年的努力，全乡涌现了一批专业特色村。虽说横比还有差距，但纵比进步很大，展现了安居乐业的好形势。

工业，无疑是观察区域经济发展情景的主要因子，也是区域主官们全力以赴推进的事。村村点火、乡乡冒烟式的前赴后继，为了发展工业也不知付了多少遍学费，然而，还是有人乐此不疲的"试错"。事实上硬行推进和消极抱怨都于事无补。

"题目"是必答题，解题路径应该是可选择的。

"无工不富"的道理谁都懂，但不是什么乡镇都可以随便上工业的。合利先天不足，唯一的砖瓦厂还因为经营不善而裹足不前。工业经济要素条件也不具备，供电、银行、税务等都缺乏有效支撑。当时县委县政府

骨干"充电"——村产业结构调整培训班（侯向轩摄于 1994 年 8 月）

号召大家招商引资，大上工业，合利的压力很大。但我们还是清醒的，坚持循序渐进，宜上则上，绝不折腾。

紧扣合利实际，我们走了三步棋。

第一步是利用并放大自身条件。只有知此知彼，方可百战不殆。合利最大的优势无疑是粮食，围绕粮食做文章既有基础，也有空间。经过多方努力，乡里招商引资，引来盐城老板创办了丰裕糖业公司，总投资 2 000 多万元，生产麦芽糖浆和玉米淀粉等。作为粮食深加工企业，在合利办厂的优势明显，既有原料的优势，比如小麦和玉米，还有用工的长处，比如劳动力。事实证明，这家企业在合利实现了不断的发展，还持续扩容投资增项。

第二步是选择和引导乡亲。说实话，要把与对合利不了解的人引到合利这个比较偏僻的地方办厂，不甚容易。因此在合利乡亲身上动脑筋，开好头，做好一个引领示范作用，非常重要。于是我们请来了在盐城的合利人姚先生回乡办厂，老姚先上了"老行当"注塑厂，主要生产养鸡用的塑料件。后来又拓展了鳄鱼养殖，发展成为周边地区最大的养鳄和鳄鱼研究开发企业。说实话，老姚如果一直在盐城发展，肯定比来合利好，但是建设家乡的本心让他毅然回乡投资。老姚的回归，使盐城少了个老板，合利则多了个能人，合利的发展非常感谢姚老板。

第三步是拓展并延伸优势。合利有个大王村，是远近闻名的海洋渔业捕捞村，其海捕业延续了上百年。我们经过反复论证、研究，决定利用大王村海洋捕捞的人力资源优势，上大马力渔轮。一对大马力渔轮需投资一百多万元，在当时，这笔资金还是很大的，于我们这个一穷二白的新乡而言，更是难题。我们考虑自筹一部分资金，其余申请贷款。从考察、立项、申贷到关系协调、港口对接、选择"老大"等，其中艰难自不必说，但终究还是把这件事办成了。

1994年，合利乡也是阜宁县第一对大马力渔轮下海了，经过两年的运营，总体还不错，但仍有部分问题，原因主要有三：

一是经验欠缺。大马力渔轮宜适度规模经营，虽说有先进仪器寻找鱼群，但在海里真正找到鱼群，那是碰巧的事，更多的还是依赖老大的经验和相互间的信息传递。而我们仅一对渔轮，没有经验丰富的老师傅，没有传递信息的伙伴船，更多的时候像孤军奋战，"碰运气"成分较多。有一次，我在电台里听汇报，说遇到了黄鱼群，这是两年时间仅这一次的撞"大运"。这一趟，产值收了二百多万元，是平时的三倍多。

二是配套服务"不经济"。渔轮靠岸要加油、加冰、加水，而就近并无这些相应场所，都必须提前安排。而售卖更要多方比较，因为我市的黄沙港规模小，不利运作，因此我们多停靠浏河港，很是不便。

三是安全。海上操作，风险度极高。渔轮出海，一个周期都在一个月以上，台风、大风来临前都要主动停船躲避，每遇恶劣天气，我们常常日夜不眠、守着电台听消息。明知"远水不解近渴"，但还是不放心而"遥控指挥"。

后经过权衡，这对渔轮还是转让了。还好，不亏。

合利"海"的尝试告一段落，开放的因子开启并植入了骨髓，客观上为这一地区的富民工程提供了难得的动力。

多年来,我们付出的努力并不比别人小,内心确实不无遗憾,但合利的工业终究未能成为主体,好在2.6万合利人对这方面工作同样予以热情点赞,让我们真的倍感欣慰。

"硬币"的两面:基础与特色

下乡前,许多人鼓励我,乡镇能锻炼人呢。其实,农村出来的孩子,在哪不是工作?

在乡镇工作一段时间后,确实经验积累和感触颇多。要想把一个地区管理好,千头万绪,纷繁复杂常常使人不得要领;人多嘴杂,见仁见智也往往使你左右摇摆。几年的基层实践,使我深切体会到两点:一是事关全局的事必须抓好,二是自我特色的目标必须执着。

前者是后者的基础,后者是前者的体现。

在乡镇工作,我尤其注意学习和观察其他乡镇。有的乡镇看上去很不错,但就是"七拱八翘",后院常起火;有的乡镇考核也靠前,就是得不到肯定,往往被"一票否决";还有的乡镇表面平静,其实各怀心事,缺乏一种应有的"气"。我以为,以上问题的症结可能都是事关全局的"大事"忽略了,乃至形成许多"大事"次生矛盾和问题,并导致多种问题的叠加与累积。那么,事关全局的事究竟是哪几个?这要有全局的理念和务实的思路去判断。判断准确,便能事半功倍。

当然,创立特色是价值体现。尺有所短,寸有所长,长和短都是体现自身价值的载体。建设和管理一个乡镇也不例外,必须下决心、动脑筋创造自身特色。

智者当拼命发挥自身长处,而不要试图补短,因为补短往往是没有结果的"不归路"。同一过程中也不要试图创造很多特色,因为特色多了就无所谓特色了。

乡镇的特色往往是水平的外界体现。有的乡镇,看上去也不错,但就是"平",给人给己都不会留下深刻的印象。事实上,引人关注的一般不是毫无缺点的"好",往往是与众不同的"特"。因此,"特"首先是乡镇主要领导客观的把握、思路的延展和创意的展现。

特色的创立,一般不是刻意追求而得,某种程度上是工作做到位后顺理成章的产物。

庄子在《天道》中言:"素朴而天下莫能与之争美。"特色之魅力亦在于自然和素朴。

我想,这大概就是"一把手"的重点能力吧,说白了就是发现重点和把握重点。

我这书记我的乡

到合利任党委书记,于我和合利而言都是考验。就我来说,上任之初,有两个压力。

第一个压力是来自上层。全县当时与合利一起分乡新设的还有永兴镇。在分乡酝酿阶段,县委对新乡镇创建高度重视,尤其对选人,对选什么样的人特别关注,县委书记曾在不同的场合就强调,一定要让新乡镇走出一条新路来,首先从干部开始。此前,事不关己,也不甚在意。后来县委领导找我谈话让我到合利时,说实话,压力非常大。我自己心里知道,这个压力不是来自对接手和管理新乡的担心,而是对县委和县委书记所期待的"新",心里没有谱。一般来说,这不是件容易的事。

第二个压力来自群众。到合利任职时,我30出头,说实话,年龄也不小了,但在当时还是全县最年轻的乡镇党委书记,尤其是到合利露面时,干群一致的反应是担忧:"乖乖,这个毛头小子能把我们这乡建好?"这"首因效应"对我而言当然是压力如山,得不到干群的首肯和贴心支持,想建好合利只能是一句空话。我当时便暗忖,一定要脚踏实地让大家认识我,决不搞"新官上任三把火"那虚晃的一套。

新乡书记——右为副书记、乡长高国专，左为副书记袁连美，中是作者（王卫国摄于1991年12月）

当然我自认为也有两点优势。其一是我当了多年团干部，在阜宁师范学校读民办教师班时还当了校学生会主席，应该说这些作风和干劲有利于我在合利展开工作。学生会干部，就是义务做事的。团干部，没有实权，想做事，搞活动，必须靠各部协调。也形成了我"没架子"和"靠大家办事"的风格。后来的事实也印证了我这个判断。其二是我当专职团干部近十年，主持团县委全面工作也达四年多，这期间，我乡镇跑得很勤，人头熟，到乡镇我又特别喜欢与党委书记们聊天。我县当时的20多位乡镇党委书记，有的是从县机关下来的，有的是部队转业干部，还有的是从村支部书记走出来的。应该说他们都很强，且强中还各有特点，能做乡镇党委书记的都是不一般的人，每一个党委书记就是一本深邃的书。我有机会，亦有幸读了那么多本特殊的"书"，受益良多。

于合利新乡而言，考验则是可以想见的：基础薄弱，群众不富，块头不大，交通闭塞。这样的条件，容不得我们错走一步，而"硬币"的另一面，则是合利干群的期望值不低。这当然是好事,然而一旦结果与期望出现落差时,情势就可能变得很被动。

清醒的认知有时候比行动更重要。

我们就是在这样的"条件"上起步的,现实一再提醒我们,按部就班不行,大起大落更不行。唯有一途:用新思路走新乡路。

因末梢供血不足的散杂偏大和思维定式的管理力不从心而分设新乡,同样新乡又因现实薄弱和相关掣肘而不得不另觅新路。

我们别无选择地走上了一条不能预知结果的创新之路,幸运的是,现实给了我们超乎期望的回报。"合利模式"应运而生。

新乡的新思维

这里说的新思维,其实就是当时迫于新乡的现实条件而被"逼"出来的一些思路和措施。

从"因人设事"到"因事定人"的管理办法

以往,乡镇用人多而杂是个不争的事实,一方面事情多、任务重,需要人,另一方面则是来自多方面的压力和关系,也必须安排人。再者,村里的书记、主任、会计辅导员等"三大员"干到龄之后,既没有出路,也没体制转岗,作为乡镇领导不关心他们肯定不行。说得直白一点,你安排不好,就没人帮你干事了。所以,"因人设事"基本是乡镇的普遍情况,有的乡镇开"周前会",坐下来都是上百号人。

合利新乡刚设,人手少,当然需要很多人,但财政薄弱,支撑乏力,只有另辟蹊径,我们拟定了"因事定人"的基本思路,决定走"轻型化"的乡镇管理之路。

首先是严控乡办人员。乡里规定任何领导和部门都不能随意进人,进人必须经领导班子会办。抬高门槛,是为了克服随意性。到1996年,新乡运行五年多,我们使用的乡办人员始终控制在十人之内。

其次是对乡办单位实行编制管理。成立乡办单位,用多少人,乡里说了算;用什么人,各单位负责人说了算。实行"上收一级"管人数的办法,有效控制乡办单位人数膨胀。

再就是制定村"三大员"补助转岗办法。村书记等三大员工作很辛苦,同时还没有什么保障。理论上村级是自治组织,实际上没有合适的收入和保障谁跟你干?我们的思路和办法是在岗工资与考核实绩浮动、养老与社会保险衔接、退位享受规定定额补助、转岗由乡里统筹安排等系列措施。这套办法界限明晰,操作性强,预期性好,既让村干部干事有积极性,以实绩决定位置,又公开透明,规范操作,防止随意"搭车"。

我们的"因事定人"办法,支撑了"轻型化"的乡镇管理机制。就我而言,其间也确实"恼"了不少人,可见任何改革都是有成本的。

有些事本身并不很复杂,困难的是一份"坚持",坚持了,便可能进入一个全新的状态。当然,要守住这份"坚持"也并非易事,其中有执着,有艺术,也可能有妥协。

从"程序选人"到"基层选帅"

多年来,党委组织部门已形成了一整套的选人用人考察办法和流程,既有实际标准,又有程序规范,当然非常好。但有时筛选出来的可能是个"好人",却不一定是能干的人。

而村支书就是需要特别能干的人来担任。

我们22个村支部书记,有的弱,有的软,有的不肯干,有的群众不信任。而这些书记的"弱项"都体现在村里的重点工作上,尤其表现在前面所说的"三件大事"上。

为解决这些难题,我曾把乡分工干部派到村里去做"钦差",经过一段工作后,发现效果并不尽如人意。有的我认为很能干的乡干部,到村里帮忙后也捉襟见肘,不能奏效。

问题和现实一再告诉我们:村工作,关键是支部书记。其他人代替不了,也无法代劳,乡干"帮忙"亦非长久之计。

一方面支部书记很重要,另一方面支部书记又软弱,现实促使我下定决心,一定要挑选好支部书记。

村支部书记是个很特殊的职位，官不大，管的人却不少；既要有动嘴的能力，更要有动手的功夫，还得有动脑的本事；其中最重要的当是控制力和威信。我们常说，一个副乡长能干好，未必就能领好一个村。可见村支书的能力要求其实非常高。

于是，我和乡组织委员一起，一个村一个村地过堂。到村里我必开三个座谈会。一是村组干部会，二是老党员、老干部会，三是群众代表会。重点人物还进行个别访谈，走村串户，多听广选。以"能干事"作为主要目标，打破常规，选贤用能，甚至破格重用。

西圩村是个不大的村，现任的干部普遍偏软，村工作是全乡的落后村代表。选书记时大家都说没有合适的人，"蜀中无大将"，一时陷入尴尬的境地。可我反复思量，抓住一丝"可能"反复求证。在听大家座谈时，有好几个人说有个电工很不错。在听了多方面意见后，我找来了这个电工，发现他表达准确、思路清晰、专业过硬，能力很不一般，并且为人正派，村里人缘也好。美中不足是没做过村干部，缺乏经验。但我很高兴，经验可以积累，人品和能力才是更重要的。后来我们破格任用他为村支书。仅一年，这个村就甩掉了落后的帽子，成为全乡的先进村。

阜东村是与射阳县阜余镇搭界的一个村，老支书转岗后，推荐了拟任书记人选，我们在考察时，又发现一个更能干的人选。这个人是村里的农业技术员，村里棉花种植面积大，在全乡是植棉示范村，他服务好，威信高，并且做事有"章法"。我们经过反复比较，果断地决定起用这个农业技术员当村支书。事实又一次印证了我们的判断，阜东很快成为全乡的标兵村。

射南村不大，但矛盾不少，村里干部和骨干还明显分成两大派，各派都希望把自己的代理人推出来当书记，并且交锋很激烈。经过反复调研考察，我们发现这两个候选人都不很合适，其中一个是"回炉"村干部，俗话说，"回炉烧饼不脆"，重点是他关系网复杂却不专心做实事。另一个能力不强，更不是合适的候选人。更头疼的是两派都互不认可对方的候选人。

出现僵局时,转换思路是正途。

经过重新考察,我们把村妇女主任、青年书记任命为村支书。这个女同志年纪轻,可塑性强,关键是两方都认可和支持。

功夫不负有心人,这一轮选出的村支书质量很高。一方面体现在村里的工作和"三件大事"上,另一方面体现在稳定和可持续性上。合利因此步入了一个近十年的村支书稳定期。

一分耕耘一分收获。合利自此出现良性循环的好局面。

这期间,也有人提醒我:"你不要这么辛苦,应该相信人家。"其实这里面有个辩证法:村支部不硬,势必村里工作不硬。不硬的村一多,你就是花再大的精力,乡里工作也搞不好。因此,从另一个角度看问题,与其说是选村支书,不如说是给党委政府工作减压力。如果没有一茬过硬的村支书,合利当然不会有一个令人难忘的新乡。

这段经历也让我思考了很多。有时候我们一些干部总是抱怨没有能人。依我看这是典型的形而上学,其实不是没有能人,而往往是我们的主要干部"一叶障目不见泰山"。

第一位的可能是观念出了毛病。选人的标准非常重要,而我们选人时总是想找没有一点毛病的"完人",完人找不着,往往找到了看上去没有毛病的老好人。而事实上四平八稳的"好人"不管用。"能人",哪怕是有点毛病的能人也能用,关键是党委领导要达到收放自如的境界,该放手时且放手,须上紧箍上紧箍。选人的初衷是"干事的",这一点应贯彻始终。

第二位或者是选人的方法不对路。主要领导不沾边,组织部门单线操作,程序一样不少,结果选上来的可能是不能干的好人。从主要领导的角度分析,这是"放手"吗?我看"放任"的成分更大一些,要知道"用干部"从来都是主要领导的职责。

"你要知道梨子的滋味,你就得亲口尝一尝。"

我实实在在地体味到,选人、用人是"一把手"基本功的硬道理。

"吃饭财政"到"借力办事"

我们那时候的乡镇很"综合",是名副其实的一级政府,但仍有难处,其中压力最大的是财政。合利税基不好,县里会跟乡里算个账,先确定既定财力一块,再算平衡账,这种算法我们税基少的新乡是不讨巧的。就乡里来说,实际上有两个难点:一是既定财力要自己挣,这块一点不能少;还有月度平衡,不然干部和教师工资就发不出。200多名干部和教师月月要拿工资,你说压力大不?二是乡里要办事,必须有钱。钱从什么地方来?这要筹划。

对新乡而言,办事也是刚性任务,不存在可办可不办的问题,所以这个压力更大。我看过一篇文章指责地方干部成天抓招商引资和眼睛紧盯住税收,这是真的"饱汉不知饿汉饥"了。一大批人到期就要工资,你既不能说没钱,不发,又不能总是向上汇报,向领导求援。过日子的"账"总不能放在别人的口袋里,唯有想方设法自求平衡。不抓财政,百姓的日子都过不下去,何谈当百姓的书记?

关键是"办事",要用钱的地方太多了。分乡时,吴滩分给合利一艘小艇,还有爿风雨飘摇的砖瓦厂,这就是当时的全部家当。县里当然会支持一些,但都是跟项目走。投资30多万元的乡政府办公大楼,我记得县里仅给了20万元。可以想见的,能有多大支持?但各有各的难处,你也不能把支点立在别人那里。

我们开动脑筋,多方筹措,仅一年多时间,新镇和乡办单位基础设施基本筹建到位。后来,我们又疏浚了翻身河,建了射沙路,并相继新建了合利派出所、合利小学等。

合利小学的新建,还真有一段故事呢!

教育是我们办实事的首选项。合利中心小学原是一个村级小学,调整为中心小学后,人员、教室等各方面都难承其重,我们决定重建。要建关键是钱。全乡动员,干群的积极性很高,有力出力,有钱出钱。我们当时提出了"人均十斤稻,普九办学校"的倡议,大家热烈响应。西圩村年近八旬的顾正干老人推着平板车将20斤稻谷送到粮管所,说他们那代人受够人不识字的苦，千万不能再让合利的娃儿当睁眼瞎子了。老百姓的热情远远超过我们的预期，也给了我们深刻的教育。

合利中心小学的新校规划面积比我们乡政府还大，教学楼也比乡政府的楼气派。那个教学楼的草图还是我画的。建成后，合利小学便成为全县"上数"的中心小学。后来我们又为北汛初中建了教学办公楼。当初还曾计划把北汛初中搬到吴合公路旁，但当时合利村工作没做妥，我们也没有再坚持，其后发展的事实证明这是错误的"妥协"。

后来我到县政府任副县长，省政府按教育厅主导，发文把乡级教育职能全部收归县里，其理由就是乡政府会挪用教育资金。在县政府常务会上，我当时就表达了一些担忧。事实上，挪用教育的钱，事急从权，但不是主流。多数乡镇都会把办好中心小学和中心初中当着大事来办的。换个角度看问题，即使有个别挪用教育经费的，也不能"因噎废食"，对教育经费审批慎之又慎，应该让他们后期妥善处理，而当时应以调动多方面积极性为主。再者，县教育局直接管理全县近万名教师的考核、调配，管不透，是倒退。

多年的政府工作中，我悟出了一个既朴素又深刻的道理：好办法来自基层。

合利新乡建设一步一个脚印，许多方面做出了可圈可点之处。

建乡当年因抗洪救灾成绩突出获县委、县政府表彰，其后连续四年，获县委、县政府综合考核先进奖。

综合先进奖是一个很重、竞争很激烈的奖项。全县25个乡镇，一般评5个~6个。一个新乡、小乡，能连年获此殊荣，让大家备感振奋。

水土浸染的营养缓释

我在乡镇工作不能说驾轻就熟，自感还能适应，当然这很大程度上得益于我生在农村，长在农村，心在农村。

我出生在施庄乡锦仁村，一个远离集镇和县城的农家小村，家就坐落在渔深河边的堆堤上。渔深河是一条北通射阳河、南接沟墩镇通榆河、海河的河道，全长 13 千米，是当地贯通南北的主要输水河道和农用航运通道。说航道，其实也算不上，就是一些机帆船、挂桨船在此处运运沙子、装装货物而已。

倒是渔深河的传说故事还是很有名的。渔深河向西约莫一千米，与之平行而卧的就是远近闻名的黄沙岗，这是 6 000 年前海淘浪涌而留下来的印记。我从小就听大人们讲述小秦王赶山入海的故事。故事说现今的黄沙岗原来是座山，小秦王奉命赶山入海。因赶山之鞭被人替换了而赶山未成，一怒之下小秦王便鞭打高山，山碎形成了现今的黄沙岗，深沟成就了渔深河。

渔深河是我儿时游泳嬉水的地方，更是我童年的伙伴及故事的摇篮。

渔深河是附近镇村较宽的一条河道，约 50 米宽。在未架桥之前，渡船便是人们南来北往的主要交通工具。我家边上的曹家渡船口则是周边远近闻名的"标志性"地标，曹家四代人传承摆渡，近百年历史，直到 20 世纪末，渡船口才撤销，"曹家渡"也走进了历史。

出门靠摆渡，着实说明了交通的不便与闭塞，我在村里小学读书五年（在我们读小学时，学制由六年改为五年），压根就不知道什么叫音乐课、体育课，从来不知道"哆来咪"。

条件的简陋，处所的闭塞，并不妨碍我们拥有一个美好的童年和丰满的儿时记忆。

大片的麦田就是我们的游乐场，冬天干枯的灌溉渠就是我们"打仗"的战壕。记得我在八九岁时，与一群小伙伴在刚"起生"的麦田里捉迷藏，我被几个小伙伴压在麦沟的最底下，疼得无法控制，哭了。晚上回家还是疼，"哼哼"地叫了一夜。天还未大亮，父亲便决定带我去阜宁看伤。从家出发，步行了很远的路才赶到施庄，然后搭乘二轮车，因为那时汽车班车太少，就有了用自行车载人的生意。为了省钱，我和父亲坐一辆车。那是一个很冷很冷的早晨，走路时不觉得冷，坐在自行车上时两脚都冻得麻木了。当太阳刚刚升起来的时候，我们已赶到了 204 国道阜宁轮渡码头。

这是我第一次来到阜宁城。

站在码头上等渡船时,看着那宽阔的射阳河,我震惊了,那是我见过的最宽的河。河面上结了厚厚的冰块,河中间有一条参差不齐的行船航道,经轮渡船推动后的码头边上,冰块层层叠叠的。对面河岸边停泊了各式各样的船,有的船上还冒出了袅袅炊烟。在冬日的霞光辉映下,这分明就是一幅美轮美奂的油画。

轮渡船靠上了码头,这又是我见过的最大的船。船边停了三排汽车,得先由汽车上船,然后才轮到我们这些散客,而且我们只能上渡船两边的甲板上。轮船和汽车的发动机发出不一样的轰鸣声,其喷出的油烟味也是不一样的,他们喷出的"白气"让这寒冷的冬天显得热腾腾的。"嘀——"轮船的一声汽笛声震耳欲聋,仿佛是开启一天的最震撼人心的交响曲。

我有点"庆幸"这次受伤,现在想来当时早已忘记了左肩的疼痛,只记得映入眼帘的都是些从不曾有过的景象。也是那一次,让我与阜宁"一见钟情"。

当然,记忆的最深处还是旧时的贫穷和无助。

我有两个姐姐,姐姐们告诉我,我刚学会吃饭那会儿,是困难时期,一家五口人到社里打了一桶稀饭回家,说是稀饭其实就是米水,爸爸妈妈和姐姐们把桶里的稀汤喝了,沉淀下来小半碗带米的稀粥,便是我的主食。不记事的我哪里知道这"粥"的含义啊。其中有亲情之怜、家庭之爱,更有从苦难的日子里挤出来的呵护,当然更多的是对大气候冷暖起伏的苦熬和无奈。

在儿时的记忆里,我最怕刮台风。我们家的房子是草盖的茅草屋,可经不起大风刮啊。每逢狂风暴雨来临,一家人心里总是"凛凛"的,忙不迭准备好各种盆子、桶放在屋里,接漏雨纳泥水。

我读小学那时候的书本费和学费不多,一学期也就三四元,尽管少,我们家还是凑不齐。我们兄弟和妹妹的书本费和学费都是我四舅父、四舅母给的,他们两人都是老师,这又是我们拥有的另一份"爱"。

我上学时最爱"显摆"的东西,是我大姐夫从部队给我寄来的一件黄军装和一双军鞋,当时真是了不起的"稀罕物"。那时我上初中,在邻村的高峰读书,家离学校约四五里地(1里=500米),那时的冬天特别冷,有一年下了很深很深的雪,渔深河结冰封冻,冰面上能走人,屋檐上更是挂满了"冰冻锥子"。尽管这么冷,上学时我宁愿光脚在雪地里走,也舍不得穿"宝贝"的军鞋,但会提着这宝贝鞋在小伙伴面前挺直腰杆地走,心里莫名的自豪。

我原来有个三妹妹,五六岁时患了急病,发高烧,爸爸把她背到施庄公社医院去看病,下午黄昏的时候,爸爸背着三妹回家,三妹走了,医院诊断是急性脑膜炎。

那是一个云层很厚的黄昏,当时的情景在我童年的心灵里罩上了一层阴影。

生活在用"残酷"的方式让我感受生活,农村需要太多的改变。

读高中时我到乡所在地的施庄中学读书,因为离家远,只能住校,我带到学校的棉被子是搜罗了家里所有的旧棉絮新做的。我就读的施庄中学是新设的,我们是第二届新生,学校还处在建设期,条件简陋,许多事需要我们自己动手去干,搬砖抬瓦,挑沙子,找煤渣铺路。对,每周还要轮流抬水,学校离取水的中心河有一里多路,当时也不可能有钱装水泵,吃、用水只能靠学生轮流值班抬。读书两年(高中由三年制改为两年制),我们干了两年。

那时候的经济水平还是很差的。我们住校生每个月的伙食费就4元,其中2元是蒸饭费,2元是菜金。菜金,就是每天的青菜汤。临到月末,才可能吃"伙食尾子",是加豆腐的青菜汤。尽管改善的伙食是简单的,那也是我们期盼的。

周末回家,七八里路都靠步行。一到家,母亲总是能给我泡上一碗放了荤油的糯米面,美味极了。嘴里含了满口香,心底里也装满了深深的母爱。

苦和乐,为那段童年和读书时光做了注解。

高中毕业后,我谢绝了多方邀我代课的美意,还是选择回家乡务农。

因为当时有一个很好的机遇,那就是规定高中毕业生只有回村劳动,方可获得推荐去报考高校的机会。

坎坷高考路啊。1978年我参加高考,因成绩差五分而落榜,迫于家庭经济压力,我只能是一边代课一边备考。1979年盐城市从代课老师中招考阜宁师范学院师范生,考虑到多条生活的出路,我参考了,最终以全县第十名的成绩到阜宁师范读中师;毕业后本该安排老师的岗位,因在校时期曾做学生会工作又被要到团县委上班,从而走上了从政之路;后在职参加成人高考,又考了个全县第二名,脱产去江苏省青年管理干部学院读书;才跌跌爬爬地总算走完了高考之路。

循着上一个话题,我当时回村务农了,在别人看来我有一位当生产队长的父亲,一定不会吃苦了,其实不然,一年多时间,我上过河工,挑过大粪,浸过稻种,农村的苦活、脏活一样不落。不仅如此,我还要多承担集体工作,在集体的队场上打过场呢。

那时,队里没有打谷机械,碾稻谷只能是牛拉"磙子"碾压。因为是牛拉,就得背开白天的太阳,一般都是夜里"打场"。

耕牛的哞哞声在人静物息的深夜传得很远,很远……它是农村人收获的赞歌。

"土"里生长的我,"河"里浸润的我,留有太多的农村底色,包括做人、做事。

因此,在乡镇工作,总是将老百姓视若父母,我也很珍视这段"土生水润"的经历,尽管有人总是笑话我"土"。

我这六年书记

我是在1991年任合利乡筹备领导小组的组长,同年10月任乡党委书记,1996年3月任县委常委、合利乡党委书记,1997年4月离开合利。整整六年书记,自然感慨颇多。

古人云:"公生明,廉生威。"在乡镇做"一把手",要团结一班人,领导全乡干群干事,无论是用人,还是办事,我的一个"法宝"就是始终坚持公正严明,把公正放在第一位,当然有时也因为公正而受累。

合利六年,决不因个人亲疏利害乱用一人,凡事在台面上解决,绝不做幕后交易。加之处于创业时期,应该说合利干部的精神状态非常好,风气正、效率高。我离开多年,大家都很怀念那一段不寻常的经历,那也是我记忆中最为深刻的时期之一。

在合利,我有一批很棒的"搭档"。他们各有千秋。特别难能可贵的是,他们都全身心地投入新乡创建的工作,都出以公心地支持我的工作,包括我的"折腾"。

合利培养了我,给了我工作的土壤,我在那里也交了很多工作伙伴和朋友,他们给了我工作的帮助,所有深藏心底的合利情结愈久愈浓。

大学生眼中的"乡书记"

我做专职团干部多年,在全省有许多跨界的团干部朋友。南京理工大学的团委书记与我交情颇深,他提出将合利作为他们大学生暑期社会实践活动的基地之一,我非常赞成,便特意交代乡办公室把大学生们接待好,活动安排好。20多名大学生,在合利实践和调研了半个多月,住宿和吃饭做了妥善安排。

在调研过程中,他们听到最多的故事是关于"陆书记"的。实践和调研活动快结束的时候,有位大学生嘀咕:"能不能让我们见见乡里的书记。"乡办公室主任告诉他们,晚上在食堂和他们一起喝稀饭的那就是陆书记。大学生们大为惊讶:"乡党委书记还能是这样的?"

原来那一阵子电视台正播放电视连续剧《新星》,里面有个乡党委书记潘苟四,整天醉醺醺的,发电话条子控制乡里的电话。大学生似乎以为乡党委书记都跟潘苟四差不多,至少吃饭也得"开小灶"吧,没想到合利这位号令全乡的党委书记也就是"普通人"一个。

大学生们说,陆书记颠覆了他们对基层干部的认知。

可见,舆论导向真是太重要了。当然,最重要的还是我们自身的形象。

乡亲的感慨

一次,我到北汛村参选县人大代表,选民大会结束的时候,乡亲们和我围在一起拉家常。有人对村里的工作提出了一些建议和意见,说得比较随意,气氛亦好。

看这边热闹,在一旁抽烟的80多岁的老党员吴二爹爹凑了过来,我赶忙让座,并顺嘴问道:"二爹爹想跟大家说什么?"吴二爹哈哈一笑说:"跟党走,听党话,死后坚决搞火化。"吴二爹爹的豁达诙谐引得全场哄然大笑。

笑声刚停,一位70多岁的顾老爹盯着我打量,感慨:"我们的书记刚到乡里时,白面书生,现在又黑了,还老了一些。"我听了,心里湿湿的。

金杯银杯,不如老百姓的口碑。我做得不多,甚至做得不好,但老百姓一直厚爱于我。

还有一次,我和乡组织委员在老沙村办事,晚上回乡政府时天已经很晚了。那天没有月亮,天很黑,我们又没带手电筒,只能乘着蒙蒙的弱光,在黑黝黝的晚上,凭着印象,骑自行车在射沙河青坎路上行走。我走在前面,突然,"哐当"一声,我还未来得及反应,整个人便从自行车车头上翻了过去。很疼,但第一反应是告知同事:"小心土坎!"我慢慢地站起来活动活动,还好只是破了点皮,人没伤,可把组织委员吓坏了。

原来,这河堆的"青坎"路是利用河堆与河之间的青坎形成的路,青坎上有抽水机用的"机户",其实就是横在路上的、高出地面约40厘米的水渠,我被这水渠绊倒了。

听到"响动"的居民打着手电来看个究竟,看到"狼狈"的我,大吃一惊,连连道歉。再看我的车不能骑了,坚持要用手电将我们送到乡政府。

我跌倒本与他没关系,可他却在那漆黑的夜晚陪我们走了四五里的路。多年来,我与老百姓的感情一直很深。

一次,在参加文教工作座谈会时,听到全乡有27个不是孤儿的"孤儿"。

不是孤儿的"孤儿"?这是何意?引起了我的重视。经过了解,明白了事情的原委。

这些儿童的家庭都有着"特殊"性,有的是父亡,母亲则走了,跟着爷爷奶奶过;有的是父亲坐牢,母亲也改嫁了,只能跟亲戚过;还有的是父母有一位离世,另一位生活无望,无力持家等。这些小孩都是父母还有一方在,只能算单亲,不是孤儿,所以不能享受民政的特殊照顾,但生活都极其困难,胜似孤儿,还有的都出去"要饭"了。

他们的童年本应该是欢乐的,但突然的家庭变故和接踵而来的困苦,把他们的生活撕成了无助的碎片,令人心痛。

绝不能让孩子们因为生活而牺牲"自尊",更不该让孩子埋下这样的童年记忆。一定要为他们做些什么!

我们干部开会商量后决定,将这些小孩生活纳入特困户照顾,在合利乡读小学、初中的学费、书本费一律全免。

我还请乡里的干部和他们一一对应挂钩帮扶,相处成朋友,结亲戚,期望能让这些困境中的孩子与其他小孩一样生活和成长。

也许对我们来说这只是一项工作,但对这些孩子们来说肯定是改变命运的机遇。这看似简单的拉一把,却让这批孩子感受到了社会的温暖,肯定会成为他们成长旅程中至关重要的一步和非常宝贵的营养。

尽管磨难可以锻炼人,而柴米油盐等基本物资的缺失则可能打碎孩子脆弱的自尊,在基础生活上帮助他们,本就是我们应该做的。

乡干部与合利助学育才爱心工程帮扶对象留影(侯向轩摄于 1997 年 1 月)

媒体的评说

其间,新乡合利的各项工作风生水起,许多媒体要求对我进行采访,均被我婉言谢绝。因为在我看来,现在于我于合利,还都只是刚刚起步。

可《中国农民报》的两位特约撰稿人在没有和我接触的情况下,在合利乡机关大院"潜伏"了两天,悄悄接触了乡里其他干部,并到有关村组群众中走访,写成了报告文学《道如平常一段歌》,在1996年第5期《风流一代》和有关农村类报纸上发表,后又被编入大型丛书《中国世纪行》。该文结尾是这样说的:"陆道如对待工作总是那样的不知疲倦,他的充沛的精力是他优秀素质的一部分。常常,他为拟定一个规划,推敲一个方案,起草一份重要文件而独伴孤灯。哪怕是通宵达旦,他依然是那么乐呵,唯有那充满血丝的双眼和略显发黑的眼圈让人读出几分疲劳。下村工作是他白天的主要任务,越是恶劣天气,他越是要下村工作。因为他心里装着的是他所从事的事业,他所领导的群众。……在合利,人们都说他是能吃苦的文化人,善动脑筋的实干家。"

这样的评说,没有令我感到丝毫的被夸赞,反而像极了一把高高举起的鞭子,敦促我须臾不敢停下前行的脚步。

这是我的第一个"六年",从县委委任的书记,到乡亲们认可的当家人。我终于走出了不同寻常的一步。

这一步,不管是春夏秋冬,还是酸甜苦辣,都由衷感到欣慰和实在;无论是褒贬升降,还是喜乐悲苦,都显得那样简单和真诚。

这一步,既有"下马威"的教训,也有"新乡镇"的快乐;既有被逼无奈的苦楚,也有功到事成的潇洒。一切苦和累,在做事面前都显得那么无足轻重。

这一步,与"机关"相比,显得很有分量和厚重;与"平常"相较,又是那样不同凡响和刻骨铭心。这才是"一把手"的必修课。

多了一分成熟,那是土地营养的释放;亦多了一分自信,那是乡亲社情的浸染。

有了"这一步",便能深刻体味"宗旨"的伟大;也正是因为走了这一步,才略微觉得自己能"走路"了。

"一把手"的禁忌

毛泽东主席说过,"一把手"主要是出主意,用干部。非常精辟。

做了几年"一把手",当然有感想,我知道很肤浅,但还是想说出来。

分工是社会的进步。干部当然也有分工,而"一把手"能成为"一把手"的特质,应该是统率、策划和统筹能力。离开乡党委书记岗位后,回过头思考这段经历,我体会至深的"一把手"有三忌。

一忌"太忙"。因为我知道,"一把手"如果什么都要管,什么都要干,什么都要查,其实是不理解或不明晰"一把手"的主要职能是"管理人"这一点。工作中甚至会遇到以"忙"来成就自我,装点政绩,博取领导的青睐,这种人是非常可悲的。用战术上的忙碌,来掩盖战略上的缺失,是水平欠缺的主要表现形式。这样的"一把手"当然不得要领,顾此失彼,会成为彻头彻尾的"事务官"。多做事本不是"一把手"的功能和特质。在乡里工作,忙是肯定的,但我经常会扪心自问:"我最该干什么?"然后把"我最该干的"放在第一位,始终坚持,不受干扰。"最该干的"没做好,决不"忙"其他。在快餐化时代,"忙"已成为"一把手"的大忌。我的一位资深领导曾告诫过我:一个月你至少在房间里要踱几天方步。无思考,怎领导?

二忌缺乏"定力"。从做科级干部起,我近距离接触过的县委书记一共有六位,客观地评价,这几位书记都有过人之处,而其中明显的共性便是都具有很好的定力。定力,应该是"一把手"必须具有的特质。定力的获得,它没有科教书可查,也少有教授传道,只能在实际工作中去领悟;它不支撑纸上谈兵,也忌浅尝辄止,只能是点滴积累和思维迭代。

在纷繁复杂的形势下,你要有准确的判断;在奉迎吹捧的氛围中,你要有坚定的操守;在形形色色的人群里,你要有"伯乐"的本领;在突发事件的困境下,你要有过人的决断和魄力。而这其中的定力来自自身的修养和实践。干部提拔"人为因素"为主的现实更是锻炼了领导干部的"定力"。没有定力自觉,则难承任务之重。

三忌平庸。"一把手",远不是一纸任命那么简单,你得真正成为部下的主心骨。人不可能是全能全才,但至关重要的是要善于学习,集思广益。

会听。听,是干部的基本功。特别是要听不同意见和建议,使别人之长变为自己之长。多读。不要试图把自己变为"专家",而应该是"杂家",倘若一问三不知,那绝不会成为别人的"粉丝"。慎思。"过心"极为重要,你要成为别人的领导,你就该比别人付出更多,思考更深。"平庸"是相比较而存在的,其参照系可以是别人,但更多的应是自己。能忍。客观地讲,"一把手"事多,压力大,情绪指数好不了;但因少有人跟你"翻脸",便容易产生了"真理"永远掌握在你手里的错觉,常常更加助长了自己的坏脾气。

因而"一把手"该有容人雅量,面对部下或群众随性而"发"的无名之火,你得有那份耐心。因而"一把手"的功夫还在于忍,有时候无声的隐忍也是"服"人的"利器"。

回顾合利的六年经历,我想起了有部电影里的一句话:为什么他们的心像一团烈焰?因为他们把青春藏于方寸之地!

是的,合利的方寸之地,藏着我青春的尾巴,藏着我的第一次基层主官经历,藏着我对这方土地、这方人民永远的感情。

燃于水乡的激情之火,是我永远的生命图谱。

千年之交的阜宁抉择

　　当人们还陶醉在脱贫的喜悦中时，阜宁便迎头遇上了经济格局重构和指标失速的"一地鸡毛"，如何在错综复杂和经济下滑的环境中找准突围的方向，则是县领导班子的工作重心，因为"方向"是区域发展的"命脉"。于是，阜宁瞄准招商引资和新建开发区的机遇，成就了那段"峥嵘岁月"。

"抉择",最初想到这个词的时候,我心里"咯噔"了一下,有这么严重吗?

仔细琢磨,平时"只缘身在此山中"的缘故吧,并未深刻认清个中之分量,其实社会转型期的这种有着"弯道效应"特征的实践,怎样评价其重要性亦不为过。

千年之交的中国,改革开放如火如荼,在不断推进的改革大势之下,一个不可否认的现实则逐渐显现出来,就是改革逐渐步入了深水区,解决深层次问题、转型和构建,则成为当时改革的重头戏。

面对这样一个全新而复杂的大背景,阜宁,百万人口的农业内陆大县,实实在在地走在了一个前所未有的十字路口上,人们茫然,有点不知所措;彷徨,又有点难辨方向。更多的则是在探索、试验、学习……乃至抉择,而这一切还都是别无选择的必答题。

对于这个必答题,人们拓宽思路、旁征博引、左顾右盼、前试后调,经历着一段前无案例可引、后续结果难期的时日,也得出了一系列连自己都不甚满意的答案。

事实上,任何人都不可能给出一个准确的、一劳永逸的答案。然而,有一条是确定的,大家都终将走上一条"抉择"之路,在抉择中前行,在抉择中探索!

阜宁,亦如是。

我的经历,我主导的工作,则是这个"抉择"的主场。

新的千年，无论你是期待，还是惶恐，总会如期而至。在迈入新千年的门槛时，我的工作则遇到了一个新的"坎"。

1997年初，我转任阜宁县政府副县长，后又改任县委常委、副县长，一干又是六年。贯穿这六年的分工主要是分管乡镇企业和"三外"经济。

那时候县政府的分工挺有趣的，起初是谁新来的，谁就抓计划生育，因为计划生育号称是"天下第一难"之事。可不知从什么时候起，变成了谁新来政府，谁就抓"三外"，我是赶了个正着。尽管我在县里资历还相对较老的，在来县政府之前已有一年多的县委常委经历，可转到政府还是被分工去主抓外经、外贸和外资这"三外"经济。

"三外"为何会成为"烫手山芋"？我觉得主要还在于"三外"的特殊性。其"特殊"就在于，当时多数人认为"三外"是可有可无的，当然也有人看出这可能是发展的增长点。观点虽大相径庭，而这其中的内核是一致的，就是难有成就，且不是一般的难。再者，如果其他工作是下决心肯干就能抓好的话，那么"三外"是你下再大决心、使再大的干劲，结果都不一定如愿的，因为"三外"的成果，起决定性作用的往往是外部因素。第三，从"世俗"的角度看，抓"三外"没钱、没权，好比提着一片破网去大海捕鱼。不像其他分管县长那样，手里总有些专项资金可以调控。因为有资金从另一个角度分析，实际上是多了一项解决问题的调控手段，可以买张新网去捕鱼。

面对这些问题，我别无选择。接手"三外"，实质就是一道"坎"，是否能过这道"坎"？不得而知。但客观的情况就是"被"分工，因此只能在主观的想法里做多选题，采取怎样的多项组合措施，才能让我这个压根连"三外"的概念都搞不清楚的分管副县长带领全县搞好"三外"，这才是我的真实想法。

六年，两千多个日日夜夜，我见证了阜宁"三外"面貌的改观，亦迎来了全县开放型经济的崭新局面，且领跑盐城的开放型经济。

也许有人会说,这些成绩是遇到了好机遇。这点我不否认,可同样的机遇,为什么只有阜宁凸现出来？研究个中之缘由应该比事情本身更有意义。

我是个幸运者,有幸参与了阜宁这场生死攸关而又错综复杂的抉择,并能主持这场不同寻常的经济格局转换和思想观念更新的变革,现在我推心置腹地尽数吐露个中思考。

行政的"钥匙"打不开市场的"锁"

阜宁,这个在大海的泻湖沙滩上形成的地方,躲避水患已是一种本能,人们无奈的承受着洪水的侵扰和海水的冲击,朴素的经验告诉他们:高高的土墩上一定安宁。《说文解字》:无石曰阜。阜即高高的土墩。便有了"阜宁"的名字。当然"阜"亦可解释为丰富,民物阜康。富裕才可安定。从高墩避险的生存之宁,到物阜民丰的生活之宁,是"阜宁"生存与生活的辩证法。建县260多年的阜宁,虽饱经风雨,多灾多难,但一直冠以"江淮乐地"而自豪。

还是从它的"坐标"说起吧。

阜宁县,从大的区位来说,处中国东部黄海沿海之中部,南北之中点。全县均为平原,河网纵横,农业为主,亦称为"鱼米之乡"。然而该地又是"淮水走廊"的出海口,十年九灾,是全国重点贫困县。加之人口达百万之众,"穷"是远近闻名的。穷则思变,一代代阜宁人不懈奋斗,至千年之交,才甩掉了贫困县的"帽子",紧赶慢赶地奔小康啦。

"淮水走廊",极其简单的四个字,却让里下河平原地区(主要为盐阜地区)的人民承受了千年之痛。淮河是中国中部地区横贯东西的一条河流,可它的地位不容小觑。它是中国南方北方的分界线、年降水量800毫米等降水量线等重要地理分界线经过的地方。淮河本来在多年的流淌中形成了自己的水系,而"黄河夺淮"打破了这个平衡。这条发源于桐柏山脉由58条支流汇成的河流,长1 000千米,落差达200米,以淮河之尾闾来看,那就是天河。虽然淮河不是很长,但流域面积大,达27.5万平方千米,其汇水面积达16.46平方千米,居住人口达1.65亿之众。再就是该区域雨量充沛,且70%集中在7月、8月、9月的汛期。就是说中国中部地区五省181个县的每年超过400亿立方米的洪水必须经里下河地区或长江入海,淮河尾闾便成为"三年两淹、两年一旱"的天灾频发之地。直至入海水道的建成,才使这匹脱缰的野马得以驯服。

当阜宁步上一个新千年的门槛时,甩掉贫困县"帽子"的喜悦还未及体会,就遇到了一个前所未有的考验。尽管这个考验在中国具有普遍性,但对以种植业为主且工业本来就很脆弱的阜宁而言,这个考验非同寻常。还有就是这个考验,既没有过往的经验和教训可以借鉴,也没有外地的范式和做法可以参考,更不可回避和转移,必须在摸索中做出选择。

也是基于此,我归纳出三个问题:

一是"方向"之问。在改革开放的浪潮推进下,阜宁人喊出了"五年再建一个新阜宁"的口号,立志利用五年时间,使县乡公路全部黑色化,城市改建和扩建步入一个新水平,防洪防汛水利重点工程全面到位,力求达到旱涝无忧,以多种经营为重点的农村致富再上一个新台阶。当时,阜宁是全省最"热"的县,交通、水利、城建和致富"四大工程"家喻户晓,全县上下万众一心。五年,在全县干群的苦干和奋斗中,城建、交通等基础设施的领先优势在区域竞争中凸显出来,阜宁人也表现出了从未有过的自信和自豪。然而,后"四大工程"时代,阜宁该干什么?换句话说,拿什么来推动阜宁发展,大家摸索、试验,并反复思考:"方向"到底在哪?

二是"动力"之问。农村改革的成功给了城市经济莫大的鼓舞和启迪,县属经济和乡镇企业的改制走上了快车道,因为大家达成了共识:改革是希望之路更是必由之路。出售、转业、拍卖、下岗……无论是"我要改",还是"要我改",企业都无一例外地走上了改制之路。然而,后改制时代,"投资失速"的现实使大家都有点手足无措。

在包括试错的无数次的经历中,人们得出了"无工不富"的道理,然而,严峻的现实一时难以支撑这个硬道理。全县重中之重的"四大项目",连连出了"故障":"大化肥"的万吨尿素扩能难以为继,纺织厂的新项目融资受阻,纸厂的万吨黄板纸项目迟迟不能达产达效,啤酒厂扩能则没有下文……

再者,乡镇企业改制后,我们期望的投资井喷式增长的景象并未出现。"一帆"出售,下了"帆篷",降速了;"阜阀"生锈,投资"管道",不通了;阜宁稀土因为技术和环保,惨淡维持;益林酱油,基于市场和诸多因素,转移宝应、兴化了。小灯厂、开关柜、风筒这乡镇企业"三大件"投资步履维艰,逐年萎缩。

"县属企业"和"乡镇企业"这两大工业产业支柱的投资则双双失速乃至停滞。面对这天大的难题,大家使出了浑身解数。阜宁在全省率先成立了"私营经济发展委员会",也出台了鼓励金融机构投资的政策,还对工业经济好的益林、阜城等"五朵金花"增加了另类激励等,然而,收效甚微,终难改投资颓势。

"存量"逐渐萎缩,"增量"究竟在哪？企业屡试屡挫,县域经济发展的"动力"在哪？

三是"方法"之问。发展经济最关键的投资"钥匙"在哪？我们一次次地发问,又一次次地陷入窘境。大家把"工具箱"里的工具都翻了出来,压任务,下指标,开专题会,重点观摩。然而,深彻的感悟是：经验,不好使了;方法,不灵了;路子,不管用了。人们茫然,苦干,不一定有成绩。

以行政主导为主走过来的管理模式下,阜宁老区的"红色"红利不断释放,充分体现了"不甘落后"的奋斗精神,积极肯干,但是面对变革的形势和境况,大家发现,发展工业经济,既不如"四大工程"那样具体、实在;也不如"农业现场"那样可以学习、复制。第一次感到力不从心,有点手足无措。

随着改革的不断深入,"行政"的效用逐渐让位,而"市场"的角色还未入场。就基层实际而言,"市场"还停留在书面上,如何让"市场"成为推动经济发展的动力,还有很长的路要走。全然迥异的时代背景和突飞猛进的社会发展,让带有"行政"色彩的干部,找不到打开"市场"的钥匙。

但转型迫在眉睫,实操的"方法"是什么?

"方向"之问,"动力"缺失,"方法"失灵,构成了"抉择"的基本背景。

而背景之后,该有成因。经过反复的研究比对,我以为浅层原因是投资缺失。县域经济的"三驾马车"中,当时主要是投资和消费,而又以投资为最。换句话说,投资是发展速度的晴雨表。阜宁的县属工业本来规模就不大,是依"农业"链条逐渐延伸的小化肥、小农机、小纺织、小啤酒等,基本没有核心竞争力,主要是靠银行贷款支撑起来的。改制后大多主体不硬,银行惜贷,行业龙头看不上,转业拓展没门路。因此,期望县属工业增加投资,只能是"失望的结局"。乡镇企业本来是阜宁的强项,然而,乡镇企业发展过程中存在不成体系、档次不高、积累欠缺、依靠关系等这些"胎里带"的毛病,如风筒和除尘布是没有技术竞争力的加工工业,开关柜和阀门的业务受制于营销环节,玻璃工艺的安全隐患无法消除,蔬菜加工仿佛是永远上不了规模的加工厂。这些毛病在改制后,随着总体经济运行秩序的规范化,大多未能转型升级成功,投资失速是必然的。

深层原因是体制问题。从序列看,投资欠缺是改制后发生的,很容易让人感觉到投资欠缺是改制的结果。其实,这是错觉,事实上,这些企业如果不改制,其结局也是注定的,或者死于竞争,或者亡于管理,或者会在规范的经济秩序中被淘汰,因为它们都有"产权不明晰"的基础性缺陷,也就是体制问题。不解决体制问题,企业不可能走上良性循环的轨道的。改制是必由之路,大家是有共识的,然而,后改革时代的路究竟在哪?

操作症结是缺乏"支点"。政府的愿望是增加投资,而投资的主体是企业。政府不会自己独揽,而且政企不分正是政府改革的重点。那么,政府实现愿望的"抓手"在哪?在当时的情况下,那就是增加企业、服务企业,充分发挥政府在经济活动中的服务和杠杆职能。说到服务,得有企业让你服务;实现杠杆职能,得有支点。因此,增加和做大"支点"则是必由之路。

经过一系列的苦苦探索和反复研判之后,"三外"经济终于渐次登场。

解锁的初级密码：5·18

背景是客观的，这是给定的条件。路径是多元的，却不知从哪起步。

回到1997年的阜宁，"三外"的情况真让人提不起信心。遥想当年的基础、机制、条件乃至氛围和政策，该说无一支撑。

我们就是在这样的基础上开启阜宁开放性经济的。阜宁的开放型经济也就是在这样的时空条件下走上前台的。

竖向分析，阜宁县是内陆县份，农业是主业，且人均耕地少，原有的工业经济基础又差，很少有具备外资"嫁接"的基础和空间。再者招商引资本身，则是全新的概念，全县干群大多闻所未闻。

面上来看，以土地为主的农业发展路数使人们形成了路径依赖，而这正是开放型经济首先要打破的藩篱。再从外部视角看阜宁，人们知道的最多的是穷，是"盐阜老区"，说实话，这个品牌当时对招商引资并不能"加分"。

横向考察，县"三外"和招商引资工作基本处全市较差的水平，即在全省可以"忽略不计"的水平。全县除了益林玻璃工艺品有点出口外，其余真没有什么产品说得上嘴、拿得出手的。

因此，"三外经济"别无选择地成为主业并走上了招商引资的征途。尽管这或是摸石头过河的无奈之举，抑或是"病急乱投医"的权宜之策，但既已踏上征程，就向前走吧。走，本身就是一种态度。

综合各方面的信息，我们初步的认知是，选择"三外经济"，它不仅仅是常规工作重点的转换，这是一场从理念、氛围、重点、方式的全面调换，是一场改革。

我们首先想到的是必须转变观念，形成招商引资的氛围。当然营造这样的氛围不单单是个宣传问题，而是个实践"过程"，它是靠一连串的活动和措施来实现的。

现在回想起来，简单地说，阜宁唱了三台"戏"。

第一台戏：创设"5·18"招商节

"5·18"招商盛会(付融梅摄于2001年5月)

阜宁的招商引资宣传是靠活动来引领的，县里各乡镇各部门也确实使出了浑身解数，出台各种各样的文件，并组织了很多宣传活动，各方负责人八仙过海各显神通，但效果却不佳，还有些乱哄哄的感觉。

有人对这样的宣传也颇有微词，甚至有人讲这哪是招商引资，分明是自娱自乐嘛。

牢骚从来不能解决问题，找办法才是正途。

如何以全县的综合招商为中心打造新引擎，强化活动效果？在几上几下反复调查研究的基础上，我们决定全县每年统一组织一次大型的招商推介活动。经过反复斟酌，最终敲定5月18日为全县招商节。

选定这一时间的考虑有两点：一是5月18日时间适宜。这个日期处于外商年度重点排定并步入实施之后的相对宽裕时间，可以争取更多的外商参会。二是处于全年工作相对平缓后的起步时段,可以集中精力做深招商引资。一般春节后的两个月左右,主要是年度研讨和部署,到了5月份,即进入突出重点抓落实时段,因此,选择这个时间可以有更多的部门和单位参与进来。

除此,我们还与县气象局会商分析,近50年来5月18日下雨的概率为28％上下,露天办节条件好,因为县内压根就没有可供室内举办大型活动的场所。

从1999年举办首届"5·18"活动以来,我牵头组织了四届,效果不错。例如第一届"5·18"招商活动就将重点产品、优势产业和产业要素特色介绍给客商,促成了可观的交易额。第四届则主办的是大型的"文化搭台,经贸唱戏"活动,使阜宁的知名度也更上了一个新的台阶。

此外,"5·18"逐渐成为阜宁独有的招商品牌。此后的十多年,阜宁的县委书记换了若干任,但招商会一届接着一届干,持续维护和提升阜宁品牌形象和招商质量。到2000年,阜宁已经组织了23届"5·18"招商活动,是全市乃至全省坚持最久的招商品牌活动之一。"5·18"是阜宁家喻户晓的节日,也是阜宁开放的窗口,更是阜宁观念更新、经济转型迭代的标志。

县内组织活动难,走出去找资源更难。其中既有工作的韧性和衔接,当然更重要的还是理性设置和不断创新。组织活动是必要的,但"走出去"招商引资更重要。如果说县内搞活动是"大兵团作战",那走出去则是"单兵突进",显得更有针对性。

外出招商引资,在很多人看来是很风光的一件事,整天跑大城市,免费"旅游"。而事实上各种艰辛和无助是局外人难以体会的。

在上海,为节省费用,我们曾经四个人住一个标准间,白天访客,晚上打地铺,惹得饭店服务员到房间呵斥我们。在厦门,为访见一位客商,我们在客厅等了六个多小时……在深圳,我前后跑了不下十次,但我不知道"世界之窗"和"欢乐谷"的门朝哪开。到中国香港,主餐以快餐面为主……辛苦何足挂齿,任务压力山大。

第二台戏:"同一首歌"走进阜宁

"同一首歌",呈一片情(付融梅摄于2002年5月)

决策

阜宁的招商引资宣传是用心的,效果也是周边地区比较好的。然而一段时间后,我们客观检视,阜宁在全国乃至海外的知名度还是不高,这严重制约着招商引资工作的展开和效果,就是说,阜宁的开放型形象确立得远远不够。

提起阜宁,人们想到的依然是落后、封闭和老区,几乎与投资无关。招商引资就宣传抓宣传的方法,效果没有达到最佳,必须转变思路,改变这种状况。

若不改变,招商引资就很难破局;只有改变了,才能提高客商的认可度和选择率。

2002年初,因为有了些经验和想法,我们便超前策划全年的招商引资活动,拟出了构想和方案,那一年春节刚过,按惯例由县委书记牵头的全县招商引资活动筹备组会议召开了。当时的县委周书记患腰椎病，卧床月余不起，正在紧急高强度治疗，无奈会议便在她的病房里召开。

正是在这次会议上，作出了当年"5·18"组织"同一首歌"走进阜宁等大型系列招商活动的决定。"5·18"大戏，尽管作为主抓"三外"的我们特别期待，但还是被这个不同凡响的决定"惊着了"。要知道，"同一首歌"因电视的普及在当时可是中国第一品牌，还从未"走"进过江苏。更不要说一个吃财政饭的穷县，办这样的"大戏"，其本身就是遭人诟病的事，尽管我们期望成效卓然，其结果并不一定如愿，这种结果的无法衡量和预测，决策者则需要承担别人难以体味的诸多风险。

开弓没有回头箭，五味杂陈的心态、挖空心思的筹划，我们携着自信和智慧出发了。

外商难请，就用活动吸引；知名度不高，就借助于知名度高的宣传自己。

一个全国知名、轰动全省的招商活动竟首先是从"病房"里走出来的。

一个百姓耳熟能详、中外商贾云集的阜宁"5·18"大戏，竟就以这样超乎平常的方式开场了。

台前

2002年的"5·18"招商活动的主题是"文化搭台，经贸唱戏，展示阜宁，招商引资"，招商活动与宁富食品文化节同时展开，我们策划的系列活动主要分三大类。

第一类是以"同一首歌"走进阜宁为主体的文化活动，包括龙腾狮舞万人踏街、大型摄影书画展、"阜城不夜天"大型焰火灯会等；第二类是以宁富食品文化节为主体的商业活动，包括吉尼斯颁证、宁富食品宴、开发区招商推介、大型开放型经济成果展等；第三类是仪式性活动，包括开幕式、签字仪式等。

这些充满着市场内涵的行政活动，史无前例地在阜宁大地上展开啦。

整场活动亮点多多，略挑两三事分享一下。

一是全球最大的肉圆——吉尼斯颁牌活动。

宁富食品是做肉圆起家的,是以生产肉制品为主的食品加工企业,也是县属的骨干企业。这个工厂连接着全县的生猪和家禽养殖,是养殖、加工、销售长链条的特色产业,是我县的优势产业,也是外资能够嫁接提升的好项目。因此,在活动中同步举办宁富食品文化节,让宁富食品的"肉圆"当一回主角。

肉圆是淮扬菜系的主菜,据说在"开国大典"的国宴上"淮扬肉圆"就席上有名。阜宁肉圆是淮扬菜系的渊源之一,历史悠久、文化内涵丰富。相传,清乾隆皇帝下江南时路过阜宁,就品尝过肉圆,回宫后不觉吟出"踏遍江淮三千里,独留肉圆美味香"的诗句。

还有做肉圆是门"手艺活",且是家庭主妇的必备技艺。肉和料的配比、老嫩的把持、搅拌的程度、火候的把握等都极有学问,做肉圆不仅要拜师学艺,而且还要经过实践的揣摩积累。过去,姑娘嫁人前,做肉圆和蒸馒头是必须要学会的手艺。

而且,"肉圆"经过世代相传,已约定俗成为特定的符号。例如,有人问姑娘:"把团子(肉圆)给我吃吗?"其实他并不是想说吃肉圆,而是想给姑娘介绍对象当"媒人"。因为在年轻人的婚宴上,媒人是要坐"上港(酒席上第一主宾位)"、吃"剁团席(有肉圆的酒席)"的。因而,吃"团子"便约定俗成为当"媒人"了。

肉圆是社会和历史的产物,更是美食和文化的积淀。这次肉圆又成为阜宁的招牌和招商的使者。阜宁亦是全国苗猪之乡,生猪养殖也一直是副业中的"主项"。

美食连着生产,宁富集团生产的"美味六喜圆"则是阜宁肉圆的集大成者。我们策划用最大的肉圆作为"看点",表达智慧且有文化底蕴的阜宁美食。宁富集团特地制作了一个重约2吨、直径达3米的大肉圆,申请吉尼斯世界纪录。

一个世界最大的肉圆在现场揭幕,上海大世界吉尼斯认证官员在现场宣布鉴定结果,上海吉尼斯认证官员还为我颁发了策划人的证书。中央电视台《早间新闻》对此作了专题报道。

我们还特地请来了国内著名的"美食使者"刘艺伟作现场主持,他那带有原生态的形象、风趣得体的介绍,使六喜肉圆走进了千家万户。

颁牌活动后,大肉圆被送到了阜宁最繁华的园林街上,让成千上万的宾客共同见证和品尝了它。

品尝了肉圆,体味了热情,触摸了文化。客商对阜宁的好感油然上升。

沸腾的现场、激动的人群……定格在阜宁园林街这个热闹而又难忘的截屏上。

二是高层论坛——WTO与县域经济。

在千年之交,WTO是发展的热门话题,对于阜宁而言却是有些陌生的,之于阜宁的干部来说也是需要重新学习的。

为了让WTO走进阜宁,走近干部,我们组织了WTO与县域经济的高层论坛,邀请了全国著名专家和知名学者为客商和干部解惑释疑,引导大家感知县域经济的WTO。

全国人大常委会原副委员长、著名社会学家费孝通先生应邀出席论坛并作主讲。这位中国社会学和人类学的奠基人,以92岁的高龄在论坛上作了62分钟的主题报告,内容深刻而令人感动。全国政协副主席、中国致公党主席罗豪才先生主持活动,罗先生曾任北京大学副校长,是我国行政学的泰斗级专家。著名品牌战略专家余明阳也到会作了专题演讲。一批国内知名的改革专家、经济专家等都参加了论坛并作了主旨发言。

阜宁人有幸第一次在家门口听到专家学者的演讲,也是第一次饶有兴致地触摸和体味"陌生"的WTO。

三是"同一首歌"经典歌曲轰动全省。

那年的5月18日,雨后初晴,太阳露出了怡人的笑脸。

下午,"5·18"的重头戏大型歌舞演唱会在阜宁经济开发区花园路旁的临时露天广场上上演,来自全球的各路宾客融入了这万人托起的欢乐的海洋,全国政协副主席罗豪才、省政府副省长王荣炳,盐城市主要领导等近千名嘉宾领导也应邀观看了演出。

这场歌会由多次执导中央电视台春节文艺晚会的中央电视台国家一级导演韩伟执导,央视主持雅雯、著名相声演员师胜杰和我县电视主持人共同主持,著名歌唱家李谷一、关牧村、彭丽媛、阎维文、那英等联袂献唱文艺盛宴。

为了充分展示阜宁,原汁原味的淮剧和巧夺天工的杂技也都登台表演,地方文艺爱好者和歌唱家们同台献艺,气氛十分热烈。当上百名儿童与歌手田田一起演唱《丹顶鹤的故事》时,台上、台下歌声一片,优美的旋律在万人广场的上空回荡。人们陶醉在甜美的歌声中,以特殊的形式传颂着仙鹤公主——徐秀娟。中外宾客也在这优美动人的氛围中深情感知盐城阜宁的魅力。

一位著名歌唱家高歌一曲《世纪春雨》后,深情地说:"没有老区人民,就没有新四军,我再唱一首《报答》,表达我作为文艺工作者对老区人民深深的爱。""想起你的情,我就心潮难平;想起你的爱,我就饱含热泪。"现场掌声雷动,气氛达到了高潮。一句句沁人肺腑的歌声引起老区观众的强烈共鸣,台上台下融为一体,凝成一片欢乐的海洋。这是一场欢乐的歌会,更是从心底里流出的激情,亦是歌唱家与老区群众血肉相连、心心相印的自然流露。此时此刻,60年前的画面在阜宁大地重现,刘少奇在单家港演讲,陈毅在停翅港指挥,黄克诚在古黄河边掩护群众撤退,张爱萍在黄海边抢修范公堤……战争年代、和平时期,同样的"初心",唱着《同一首歌》。

江苏卫视和盐城电视台全程直播,多家网络媒体也组织了现场直播,其后中央电视台也在三套节目中进行专题播放。

中央电视台、新华社、《人民日报》、《解放日报》、《新华日报》、香港《文汇报》、《欧洲时报》、《新民晚报》等都专门派出了记者团采访报道活动。活动期间仅记者就120多人。

一个很不显眼的阜宁,轰动啦!阜宁万人空巷,周边人潮毕至。一时间,阜宁"5·18"成为大众瞩目的焦点。

这次活动在当时引来30多个国家和地区、几十个世界500强企业对阜宁的关注,时至今日,一谈起阜宁,人们还是会对"5·18同一首歌"津津乐道，频频颔首。

幕后

关于活动幕后的工作也有很多值得探讨的内容，如全景展示、红色资源等，下面具体展开论述。

第一，全景展示。

为招商引资而组织活动，活动则始终围绕招商引资。为此我们确定了"激情与商机共分享"的主题，吸引投资是活动的初衷，双赢是投资的目的，从某种程度上来说，激情是合作的基础。从激情出发，沿着双赢之路，走向投资便可能水到渠成。

激情与商机共分享。商机是相对而言的，商人会以自己独特的视角去捕捉商机。可问题是，在诸多看上去几乎都"差不多"的商机面前，究竟什么才是商机决策的"按钮"呢？商人的情感无疑是诸多"按钮"中最主要也是最关键的。情感与目标的宣言，既跳出了简单直白的"政治式"表达，又摆脱了不着边际的大而空口号，在当时的情况下，这个主题吸引了客商的目光以及媒体热烈的讨论。

过去了这么多年，某次活动我碰见了曾经参会的一位客商，一见面，他还是津津乐道地与我谈起当时请柬上写有"阜宁有约"的字样和"激情与商机共分享"的主题。他说他是一个很有情怀的商人，且至今还保存着那份请柬。

提起"5·18"的宣传文案的策划，还真是不容易。起初，我只是把别具一格、不落窠臼、向客商传递不一样的"5·18"的要求交给宣传组的同志，过了三天，他们向我汇报，在阜宁乃至盐城，这些有要求、不具体的任务，根本就没有单位愿意接，而且他们提供的宣传样品都是和商店里一样的"老面孔"。

我对当时的广告设计水平是有预期的，但没想到是这样一种现状。当即要求他们"再到盐城找高手"！宣传组的同志又开始了新一轮的找方案。几天后，他们告诉我，还是不行。有的做不出方案，有的价高得离谱，只有盐城一家很小的广告公司做了一套"不靠谱"的方案。我看了"不靠谱"的方案，感到有点不一样的味道。我们便请那个广告公司的老板和主创过来交流一下。经过沟通，发现那个小老板有点意思，很有创意；那个主创是个年轻女孩,有"另类"的风格。后来还听说,在我们县政府大门口,保安看她"个性"的穿搭曾不让她进门。

后来我们就商定好,由他们做主创设计,方案由我们审定。方案确定后公开询价,再以询价的80%由他们制作,不计设计费用。说实话,他们承担的风险挺大的。但是,不"逼"一步,是不会有好东西的。

后来的情况表明我们的做法是合适的。他们的每一个方案如果没有新意都不敢呈过来,例如宣传册的方案前后就做了五个,修改了十多稿。总体来看,"5·18"的设计制作甚至提升了盐城广告设计的水平,无论设计的创意还是制作水平,都达到了新的高度。后来我听说这些设计人员也是很"拼"的,一个多月都住在阜宁宾馆,通宵达旦是家常便饭。这个公司因这个活动方案被"逼"上了路,后来成为盐城市数一数二的平面广告设计制作公司,这也是"5·18"的"副产品"。这个广告公司的老板也说:"我是'5·18'孵化出来的。"

一个有影响的活动,其影响应该是全方位的。

围绕主题,我们从四个不同的维度展开活动,层层铺垫,走向目标。

一是文化,侧重展示开放的形象。从"同一首歌"走进阜宁,到龙腾狮舞的踩街民俗,再到篝火晚会,让宾客在热闹中体味阜宁的好客,领略文化底蕴。晚上,在十里阜城大街的人海里,两个不会说中文的瑞典客商朋友手舞足蹈,我惊讶并问其原因,翻译告诉我说:"他们说,这是他们这辈子见到的最多的人,也是最热闹的活动。"他们乐在其中,活动让他们认识了阜宁,既有高层论坛,也有个性化邮票发行,万千景象,异彩纷呈。

二是商业,重点展示地方商业特色和商机。以宁富食品为龙头,组织了企业形象和商品展览,还有的放矢地组织了阜宁经济开发区和机电产业两场推介会。世界500强企业的伊士曼化工、尤里凯玛等均派团参加了活动,来阜外宾覆盖30多个国家和地区。

三是民众表现好客有礼,热情周到。所有的活动都突出民众参与和特色展示,"原生态"的才有魅力。

从早上全国政协副主席罗豪才宣布活动开幕,吉尼斯颁牌和品尝"世界第一肉圆",到下午"同一首歌"走进阜宁,晚上美轮美奂的烟花在射阳河畔绽放,民众全程参与热情高涨。

射阳河,从远古走来,上承万顷湖荡之精华,下达一望无垠的大海,奔腾不息的河水肯定也记住了这天晚上的五彩缤纷和映照在人们脸上的万紫千红。

四是活动要体现水平。阜宁就是个小县城,十多万人口,三星级以上的宾馆床位加起来也就270张。一下子涌进了1 200位中外客商,120多名记者,成千上万的听歌者。既对我们接待是个重大考验,又对全县的配套是个检验。从筹备到组织,从报到到送客,全过程未出现任何"纰漏"。

全天万人以上参加的活动就有三次,且都是户外,无一意外,未伤一人。"意外"的缺席,当然是反复"未雨绸缪"结果。

更难能可贵的是客商对活动的评价,法国的一位客商动情地说:"这是我看到的最漂亮的活动。"香港有个记者也说:"褪去热闹,我更关注的是有序展示和高水平组织。""同一首歌"第一次走进江苏,大放异彩。"阜宁",亦随着《同一首歌》那优美的旋律走向全国、走向世界。

当然,也有人质疑,这还是招商引资吗? 我们以为,在苏北几乎与封闭落后是同义词的公众印象面前,在名不见经传的现实状态下,阜宁的选择是理性而正确的。当然,这样的"宣告"有点难以服人,最终还是"结果"帮我们作了回答。

第二,红色价值的放大。

从活动策划到展开,方方面面饱受赞扬。然而不同的声音也不绝于耳,当然诟病最多的还是说财政花这么多钱值不值。

但其实,这次活动的资金来源是红色价值的放大和市场营销策划的结果。

一是从"不可能"到"不收费"。我们最初与中央电视台"同一首歌"接触时,碰到了两个不可逾越的难点。首先是"同一首歌"的年度计划一般是在一年前就排定的,加场几乎不可能;再就是我们还要指定日期5月18日,当时的回答是异想天开,根本不现实。还有就是价格,包括中央电视台的栏目费用和特邀演员的补助费,算起来确实不菲。

面对难题我们竭力攻关,着重打了"红色牌"。阜宁曾是新四军重建军部所在地,是苏北的"延安","盐阜"是东部沿海最著名的革命老区……加之阜宁人脉极广,最后央视全部满足了我们的要求,还以"公益"性质走进革命老区,不收费。

二是从"预算支出"到"盈余收入"。市场运作主要是广告、赞助和票务。为了充分体现市场性,广告赞助采取整体拍卖的方式选择承办单位,南京的一家公司中标。他们把广场四周都做成了广告牌,结果收入大大超出我们的预期。

市场运作,在今天看来是理所当然的事,可在2002年,大家对"市场"听上去都还很陌生的年代,我们尝试了,其意义非同小可。

对于赞助有两点要说明,一是有公司愿意出100万元冠名赞助,但因宣传商品被婉言谢绝,因为我们要宣传的是"阜宁",不能本末倒置;二是所有赞助没有一点"行政"性,不下任务,不打招呼。

关于票务,我们拟定的票价是600元、400元、100元。后来据说,坊间票价被炒到最高2 000元一张。演出上午演员在走场,有人转告我:"王宏伟在四处找你。""他找我?"我很诧异。后来知道,确实是北京演员王宏伟找我要演出票。且要票的演员还有好几个,所以说票是非常紧张的。

经过上述种种,最后决算时,财政预算的经费一分没用,还余了一百多万元。

这件事给我们的启示不仅仅是"事在人为",我想更多的是"思路转换天地宽"。

阜宁的"5·18"一时成为报章杂志的热点、坊间街巷的趣事。当时你能从任何一个阜宁人的脸上都读到"兴奋"和"自豪"。区域周边,苏北乃至全省也刮起了"阜宁"风。

江苏省人民政府通过了阜宁人期盼已久的省级开发区的批复,副省长亲自莅临现场,为阜宁颁发省级开发区的牌子,成为当时"5·18"歌会上最精彩的节目。尽管自己经历和策划了此次活动,早已得知颁牌的程序安排，但在现场，回想种种艰辛和不易，我还是情不自禁地流下了热泪。

淮安市听说阜宁的活动，专门派团参加，随后市委常委、秘书长专程带人来阜，点明要向我取"经"。不久，"同一首歌"走进淮安。

"同一首歌"北京的演职员多，民航特地为我们增加了"北京—盐城"和"盐城—北京"的专场包机。

"5·18"盛会的帷幕拉上了，对接与跟踪的工作也全面启动。然而5月18日，这个令人难忘的日子，这个深入人心的记忆，这个与阜宁融为一体的符号，留给我们太多太多的积累和思考空间。

工作中常常会碰到这样的事，我们使劲了，可结果往往事与愿违。面对这样的窘境，习惯地归咎于环境的变迁，检索环节的缺失，埋怨运气的不佳，甚至迁怒于别人的不配合。殊不知，有时候我们只要调整一下思路，便会海阔天空。

阜宁借助"同一首歌"品牌效应，放大开放形象，收获的也不仅仅是可见的商业效益，实际上给我们留下了更多的研究和思考的素材。

第三台戏：不同寻常的出国团组招商

阜宁的招商引资有了一些氛围，但当时干群既有的观念和思维，实际上并不是完全支撑开放型经济，主要浮于表面，如何让开放型经济植入骨髓？大概"走出去"是最好的办法，我们便计划在新加坡和中国香港组织两个专题招商活动。这样，一个全县重要干部组团出国（境）招商的方案应运而生。原计划是分两批进行的，后因相关因素调整合为一个团。

这个团组，我任团长，县人大主任任政委，团员包括全县全部的25个乡镇党委书记和县主要部门的14个"一把手"局长，这样一个县级顶格配置又极其特殊的出国团组非同寻常。从筹划到实施，我们反复论证，再三斟酌，还是下定了这个决心。

出国（境）线路是中国澳门、马来西亚、新加坡和中国香港。在新加坡召开出国劳务餐叙会，在中国香港召开引资推介会，此间还安排了18次集中拜访客商活动。

商机与友情(付融梅摄于 1999 年 2 月)

　　此次的招商成果相当不错。在新加坡,我们落实了一批出国劳务。在中国香港,5 个重点产业镇作了招商推介,签订了 17 个意向投资协议。

　　之所以成果颇丰,全赖于在港一批"阜宁人"的牵线搭桥。著名画家刘宇一是定居香港的南京人,阜宁是他的第二故乡,画家早年曾随母迁住我县公兴镇生活和学习,阜宁也算是画家的起飞之地。刘教授是全球著名的油画大师,他曾耗时三年创作了以 1950 年中秋之夜毛主席和柳亚子先生,在中南海赋诗唱和为主题的《良宵》,这幅画后应毛主席纪念堂要求复画大尺幅油画展陈,原作品则珍藏出售。原作《良宵》在香港拍卖出 836 万港币的价格,刷新了中国油画拍卖价格的世界纪录,轰动香港。凡是登临天安门城楼的人,都会看到一幅《人民万岁》的油画,这也出自刘教授手笔。1997 年,刘教授又以香港回归为题画了大型人物油画《良辰》,为《良宵》的姊妹篇,此画在港拍卖,以 2 300 万港币成交,再次刷新了中国油画拍价的最高纪录。我们到香港招商,刘教授成为家乡招商引资的推介员。香港青年商会主席李裕隆先生是阜宁陈集人,从中国内地到香港发展,非常成功,为香港年轻商人的领袖人物,他也介绍了一批重量级的客商与我们洽谈。此外，还有一些朋友相助，王玉锁是河北人，因新奥燃气我们相识，当时新奥总部在香港，他也帮我们联系客商。

这些成果弥足珍贵，而我至今还认为，此次组团出国招商，更为珍贵的是，阜宁这些"实权"干部开放型经济理念的启蒙，这对阜宁此后的开放型经济发展影响是颠覆性的。全团42人，此前仅有3人曾出过国。这些第一次走出国门的同志们，也确能把握机遇，在拓宽思路、转变理念、开阔眼界、广交朋友等方面都有了质的收获，这一切，与此后阜宁开放性经济持续发展关系极大。

此次活动无疑是阜宁开放型经济的"大手笔"。在1998年基层领导还罕有出国机会的背景下，全县所有乡镇党委书记以及十几个主要委局的"一把手"组团出国招商，是多么难能可贵。事后回想，阜宁的县委沈书记该有多大的气魄和胆量。

人不会渴望在他从未经历或他的世界里不存在的东西。你只有见识过、体味过，才会想去成就。如果从见世面、炼格局、开眼界的角度分析，这次活动无可替代、意义非凡。

当然，此次组团招商还是招惹了是非，因一些程序不合规，遭到了查处，还是当时的沈书记揽了过去："此次出国组团是我倡导的，县委常委会开会研究决定的，如果说有责任，我来承担。"如此大度和担责，何患开放型经济不兴。有勇于担责的统帅，必有舍命苦干的士兵。沈书记英年早逝，阜宁的诸多实绩成了他的丰碑。他是阜宁人走出阜宁的关键人物。

鲁迅说，世间本没有路，走的人多了，便成了路。我们走过的路，会有人重复吗？时代，需要勇于走新路的人。既是新路，坎坎坷坷、充满泥泞，且没有路标则是必然的。对于开路者，有人挖苦他傻，有人嘲笑他狼狈，然而，时代对他一直充满敬意。

阜宁出了个"710"

三台大戏渐次登场，应和的还有件新鲜事，那就是阜宁出了个"710"。

招商也好，引资也罢。抑或是走出去，还是请进来。这些都是主观性活动,说得清晰一点,都是"我"想做的事,那么,客观情况如何?客商有什么诉求?当然也是很关键的。

阜宁的宣传和招商有了回报,一时间客商纷至沓来,有咨询的,有考察的,也有购货的、投资的。

当时,有两个问题暴露得很突出:

一是接待能力跟不上。比如宾馆、酒店中有的是接待不懂得礼数,有的是不会介绍项目,还有的是干脆就不敢接待客商。另一个就是懂接待客商的干部也不多,都是新政策,需要摸索。当时还有人加工编出了一段笑话,说有个干部接待客商,一上饭桌就请人家喝酒,客商问他问题,他说喝酒;客商请教政策条件,他说喝酒;客商想了解人力资源状况,他还是请人家喝酒。最后客商忍不住发问:"你就没有什么想说的?"他说:"有,请你喝酒!"这是好事人杜撰的笑话,但也反映出当时有相当多的干部不懂业务、不会接待的事实倒是真的。这当然不能光责怪干部,因为一切来得太突然啦。

二是客商落地后,遇到的问题太多了。客商人生地不熟,不得以他们就给我打电话。我无论是在阜宁,还是出差,不管是白天,还是夜里,电话接连不断。我担心的一点是这样的状况时间久了,会"消耗"阜宁品牌的业务能力和信用。

必须尽快改变上述两种状况!

我们立即在县外经委组建了招商引资服务部门。专司招商引资宣传、培训、服务和督查工作。有了专业服务部门,被动的状况立刻有了改观。然而,客商投诉的管道依然没有建立和打通。有什么好办法呢?

我想到了设立一个专门的投诉电话。在今天各种咨询、投诉电话满天飞的现状下,设立一个投诉电话是再寻常不过的事情了。可那是在1998年,设立公开的投诉电话,这本身就是一件稀罕事。投诉电话运行了一段时间后,客商反映很好。他们夸阜宁这个办法好,但就是投诉的电话号码太长,不容易记住,总要查本本。

说者无意,听者有心。我请来了邮电局局长,与他协商,请他设置一个三四位数字的短号码。因为阜宁号码的首位是7,我说就叫710吧。

他听了我的想法，连连摇头："不可能的。"他告诉我，特殊短号，是国家层面设置的，从来没有县一级的短号，再者，在技术上也存在难题。我说："事在人为。相信你们一定能办到。"仅仅隔了四天时间，邮电局局长兴奋地给我打电话："陆县长，我们办成了。"

"710"，在阜宁诞生了。

"710"，看上去就是个简单的数字组合，可它非同寻常。它是个标志，表明阜宁进入了一个"一切为了客商"的阶段。当时在客商中还流传一个顺口溜：找到710，办事就是灵。它是个纽带，在政府和客商之间架起了一座桥梁，其中最为重要的是客商的信任，让客商在心里有了依靠。它是个转变。是政府工作从行政向服务的转变。我们要求，事事有交代，件件有落实。干部们亦从一开始的"不敢怠慢"逐渐过渡到"马上就办"。服务成为自觉，成为常态。

当然，当时也有人不以为然：不就是个电话嘛，有点小题大做。

其实，围绕710，我们有三个重点：一是构建体系。710办公室下设了三个职能部门，分别是咨询、办事和督查。它有个运转链条，扩展至全县部委办局和所有乡镇。二是特殊授权。县里专门发文，规定了710的职能和运行方式。其中最关键的是，710对损害客商和拖延不办的人和事有查处通报的权力。当时当刻，权威，是医治官僚和怠慢的良药。三是公开。我们把710办结的结果和时限，每个月都在《阜宁报》上公布，优劣不言自明。

710的事情，新华社的《半月谈》杂志作了专题报道，作者是《半月谈》杂志社的常务副总编辑、中国农业问题资深专家张正宪。文章的题目就叫"阜宁有个710"！

招商引资"环境"观

阜宁招商引资初步呈现出"在区域中凸现出来"的效果，固然有宣传氛围做得好的原因，而我以为更多的还是得益于对先发优势的把握。

关于招商引资，我一直认为"三要素"尤为重要，就是环境、优势和载

客商餐叙会（朱晓东摄于 2002 年 3 月）

体。环境决定项目"能不能"的问题，优势考量项目"赚不赚"的问题，载体解决项目是否"放得下"的问题。有了这三点，项目落地则可水到渠成。而这"三要素"的把握，其重点则在于利用和发挥优势。从不同维度研究"优势"，一是固有的优势，比如阜宁的农业、劳动力等；二是不同时段出现的优势，就是说随着经济重点的调整和转换而转变的优势；三则是一定条件下才可能有的优势。因此，优势是客观的，但更是主观认识和把握的结果。

　　实践告诉我们，优势要善于发现，要创造条件使其显现，要适时把握，从一定意义上说，优势还是区域主要领导理念和智慧的产物，是区域管理水平的综合体现。

　　阜宁营造的第一个优势就是环境。这里言及的环境，主要是硬件环境，比如连基本的水、电、路都不具备，投资则无从谈起。当然也包括软环境。从实践观察，软环境往往也起重大作用。软环境实际上就是氛围和法制基础。如果说氛围是表象性的内容，那么法制基础则是实质性的内容。当时尽管我们的法制进步很大，但还是要深入探讨其与现实的差距。

我们组建外资项目服务小组就是想以行政手段的介入为项目服务，而行政因素的介入是把"双刃剑"，这里便带出了另外一个主题，即区域主要领导的工作能力和水平，因为它决定着这把双刃剑的力度，也决定着开放型经济的持续发展，同时也考验着区域主要领导的廉洁程度。从辩证的角度观察，承前启后是个永续的过程。古时候人们有时会称县官为"父母官"，其关键点在于县官的决策、施政与百姓的生活息息相关，从某种程度上说，县官是百姓的"衣食父母"。而现今的县，依然是非常特殊的区域，县主要领导于县域经济而言亦至关重要。他们的水平和"气场"，是县域经济和社会发展的精神内核。我始终认为区域主要领导的"高屋建瓴"和"重点意识"是非常重要的，不然就很难凝聚"民心"，集中力量为外商做服务，甚至会让外商"寒心"。

至于"水平"，则又述及书本里找不到而现实却给出了近乎标准的结论：一个招商引资成功的区域，肯定是"一把手"亲自抓的结果；一个招商引资水平好的区域，又肯定是"一把手"抓后又不抓的结果。"行政"手段给予招商引资服务与引导，而又不过度干涉其发展。

氛围宣传和法制环境都是招商引资发展的主要要素，在法制社会构建和完善的过程中，阜宁的经济环境也是逐步规范的。

伊士曼的"阜宁站"

氛围固然重要，但它不是目的，仅仅是为目的而营造的舆论和精神准备，不过这种准备是必经的过程且不能省略的。氛围与目的的反映在招商引资范畴内一般不是"一对一"的因果运行，氛围往往经过若干大量的铺垫之后，才可能在"目的"中显现出来。招商引资的舆论宣传和目的实现，客观地说，就是这样一对较为复杂和漫长的"因果"关系。

"阜宁在周边凸显出来"的目标渐成现实，我们的项目也有了很好的开局。

"海峡大市场"于 1999 年 1 月 1 日零时零分奠基

台湾客商刘先生当时 60 多岁,其祖籍是徐州,改革开放后回大陆寻求投资机会,先后在徐州、江阴有投资项目。招商引资活动将刘先生请到阜宁来,刘先生与阜宁一见如故,他下决心一定要在阜宁投资项目。台商刘先生虽已过花甲之年,但仍旧精力旺盛,对投资事项非常热衷。

在 1998 年前后的阜宁,境外客商还是很稀罕的,能常住阜宁并帮阜宁招商的外商更是屈指可数。阜宁县的主要领导和分管领导紧紧抓住刘先生对阜宁招商引资"首开先河"的作用,奉为上宾,全方位配合。

当时就有人嘀咕:刘先生的投资,有必要这么重视吗?后来的实践使大家逐步认识到,刘先生之于阜宁,实际上是外商介入阜宁、介入阜宁经济的先导。没有这种先导和先例,人们在理念、习惯以及服务上就很难适应全新的开放型经济形态,阜宁也很难形成外商参与下的新型的经济生态。从某种程度上说,这个"过程"是必需的。我们的率先垂范实际上缩短了这个"过程"。

刘先生合作投资建设的海峡大市场,占地一百多亩,投资超 8 000 万美元。项目位于县老物资公司和金属公司的外堆货场上。物资公司等是走到最后的县属公有实体,破败不堪,矛盾重重。在这样的基础上新建项目,对项目的服务和协调来说,其难度是非常之大的。经过台商和大家的共同努力,不到半年时间,项目的前期工作和拆迁等均已就绪,具备开工条件。

刘先生是一位非常有魄力的客商,他提出要在元旦的零时零分奠基,大家都全力配合,期待那一刻。

1999 年 1 月 1 日的零时零分,县四套班子主要领导和相关部门领导以及百余名群众,在深夜参加了这个特别的奠基仪式。隆冬季节,加之深夜,天是特别冷,但大家都不觉得冷,尤其是看到刘先生单穿了一件红色 T 恤衫,心热非常。

深夜的贺喜礼炮与寒冬的火热场面相交,迎来了 1999 年。

1999,阜宁是以台资项目奠基礼开启的,这也标志着全县开放型经济的启程。这个元旦令人难忘，因为这次奠基又为元旦的内涵增添了其独特的分量，成为特殊的印记。

林海国际大厦耸立县城

"WTO与县域经济"论坛上，我们邀请了北京的一位改革发展专家，这位专家跑过全国许多县城，见多识广，专注于县域经济研究。他在阜宁与我交流时感慨地说："最体现阜宁发展水平的，就是这20层的林海国际大厦。"

林海国际大厦，3万多平方米，投资3500万美元，四星级酒店，顶层为大型旋转式餐厅，由意大利客商叶先生独资兴建。2000年建成营业。当时为盐城市最气派、最豪华的四星级饭店，是全省县城独有的外资酒店。

站在射阳河大弯道的弯背上，注目凝视这县城最高的建筑，我的心情久久不能平静，往事并不如烟。

城市客厅——林海国际饭店（如禾摄于2001年8月）

林海国际饭店实际上是个招商的"命题"项目。饭店的原址是老县属企业酱醋厂所在地，位于射阳河畔的县城中心位置。县酱醋厂原隶属于县食品公司，20世纪90年代初企业停产，老厂房已闲置多年。在新阜宁建设火热氛围的影响下，原食品公司的负责同志雄心勃勃，要在老酱醋厂的原址上兴建10层的新阜宁大厦，后又想要建14层，县领导当然赞成。可是说出去的"雄伟规划"两年多也不见动作，舆论和规则的双重压力下，县主要领导便把这个项目交给了我们招商小组,"命题"项目从此开篇。

意大利客商叶先生,祖籍福建莆田,是早期到意大利"淘金"的探险者,至20世纪90年代中期,这批人已成为国内人眼中的富商。此时的叶先生一行也想把在国外积攒的资本投到国内,以图叠加发展,更期落叶归根。

叶先生和朋友周先生在国内第一站被招商至山东定陶,做了个房地产项目,运行两年不是很理想。就在此时,我们结识了叶先生,实事求是的分析和掏心掏肺的建议,使我们成为知己。

叶先生和周先生则很快成行到阜宁考察,阜宁此时的经济水准既不是空间已满的苏南,也不是依然较为落后的地区,符合叶先生一行的预设投资地标准。加之阜宁招商引资如火如荼,外商在阜宁是宾至如归,于是叶先生和周先生经过商定双方合作,很快敲定新建"新阜宁大厦",并更名为"林海国际饭店"。

就这样,经过紧锣密鼓的筹备,项目总算开工了。

林海国际饭店项目虽然奠基了,但当时的阜宁人大多是将信将疑。尽管我们充满信心,但还是被有些人讥为"吹牛皮",因为他们用习惯性思维横竖分析得出的结论都是:这个外资是搞不起来的。

这个项目其结果当然是给大家上了一课,然而,后来的"过程"亦证明大家的担忧不是没有道理的。项目启动后的困难和艰辛的确难以言述。

资金和规模碰到了难题。如不化解,一步不开。我们鼓励叶先生找意大利朋友合作,计划建15层。当时,我县有部分单位欲建办公楼,县政府支持他们上林海大厦,这样一算,可以增加两层。同时我们十分看重酒店的特别效应,受南京金陵饭店的启发,便和外商商定,顶楼拟建旋转观光餐厅。就这样一步步磨合和策划,主体20层的林海国际大厦全面启动,时间是1998年底。

协调和服务更是困难重重。我们成立了专门的服务班子,坚持用"比自己的事更上心"的态度做好协调和服务工作。我还把县外经委的一位副主任调至项目服务现场组,下定了"遇河架桥,逢山开路"的决心。项目建成后大家都感慨：陆县长要是打一点点"官腔"，这个项目就"泡汤"了；大家要有一点点退意，这个项目也就夭折了。

2000年5月，林海国际大厦终于耸立于射阳河畔。

阜宁古称庙湾，缘于古老的射阳河在阜宁留下了一个大大的"U"字形弯道，林海国际大厦就坐落在"U"字形的弓背上，它俯瞰南北风光，承蓄东西精华，与射阳河浑然一体，相映生辉，是阜宁的地标，更是一段时期阜宁发展的"说明书"。

它是一个标志，标志阜宁踏上一个全新的水准；是一种信心，再次注释了"阜宁人能干大事"的自信；更是一个招商引资的成功案例，它鼓舞大家不断前行，就像是茫茫大海中航行的船只见到了灯塔。此后多年，伴随着阜宁座座高楼拔地而起，可当时的"林海国际"，依然是独领风骚数十年。

刷新了我国胡萝卜汁进口设备的底价

2001年，阜宁县东沟镇准备使用外国政府贷款进口一套浓缩胡萝卜汁设备，国家财政部2001年底发文批复同意。

外国政府贷款，第一次"跳"进我的工作领域。我只能加紧消化！

外国政府贷款是国际上政府间的贷款，多含有开发援助和赠予的性质，其中的出口信贷也含有对贷款国产业经济拉动的目的。国际上的外国政府贷款包含软贷款、混合贷款、赠款和出口信贷组合、政府混合贷款等。使用此类贷款的公共项目可获得25%～40%的赠款。贷款和出口信贷，一般利息低，年息多在4.5%以下；还款期长，10年、20年不等，且还有较长的宽限期。

政府间贷款其实际是国与国之间的友好贷款，由两国间的企业或组织承担，多有政府鼓励、推广、支持的性质，而国内实施则相当于政府担保的低息贷款。

因此国内市县政府及企业都企望获得此类贷款，但外国政府贷款必须由政府财政担保，且多为公共项目和政府推广支持的新产业项目。同时申报和审批手续繁杂,且必须获得县级财政首肯和担保,所以审批成功的难度较大。

换个角度看问题,使用外国政府贷款的多少,也反映出区域的开放度和政府的市场经济意识程度。

财政部将外国政府贷款分成三类:一类是应由政府投入的公共财政领域,社会效益显著的项目,例如公立医院、学校的设备等。二类是由债务人承担还款责任,属于公共财政领域,经济效益较好的项目,例如国内的自来水厂、环保、农业等企业运行的设备等。三类是债务人承担还款责任,利于促进当地经济发展,体现制度和技术创新的项目。

阜宁县东沟镇向阳农场蔬菜生产基地的项目,为西班牙政府贷款,额度为280万美元,属于二类项目。

东沟镇有着较大面积的蔬菜生产基地,也有较为合适的"龙头"企业,因此,我县政府积极支持东沟镇申请这笔外国政府贷款。东沟"龙头"企业计划用这笔贷款引进西班牙浓缩胡萝卜汁生产线设备。

外国政府贷款必须由国家财政部提供担保,而财政部担保的前提便是省市县财政逐级担保,说到底,担保的最终责任是县级财政承担。决策不易,操作则责任重大。

我们必须对设备进口的先进程度以及价格进行监管。这是项目成功的基础,也是排除担保风险的首要环节。进口企业按规定办妥了邀标等各种手续,最后确定在北京进行商务谈判,我代表县政府现场监督。去北京之前,对于如何"监督",我头脑里几乎一片空白。

到北京后稍作调研,我请大家帮我找了三方面资料:一是国内进口同类设备的实例和价格;二是国际上此类设备最先进的关键点;三是不少于三家的西班牙代理"公司"资料。

很快,我获得了这样的信息:国内当时只有新疆引进过一套全套胡萝卜汁进口设备,价格为200万美元稍多一点,时点为1998年。胡萝卜汁的进口设备西班牙为国际先进水平,但浓缩蒸煮机和卧螺机还是德国的好,且杀菌等设备更要与时俱进。当时西班牙报名的公司有三家,都是业内成熟的代理公司。

综合分析之后，我与谈判组商定：设备先进性和原产地由我方指定，采取单独谈判再横比的办法，重点是价格。过去见到外国人都是稀罕事，而要与西班牙人面对面的谈判，心理障碍还是比较大的。我鼓励大家放手谈，不要怕，因为主动权在我方。我们随即分别与三方公司进行了第一轮谈判，第一轮谈判三家公司成套设备的报价都在180万美元到240万美元之间。

在掌握了代理公司的报价、实力和风格之后，我们又有针对性地优化谈判方案。侧重进一步优化设备清单，针对我地的实际和特点，删除不必要的设备，调优生产厂家等；可增加进口其他设备，当时我们还想再引进一套蔬菜保鲜安装设备，很先进，实用性强，价格在60万美元上下；可适当缩减安装人工等贷款总额。按规定，贷款国还应提供不低于20%的资金贷款，用于安装和人员工资等。

按照方案，加之基本做到了知此知彼，我们又研定了攻防策略，便与三家公司进行了多轮谈判。最终与我们心仪的公司敲定：浓缩胡萝卜汁生产线，128万美元；蔬菜保鲜设备，日本产，38万美元；提供贷款资金30万美元。面对128万美元的价格，西班牙代表说："我们从没有做过低于170万美元的浓缩胡萝卜生产线。"

这样，我们以财政部设定贷款额度的45.7%进口了全套浓缩胡萝卜生产线设备，还附带进口了一套世界一流的蔬菜保鲜设备。我们刷新了进口浓缩胡萝卜汁设备的价格，这个价格水平便作为我国进口此类设备参考和依照的"底价"。

起初只是因为排除担保风险而认真，结果却是重新界定了国内进口此类设备的价格水平，意义非同小可。我们这些"外行"的"误打误撞"，却刷新了一项"行业标准"，看来"外行"或"内行"并不是一成不变的。

世界500强企业落户阜宁

世界500强之于阜宁，几乎是不太可能有交集的。因此，欲把世界

500强企业而且是美国的世界500强企业引进阜宁,在20世纪90年代,被许多人认为是天方夜谭。

我们把这个"天方夜谭"变成了现实。

有人说这是运气,我并不否认"运气"的存在,但殊不知以往有诸多"运气"都是从我们手中溜走的。从另一个角度看,我们后来正是因为潜心营造和呵护着"运气",才使得一个个"运气"成为现实。

一不小心,营建了一个拨动全球市场的筹码

阜宁油脂化工厂在我县是一个很不起眼的企业,说实话,这样的企业按常规是"跑"不进我视野的。

阜宁油脂化工厂是一个位于县城西北邻区的民营企业,以植物油的"油脚"为主要原材料生产酸化油,说得简单点,就是收购废油提炼成酸化油的工厂,其生产工艺简单,设备陈旧,整个工厂环境都很脏。该厂历年累积的投入规模约4 000万元,职工一百多号人,家族式的管理,工厂的废弃物又脏又臭,很显然,这家企业在阜宁诸多企业中毫不显眼。按当时的说法是:不在"环保"中升级,便在粗放中死亡。

但这个企业的老板蒋厂长很有眼光,他懂得脂肪酸可以生产二聚酸,他为这个二聚酸死死跟踪了五六年。他介绍到,二聚酸是聚酰胺树脂的添加剂,树脂一旦添加了二聚酸,其"魔力"立即显现,油墨、涂料、热熔脂等的质量会发生质的变化;二聚酸还广泛应用在合成印刷电路板材料、火箭发动机材料等领域;二聚酸被业界称为化工产品的"味精"。而生产二聚酸在国内是个空白,其关键点在于国内还没有这方面的技术和设备。

就设备而言,这是一组科技含量很高的高端设备。因为二聚酸是由不饱和脂肪酸聚合而成的,它的聚合过程很不稳定,这就决定了二聚酸的聚合很难、很复杂,也就对设备的自动把控和聚合性能要求非常高。20世纪90年代,国内尚无成熟的成套设备,只有上海粮食研究所有一组中型的实验设备,且生产的二聚酸精度还不够。当时世界上也只有美国和德国等有这类成功的技术和生产设备。

中国想进口这套设备,不行,因为被"巴统会"封锁了。巴统会,何方神圣？原来是美国操纵下的西方世界于1949年11月成立的输出管制统筹委员会，因总部设在巴黎，简称巴统会。当时它是个旨在对社会主义国家实行封锁和禁运的组织，该组织还针对新中国的成立专门设立了中国组，负责对向中国出口商品进行审查和监管，实际上是技术和出口封锁。由于生产二聚酸设备的尖端和特殊，传言能生产化学武器，中国等相关进口设备的申请都会被"巴统会"否决。

随着国际经济形势的变化和发展，直到1994年3月该组织才宣布解散，相关设备出口的控制亦逐渐放宽。我们紧赶慢赶，终于在1997年与德国GEA公司达成进口设备的协议，这套年产万吨二聚酸的设备为世界最先进水平，生产二聚酸的精度达98%以上。

设备进口谈判的过程中还有一个插曲，因为这是德国第一套出口中国的二聚酸设备，德方希望能在合同中明确准许GEA将来带人参观考察工厂和设备。在中国这当然是很正常的，但在国际上实际是商务条款。在商就得言商，经过反复磋商，允许参观，但在商定的总价中必须再下降5个百分点，德方反复磋商，最终答复："OK！"

设备成功进口填补了国内设备和生产精度二聚酸的空白。设备进口敲定后，我们以最快的速度进口、安装、调试、量产。石破天惊，中国产的高精度的二聚酸出口啦。

我们当然知道这件事的分量，但随后发生的境况还是让我们大出意外。产品达标之后，企业给二聚酸的定价为每吨3万元左右，而国际市场上同类水平的二聚酸价格水平每吨则在2万~3万美元。同样品质的产品，价格居然有六七倍之差，一下子，国际市场的二聚酸价格的平衡被中国阜宁的一个不起眼的小厂打破了。

在中国"二聚酸"的行业，大家都知道有个"劳特的技术和产品标准"，这个"国标"就是我们的。美国、欧洲……全球同业者的眼光，不约而同地聚焦中国阜宁这个名不见经传的小县城。

商业竞争就是这样，你没有抓住关键时，从来没有人把你当回事。而你一旦掌握住市场的命脉，发言权就是你的。这个时代就是强者的时代。

美国的彼得·蒂尔被誉为硅谷的天使、投资者的思想家,他的著作《从0到1》告诉我们,创新的本质就是与众不同,这个与众不同的精髓就是差异化。而找出差异化,就能垂直进步。我为油脂化工厂的"垂直进步"而欣喜,更为木匠出生的蒋厂长"点赞"。

权衡利弊,还是选择了伊士曼化工

二聚酸的国际市场份额本来就不是很大,阜宁的加入打破了二聚酸的市场平衡,主要是价格的影响,给国际市场带来了颠覆性的变化。先是欧洲价格水平大幅度下跌,随后是美洲的价格……后欧美又不约而同地欲采取"整体收购产品"的方式欲继续垄断二聚酸价格。虽然该目的没有达成,但我方产品出口的综合环境逐渐趋紧。

再者,随着二聚酸设备的放开,国内二聚酸设备的引进形成了热潮,就是说,二聚酸产品的价格优势趋平只是时间问题。在这种情势下,蒋厂长决定整体出售油脂化工厂。我很佩服这个土生土长的阜宁本土厂长的眼光。

在选择购厂企业方面,我们握有主动权。当时荷兰的尤里凯玛、德国的企业以及美国的劳特等跨国公司,都纷纷上门表达了购买意愿,企业一时成了"香饽饽",但是,我们清醒地知道留给我们的时间非常紧,策略上实行"内紧外松"。在多方调研的基础上,我们选择了劳特化工。后劳特化工在与我方谈判的过程中又被伊士曼化工并购,这样,伊士曼化工则最终成为整体收购阜宁县油脂化工厂的跨国公司。

伊士曼化工是全球化工行业的领导型企业,是世界500强巨头。说伊士曼,国内知道的人并不很多,但是"柯达"可说是无人不知。

原来世界闻名的乔治·伊士曼,是全球成像界感光干片、彩色胶卷和相机的创始人,他创办了企业,并创造了一个"柯达"的新单词。1892年注册创立"伊士曼柯达"。1920年创办伊士曼化工,伊士曼则成为全球的化工巨人。1994年又因规避"托拉斯"制裁,伊士曼柯达与伊士曼化工正式拆分。

伊士曼化工位于美国田纳西州的罗切斯特,我参观过伊士曼工厂,在

伊士曼企业（佚名）

二聚酸设备制造企业——德国 GEA（蒋文树摄于 1997 年 8 月）

当地就是伊士曼化工城。

1998年,我们与伊士曼化工敲定了出售意向后,双方便开始了各自的准备工作。伊士曼化工聘请了普华永道做财务审计,聘请美国著名的环保咨询公司编制环评报告,聘请纽约的律师事务所主持收购事宜。

面对如此重量级的国际中介机构,我们经过反复磋商,最后决定不聘请任何中介企业,由我们自己组织班子主谈。当时的决定主要有这样几点考量:其一,我方工厂财务基础差,聘请世界级财务公司花钱多,不接地气,不一定就能维护好我方利益;其二,我方的资产总值是有底的,其无形资产等必须双方认可,聘请中介作用不大;其三,若聘地方性中介与对方不在一个量级上,不如不聘。

在反反复复十多轮的商务谈判后,所有细节均敲定。然而,在最后一个环节还是"卡"住了。阜宁油脂化工厂在县农行有2 000多万元的贷款,这笔贷款是包含在出售资产包内的,要实现交易并打款,美国律师团给出的前提条件就是,农行必须放弃"贷款权"。从放弃、签约到打款,最快也要一周。问题还不仅仅在一周,其关键点在于美元若不能如期到位,后果不堪设想。农行阜宁支行咨询权威机构给出的意见是,理论上可行,操作上全风险。最后所有的压力都聚焦于朱行长。朱行长是一位很有经验的50岁上下的资深行长,面对这天大的难题,却也寝食难安,在我的办公室里,他带着哭腔说:"陆县长,一旦出险,我身家性命就全完了。"

"一坝挡住三江水。"最后,县委书记、县长、我和朱行长紧急会商,由县财政给银行出具担保函,银行再放弃贷款权,签约后美方打款。其过程由财政局局长、银行行长和政府办公室主任全程监管。

1998年6月11日,美国劳特公司的CEO约翰·迈尼和律师团从美国飞到上海,再到阜宁正式签约。那可是一个令人难忘的时刻,又是一个值得阜宁永远铭记的瞬间。一周后,6月18日,那天是星期四,500万美元正式打到阜宁账户。

这是全市整笔最大的外资到账美金,也是我县银行有史以来接受的最大一笔到账美金。500万美金,已经载入史册,更为世界500强企业落户阜宁的历史"背书"。

细细盘点，收获满满

对于这次招商活动，阜宁收获的不仅仅是美元，更收获了开放的理念、企业的"真经"等。其中几件小事让我受益匪浅。

一是百年企业的"真经"。我们曾考察过伊士曼化工企业的总部。伊士曼化工在美国也是很"牛"的。我到罗切斯特伊士曼的总部，他们计划安排企业专用飞机，让我在天上俯瞰伊士曼城。可不巧的是天气原因，空管部门没有审批飞行。

谁说美国人不"势利"，我去美国考察的出国申请是14天，因为是伊士曼的邀请函，美国大使馆的签证却是一年，还可以多次往返。我去美国，前后进出海关多次，均礼遇有加。

在对伊士曼化工厂的考察中我们得知，伊士曼化工长期以"健康、安全、环保"为己任，1993年曾获得克林顿总统亲颁的"Malcolm Baldaige"国家质量奖，被美国《新闻周刊》授予全球100家绿色公司。在与我们商谈收购的过程中，我们翘首以盼美国的财务审计公司进场，没想到，伊士曼派来的第一个顾问公司竟是国际环境评价公司。这个环评公司对工厂厂区环境作出静态评估，既有空气、水质评价，还包括土壤深5m的质量取样评价并留存样本。事实告诉我们，伊士曼"绿色"不是说在口头上的，而是"机制"保证的。

在我们接触的公司中还有一家荷兰的尤里凯玛公司，给我的印象也很深刻，他们企业主旨是"不与客户争市场"。这"底线"式的理念要坚持，在市场竞争日趋激烈的今日，是难能可贵的。长期以来，这家企业始终坚持做高质量的二聚酸，从不将产品向下延伸，不断弘扬"客户是上帝"和"向创新要效率"的企业精神，最终成为业界的榜样。

能做百年企业，当有百年精神。能成跨国公司，定有非凡特质。我虽不是做企业的，但为百姓做服务与做企业背后的道理应该是一致的。

二是律师团的"较真"。我去美国时，特地看了与我们"对手"的律师团总部，这座摩天大楼位于纽约第50大街上。在谈判的近一年时间里，律师团有个专门的团队，但其中的人员会根据需要调整。谈判中有件事让我感慨万端。

为了欢迎和鼓励伊士曼化工在阜宁的投资和发展，县政府经过研究拟将原油脂化工厂门前的 60 多亩土地送给伊士曼。在谈判的过程中，伊士曼化工谈判首席代表亚里克斯表达了兴奋之情并接受这项提议，但必须由美国律师团给出首肯，才可拟定法律文本。随即对方律师团便给出答复，要求县政府提供拥有这块土地的所有权证明和减免政府出让金的证明文件。翻译告诉我们内容后，当时的感觉是哭笑不得：我赠给你东西，还要我提供拥有的证明文件。后来我们找到了省政府文件，规定出让金在上缴省级以上分成后可留存地方。对方律师反复推敲，才勉强认可。

律师的"较真"，看上去有点不合当时中国国情，其实他们在厘清接受赠予物的合法性及附件资料，我不能不为他们的专业与严谨赞叹。不是他们不可理喻，而是我们习惯于不究这个"理"。依法办事，才是世界的通行规则。

三是亚里克斯的"No"。亚里克斯是劳特公司的高管，伊朗人。整个收购案中亚里克斯是外方谈判首席代表，我们在谈判和接待的过程中，也成了好朋友。

劳特江苏（阜宁）公司（后改为伊士曼江苏〈阜宁〉公司）成立后，亚里克斯任总经理。之前蒋厂长的司机郑师傅便顺理成章地成了亚里克斯的专职司机。公司运行一个月后，公司发工资和奖金，郑师傅发现自己的奖金比别人的少。

按照中国人的习俗，"老板"的师傅奖金能少吗？况且这个郑师傅确实很优秀、敬业。他找翻译去咨询亚里克斯，要求和别人一样的奖金。亚里克斯说："No。"亚里克斯给出的理由是：一个月你帮我和公司开车 19 天，其余 11 天，你是不能拿奖金的。

有据可查是管理的重点。尽管很简单，但是很管用。看来，即使是老板的"身边人"，也要照章办事，不能例外。

四是国际 CEO 的睿智。约翰·迈尼是劳特化工的 CEO。劳特后来被伊士曼兼并，其实劳特本身在国际化工界就是很知名的国际跨国公司，当时年销售60多亿美元。约翰·迈尼当然也是我们这个收购案的最后拍板人。他有着非常好的宏观领导能力。有两次，我们的谈判发生争执，几乎到了相持不下的地步，约翰·迈尼总是轻松化解。好多人说因为他有权力拍板。其实我想说，他是因为能力强而且思考问题的角度独特。

时间长了，我们也成为好朋友，也听到了约翰·迈尼的故事。劳特化工是一个由家族企业发展起来的跨国化工集团，约翰·迈尼是爱尔兰人，是从劳特子公司的员工中选调到集团工作的一名普通管理人员。

到20世纪80年代，劳特遇到了一个事关企业存亡的危机。劳特的创始人老劳特被搞得焦头烂额，公司走到了破产的边缘，上下哀声一片。

一天，老劳特上厕所，约翰·迈尼刚好也一起上厕所，偶遇时，约翰·迈尼对老劳特说："让我试一下吧。"老劳特盯着他望了很长一段时间，估计也是"死马当着活马医"的心态，说：Yes。就是这个很平常、很轻松的"Yes"，让约翰·迈尼得到了一个机会和施展的"平台"。约翰·迈尼上任后，不仅化解了劳特的危机，还使劳特有了引人瞩目的发展。大家戏称，约翰·迈尼的CEO头衔是在厕所里产生的。

到美国访问时，我曾应邀到约翰·迈尼家里做客，他爱人鱼烧得很好，他家的酒窖藏酒种类诸多。约翰·迈尼夫妇有一个未成年的残疾儿子，看得出来，他们非常爱儿子。他亲自领我参观公司，所到之处，如数家珍；他还邀我去美国的酒吧喝酒。

这次美国考察让我切实体味到美国工作的"随意"和"专业"。约翰·迈尼，一个跨国公司的CEO，不只精明于营销，更有超常的魅力。我钦佩他的管理天赋，但我更欣赏他的人格。

五是不一样的理念。我们向德国公司订购了二聚酸设备，德国派出了知名工程师到阜宁指导安装调试，来来回回次数多了，大家便也很熟了。我们到德国工厂考察时，特地告知了这位工程师，希望能由他接待我们，因为熟人沟通方便嘛。谁知到德国后发现他不在，一打听是"休假"了。

原来，德国工作人员一年有一次休假，他们把"休假"看得很重，即便是"熟人"远道而来,也不能改变他们的休假计划。是啊,"休假"与"工作"应当是同等重要。

习惯了那段紧张的"5+2""白+黑"的加班氛围,到德国一看,他们到下午5点,所有的商店、工厂等(除饭店、酒吧外),都必须关门息业。甚至5点一到,你要买东西,他会对你说"sorry"。

细细回想,在美国的一天早上,我们从旧金山去"硅谷"参观,通过闻名世界的"虎门大桥",也就是被网上称为"自杀者乐园"的大桥时,可以看到,它通向硅谷的是"三车道",而反向的却是"两车道",不同于一般两侧均对称分布的公路桥。

翻译告诉我们,去"硅谷"上班的人多数家住旧金山。这样,每天早上去硅谷的车流量大,而晚上则是回旧金山的车流量大,是典型的潮汐型车流。适应这种"瞬时流峰"的实际,便有了早上"出三进二",晚上"进三出二"的车道板块,警察只在行道中放置临时隔离桩就可以了。由此我悟出了不同国家的不同工作和生活理念,真是三人行,必有我师。

展示和放大优势

与国际企业的合作让我深深感受到:引资的重点在于展示和放大优势。应当说,阜宁的招商引资的开局是较为成功的,我们也从中悟出,任何外资项目的落地都会是优势的利用和比较的结果。再回看"环境、优势、载体"三要素,优势必然是外资落地的理由,且一定是主要理由。

资本的本质是逐利性。外商的投资是一定要赚钱的。伊士曼化工的落地也好、林海大厦的外资进入也罢,其实都是看重了在追求利润中的优势所在。如果没有酒店赢利的优势,就不会有射阳河畔的林海大厦;如果没有"二聚酸"的抢手优势,也不会有落户阜宁的伊士曼化工。

这里实际上引出了招商引资什么是重点的命题。招商引资的关键在展示和放大比较优势。如果连自己都不清楚本地的优势,怎么可能指望外商项目能落地上马呢?因此,招商引资之初必须充分"备课",就是要真正弄清楚本地的"优势",包括人文的、资源的、区位的乃至产品的等,既能如数家珍,更要有据可考。与其说人在招商,不如说"优势"在招商。

把"优势"作为研究对象的话,首先要会展示。有人说,优势是客观存在的,要展示什么?其言差矣,有时好酒也怕巷子深。展示优势,一定要用比较法,不比较,优势凸显不出来。例如意大利叶先生先前的投资出了问题,我们帮他分析问题存在的原因,主要是经济基础水平差,行政服务欠缺,缺乏"外资"生存氛围。分析投资失利的现状,实际上就凸显了阜宁这几个方面的优势。其次要善于放大优势。优势客观存在,但有的是显性的,有的可能是隐性的。再者,不同的投资者看"优势"的侧重也不一样,一定要"因企制宜"。

同时在谈判中对投资者"投其所好"是非常有效的,这就需要在招商引资的专业方面做好功课,抓住时机放大优势。例如关于"二聚酸"的市场优势问题,我们当时就分析,优势是明显客观的,国内同类企业少;但优势的时间性极强,一旦国内的诸多二聚酸设备投产,我们的优势便会瞬间消失,况且我们企业还缺乏国际贸易成熟的高手和团队,若参与国际"贸易战",我们不占优势。因此,抓住"时间窗口"引进国际收购者是"上策"。后来的实际情况证实了我们的预估,也从侧面证明了我们原定招商引资方案的正确性。

古人云:企者不立,跨者不行。一步一个脚印,才能前行。

开发区的"阜宁模式"

吸引外资(域外)项目落地,经济开发区是个好载体。

招商引资的三要素中,载体应是最为重要的。一方面载体的成熟是招商引资成果落地的条件,且是不可或缺和无可替代的条件;另一方面,载体的完备程度和规格档次也将决定其对投资者的吸引力。

阜宁经济开发区从酝酿到初成仅用了一年时间,从一无所有到省级开发区,再成为全省新创开发区的旗帜,也就三年多时间。

这是一个奇迹,亦为诸多后来者所争相学习和复制。

坎坷的全景策划

我们还是先把时光的指针拨回到1998年吧。

当时经过几年的苦战,"五年再建一个新阜宁"的交通、城建、水利、致富"四大工程"取得了非常大的成功,全县上下群情激奋,大家亦陶醉在被称赞的喜悦之中,阜宁在全省乃至省外都有了一定的知名度,年接待来阜宁参观考察的团队就有一百多个。

络绎不绝的参观者搅得大家都飘飘然,崭新的大楼、宽敞的柏油路也使众人欣欣然,多少有点茫然不知所措的感觉。

然而,"工程性"的建设终究得结束,兴起的"新阜宁建设"热潮自然也得告一段落。后"四大工程"则捉襟见肘,"新阜宁建设"接下来的路该怎么走,从某种程度上说,县里,尤其是领导层,都陷入了一个新的发展"迷茫"期。应该说这种"迷茫"跟水平无关,大家都正在走一条前人从来没有走过的路。

后"四大工程"阶段,阜宁找不着重点了,乃至在"进军大河南"的口号下,全县重点共建"南方花园",甚至要求各个乡镇政府都得参与。其实,南方花园就是个房地产项目。无论从什么角度看,房地产项目都不需要也不能让"政府操刀"。

再者,"四大工程"的效应则逐渐显现,阜宁的县乡交通已然全部"黑色化",在全省领先,时间和空间都发生了大的变化。城市建设更是远近闻名,各地慕名参观者络绎不绝。用什么途径,或者说什么载体来承载和放大"四大工程"效应呢?

大家在思考,阜宁在抉择。

我是主管乡镇企业和开放型经济的领导,经过一段时间的调研和思考,反复斟酌,我便向县委书记提出了新建开发区的构想。当时申述的理由主要有三条:一是"四大工程"实现的基础应该是为经济服务,而开发区则是产业的主要集中地。如果说"四大工程"是播种，那么也该收获了，而收获的体现就是发展的成果，发展的聚集地就应该是开发区。二是阜宁县城是一个功能区划不太清晰的旧城区。阜宁和某些"老城"一样，规划并没有特别规范，城市的东南西北都有工业，也都是零零散散的。但要发展稍大一点的工业项目，就一处也放不下，因此必须建产业经济区。这既是项目落地的需要，更是城市发展的必由之路。三是产业经济应是全县经济的支撑，更是重要税收来源和就业载体，且是长期的税源和稳定的就业。

书记听了我的介绍，良久未有应答，我知道书记听进去了。果不其然，县委很快决策：新建阜宁新区。

改革开放之后，1984年中央决定在14个沿海开放城市中兴建经济开发区，1986年8月邓小平同志在视察天津经济开发区时题词：开发区大有希望。这样，东部沿海及改革开放的前沿城市兴建了一大批经济开发区。1992年前后，盐城和大丰等兴建了我市第一批开发区。这是全国的第一轮经济开发区热。

由于体制、定位、政策等方面的诸多因素的不一样，实事求是地评价，第一轮开发区热，盐城是有名无实，开发区并未成气候。在这样的背景下，主要领导的"稳健式"决策不是没有道理，也应完全可以理解。

随即，便展开了策划和选址工作。我们工作小组跑遍了阜城周边，拟定了三个方案。县委常委会研究决定采用城东建新区的方案，这样建区便正式进入操作阶段。

有人说，城市留有空间，就是对后人的贡献。当然这个"留"，有主观的，也有客观的。

这话应验了。

阜宁城东是射阳河湾道围起来的一块陆地，由于交通不便，长期以来，是县城的"菜篮子"地，而卖菜也得靠摆渡进城。这块紧邻县城的地块，几乎没有什么像样的建筑，像一张白纸，若在此处建新区，当然有优势。

但事情往往是利弊共存的。城东最大的弊端是地势低洼，交通不便。"摆渡"东进，亦需要"摆渡"进开发区。"下码头"渡船能充当县城与开发区的"摆渡"？

与此同时，我又不断向县领导层宣传开发区的理念，告诉大家：新区是个城，开发区则是个产业经济区，功能有别，重点各异。新区怎么理解都是城市的扩展和延伸，而开发区则是明晰的产业经济区，性质不同。况且它们在规划及基础设施配套上有很多的不一样。再者，在外商的眼里，他们懂得开发区是经济区，配套好，且政策优惠。既然重点围绕服务外商和吸引外资，那么定位"开发区"则顺理成章。

这样，1998年8月，县委、县政府决定不再沿用阜宁新区名称，自办经济开发区。同时决定将花园、码头、黄舍、条河等两个镇中的六个村约4.5平方千米划归开发区托管，开发区建立党工委和管委会，我兼任工委书记和管委会主任。

这一决策影响了阜宁的走向，阜宁经济开发区在一片低洼地里诞生，在域内仅有28万元农业税收的经济基础上正式起步。同时我们区域划归托管的办法为后来者不断仿效。

建区的阜宁模式

说实话，我们建开发区没有模式。所谓阜宁模式，是后来省里帮我们总结的。

合力共建

要建区，首先是人。县委给了特殊政策，人由我选。我先选了一批我认可的科级干部，有外经委的，有老团干的，还有相关部门的，县委常委会很快便开会任命。

这批同志是开发区的第一代干将。但当时也有人私下嘀咕："与他要好，没什么好处，把我们选这来吃苦了""这什么都没有，猴年马月才能建成开发区"，这些"牢骚"也不能说没有缘由。但说实话，对创办开发区，我信心满满。

开发区所在地的花园、码头村,处射阳河与串场河的夹湾处,地势较低。此地虽与县城仅一河之距,隔河相望,但长期无桥只能靠摆渡连通。"下码头"有了三百多年的摆渡历史。在县城周边,那也是知名度很高的。1996年,204国道改道经过这块地方,才在域内有了一条过境的公路,但这条公路对域内拉近与县城的联系不起作用。

一河之隔,城乡"二元"差异一览无余。

"一张白纸"之于建设是好事,然而,我们一踏进开发区,问题便来了。区内竟找不到一处可以临时办公的房子。为了抢时间,我们便在一处高墩上搭起了十多间简易板房,这样,抽调的人员便全部投入办公。阜宁经济开发区是从简易板房开始的!

百年下码头,代传摆渡人(严平摄于1995年5月)

我用"脚"丈量了每一条田埂,又摸清了每一条河深,在大家共同努力下,大规划终于出台,初始起步区4.5平方千米左右。倒也不是自诩,这里有两点确实难能可贵。

一是在规划的起点上既高且接地靠谱。说起点高,体现在主干道和发展方向上。当时阜宁协鑫大桥还没建,阜宁与沿海高速的连接线连规划的影子也没有。我们当时就确定把花园大道作为区内贯穿东西的主干道,双板设计,承担过境交通和区内交通的主要功能。后来,射阳河协鑫大桥和沿海高速阜宁连接线相继建成,主干道功能终成现实。

说规划接地靠谱,表现在开发区的拆迁安置上,我们既在串场河边建了个安置小区,又在204国道边新建了安置楼。拆迁户安置实行区内独立运行,安置楼的上房价格每平方米仅360元,在县城房价每平方米已达1 800元的1998年,拆迁安置户无不欢天喜地。

二是基础建设合力共抬且务实可行。阜宁是个"吃饭财政",欲让县财政拿出一大笔钱做开发区基础建设肯定是不现实的。

穷想办法,办法无穷。我们从"四大工程"的经验得到启发,提出了"统一规划,分开实施,专业验收,合力共抬"的方案,得到了县委、县政府主要领导的全力支持。

土方工程纳入了1998年的县级冬春水利工程计划,安排了五个乡镇做土方。随后,把区内主干道路建设的任务交给交通局实施,下水道和路灯由建设局实施。供电公司、电信局等负责供电、电信网络建设等配套性安排。

"交任务,不交代方法。"各部门必须保证在1999年6月底前完成任务,并通过验收。

说实话,当时也是阻力重重。好在阜宁有"四大工程"的运行经验和县委县政府的权威,各部门虽想法各异,但实现目标不打折扣的目的是一致的,于是就真正见证了"各显神通"。国土部门调整了土地规划,建设部门编制了城市规划,相关"软件"工作也同时跟进。

在"合力共抬"的基础上,我们的规划很务实,坚持"先运行,再提高"的思路,坚持"一步规划,分步实施"的方法,坚持用最少的钱办好事情。这样,开发区便与各部门在"少花钱办好事"上形成了"共识"和"合力"。

仅半年时间,到1999年年中,阜宁开发区4.5平方千米的起步区基础设施全部到位,这也成为我们启动开发区发展的"原始股"。

此后,有人评价说,在"边规划、边施工"的背景下,能做得这么好,不容易;在"别人做,我使用"的模式下,能形成合力全面到位,不简单;在"综合上马,交叉作业"的条件下,仅用半年时间到位,是个奇迹。这就是阜宁。达到了"四大工程"的效应外溢的效果,放大了"阜宁精神"的红利,同时亦拓展了"阜宁人能做事"的外延。这,也提升了"阜宁经济开发区"的信用价值等级。沉寂多年的河滩地,响起了发展的合奏曲。

开发区基础设施——第一座协鑫热电厂（傅融梅摄于1998年8月）

特殊区域

既然建区，就得研究。

我观察和研究了很多开发区，发现诸多开发区未能形成气候的"通病"，一般是作为"行政区域"在管，而不是设定为"特殊区域"；再就是主要负责人太像个"官"了，重点、方法、路径和人员设置等都不对位。

现实，总是用一些特殊的方式提醒我们，而实际上这是交给人们解题的钥匙。

当年苏南的乡镇企业冲破计划经济的藩篱，蓬勃兴起，如火如荼，形成了全国闻名的"苏南模式"，有人问起当时的省长有何经验？答曰："不管！"这就是当时环境下从计划经济情境中做"活"经济的钥匙。

做活开发区，其关键点就在于"屏蔽"干扰，做成一个市场主导的"特殊区域"。在行政主导的棋盘上，"特殊区域"做"活"并不容易，必须要下决心，尤其要区域"一把手"下决心，挑担子。因为"特殊区域"的实现，并不仅仅依靠开发区本身的努力，还应该包括区域领导的决心和行政权力的让渡。

行政管理发展到今天,已经形成一套成熟且行之有效的管理模式,但必须看到,这套管理的支柱是集中力量办大事、分析部门辖管的"权力",而这也正是各类行政管理改革的关键点。当时要保证其与招商和项目落地同向而行,则必须要完善管理模式,也正是在不断的改革中,行政管理才趋向今天的成熟。

要实现这一改革,首先必须转变当事人的理念,否则,就可能消极怠工,因此我们倡导"服务型"行政。再者,就是"放权"。若以"管理先行"起步,开发区一定很难发展。就好像小孩学步,如果一开始就要求他正步走路,可能这小孩一辈子也不会走路,当然,遇到小孩学步时东倒西歪甚至摔倒时,拉一把的"危险干预"也还是需要的。

道理也许大家都懂,但要各部门让渡权力有难度。定位开发区的"特殊性",实际上是挑战了既定模式、习惯做法和固有权力。

经过不断的试验、摸索,阜宁开发区做到了,即逐渐形成三类制度性安排:一是"短路",在冗长的行政审批链条上,使其实现点对点的短路。既越过了诸多过程,也让审批程序缩短,实行集中办公。二是"让渡"。实行区内独立管理体制,各相关部门的一些管理职能"让渡"给开发区管委会,明确"让渡"细则、权力边界以及责任切割,让渡权力的同时也转移责任。三是"禁查"。这里倒不是说企业一定有"不禁查"的内容,主要是经不起"干扰"。当检查成为一种"行政公害"时,企业怕查便成为普遍的心态。在阜宁开发区,县里规定,无关安全的事宜不准到区内检查,即使到区内检查,必须有开发区备案并陪同。对于"禁查"这一措施,县委、县政府等领导都全力支持,并自动对接到位。县委主要领导在全县干部大会上公开说,"开发区,就是不准你们去查,出了问题由陆道如负责"。从某种程度上说,没有一开始领导对措施实施的"保护",就不可能有后来的开发区。

招商导向

开发区会沿用一些既定的行政管理的做法,但不能全盘照搬。开发区的管理流程必须再造,从某种程度上说,既定的行政管理模式只能使开发区形式呆板,丧失活力。

要流程再造,关键在于指导思想重塑,我们及时确立了"招商导向"宗旨。开发区的产业靠招商,开发区的活力在招商,开发区的生命是招商。

做法有四个看点。

一是从笼统招商转变到专业招商。当时,阜宁是区域招商的领跑者。经过一段时间后,我们都发现招商效果跟预想大相径庭,其问题的症结在于过于笼统、不专业、不对路。比如当时厦门台商多,是我们的主要招商地,后经过多方调研,发现厦门的台商多数是从事"休闲"和娱乐行业的,搞实业的很少,所以我们及时调整针对性的战略。再比如当时我们计划搞一个小纺织园,定向准确、目标清晰,招商效果就好。经过反复权衡,我们会针对不同的产业重点和招商区域,成立若干个专门专业的招商小组,使招商成为我们工作的专业"业务"。

对一些招商成绩好的人,不论级别,我们会破格聘用,给编制、给奖金。当时,我们还聘了一些"不坐班"的招商员,奖金与招商实绩挂钩。

二是从外资转变到域外资金。外资是有明确界定和考核标准的,一开始,我们当然是盯着境外资金,后来发现,这无异于把自己封锁了,便提出了"域外资金"的概念,当时的"域外"是"县外"即"外"。

现在听起来是个理所当然的概念,可在当时我是遭到很多人和机构"非议"的。但经讨论,工作班子也坚定认可"县外即外",区内考核等都及时调整。不到半年,这个"概念"为全市所接受。

三是从"县开发区"转变到"全县开发区"。开发区创立之初,就将招商作为主业,且不断调整策略。然而,时间不长,一个开发区之外的新问题又出现了。

产业集群化应该是经济发展的一个基本规律。在县级,过去有"乡乡点火"办企业的教训,也有刚上项目配套不到位就流产的现实。其实,就是忽视了产业集群的规律性。

工业产业一般都高度依赖要素集聚,有交通等基础的综合配套,有电、水、气等的必备条件,同样还有银行、税务等的基础服务。这些"高配套",一方面有资金成本考虑,但更重要的还有规模、布点等的安排,因此,开发区既是产业集聚的必然要求,同样也是把握经济发展规律的客观措施。多数乡镇不能盲目再上工业区,项目来了不具备落地的条件。开发区则成为项目落户的最佳载体。

怎样使各乡镇招商的项目落户开发区,我们出台了具体的政策措施,当然主要是企业的考核和税收,税收实行开发区与乡镇五五分成。一个政策的出台,就使县开发区成为名副其实的全县开发区。例如:投资5亿多元的钢琴项目落地开发区,则是罗桥镇招商引进的。

四是从津贴安排转变到绩效奖金。开发区与县城虽一河之隔,但由于绕路,还是比较远的。为了鼓励大家到开发区工作,起初确立一个员工收入高于县城同类人员40%的津贴水平。

随着开发区管理的规范化,我们出台了随实绩浮动的奖金制度。首先把奖金分成三大类:招商类、服务类和一般公务类。类别不同会有不同的奖金系数。其次就是完全凭实绩考核发放奖金,并专门设立了招商工作特别奖。对开发区主任(此时我已不兼该职)实行年度综合考核并发放奖金,就两个指标,一是招商项目落地实绩;二是税收。我和主任签订

江苏省阜宁经济开发区大楼(付融梅摄于2019年2月)

责任状,呈县委、县政府备案。在工资为主体的时代,主任奖金还是很有吸引力的。

始料未及的综合评价

阜宁经济开发区从1998年启动,经过仅三年多的苦干和拓展,开发区配套和项目从无到有,逐步形成了一批如黄河、大亚、协鑫等骨干企业。开发区税收也从最初的24万元农业税到2002年末的8000万元。8000万元,可占全县税收的20%以上,是不菲的成绩。

争创省级开发区

在开发区初具规模之后,我们很快发现有诸多现实因素制约其运行和发展。

首要的便是开发区的级别。中国是一个层级管理社会,社会的行政、观念、意识和政策也支撑着这个体系。当时规定只有省级以上开发区才能享受税收优惠政策等,我们便下决心创建省级开发区。

经过了解,发现几乎又是行不通的。

江苏省的省级开发区大多是在20世纪90年代初的第一轮开发区潮时确认的,到1994年新增了15个,其后只有泰州、宿迁分设大市时又批了两个开发区。到我们计划创省级开发区的2000年时,全省经济类开发区约40个,省里的指导思想是保持稳定,不再新增。其考虑有两层意思,一是江苏省级开发区实绩在全国遥遥领先,若新增,势必"稀释"其实绩;二是20世纪90年代初新上了一大批开发区,其后发展"两极"分化很严重,省里也想"静"下来加以观察和总结。所以,分管省长确定关门了。

面对省里的态度,我们毫不退缩。不断向主管开发区的省外经贸厅作汇报,并请他们到阜宁考察。随后,省外经贸厅叶厅长专程来阜宁调研。2001年4月,省政府在连云港召开"三外"工作会议,会议专门安排阜宁开发区作了典型发言。在叶坚厅长做主题报告时,他丢开稿子,专门介绍了阜宁开发区,达十多分钟。中午就餐时,参加会议的连云港市委王国生书记与我交谈,对阜宁的做法亦赞不绝口。

此后不久,全省省级开发区会议在徐州召开,又安排不是省级的阜宁经济开发区做专题介绍。徐州会议是相隔近十年后省级开发区主任的又一次聚首,与会者相互打听着过往熟悉人的去留,很是兴奋。我听着他们的谈话,发现开发区主任的离开大体两个去向:一是提拔,二是去牢房。这又从另一个侧面反映了开发区的创新性和风险度。

终于,创省牌的工作走上了技术程序。

2001年底,主管开发区工作的省外经贸厅徐燕副厅长带队,对阜宁经济开发区升格省级开发区进行技术考核验收。这是我们期盼已久的。

徐燕副厅长是担任过淮阴、南通两市市长的资深领导,到省外经贸厅工作多年了,基层阅历丰富,专业水平很高,也很认真。特别重要的是徐厅长调研过全省多处开发区,对开发区的长短优劣更是"门清"。徐厅长带队验收,我们既兴奋也害怕,诚惶诚恐。

省验收组考察了开发区,听了县政府的汇报。我代表县政府汇报时,忐忑和激动的心情溢于言表,最后我说:给我个平台,我们会跳得更高。汇报结束后,我怀着特别复杂的心情期待徐厅长的"判决"。

向以沉稳著称的徐厅长说:"之前听不少人说起阜宁开发区,说实话我是将信将疑,这两天,我看了、听了,激动的心情还是久久不能平静。为何?我抓开发区几年,最头痛,也是最难的几件事,在阜宁开发区都不是难题,从建到管,还都有一套可以复制的办法。再者,仅仅两三年时间,在没有外力帮助,没有模式可抄,一张白纸干起,就有了现在这样的规模,不简单,不容易,很是了不起。"我们受宠若惊,我们激情难抑。阜宁开发区终于成为全省新创开发区的一面旗帜。

2002年4月,江苏省人民政府破格批复阜宁经济开发区为省级经济开发区。

这是时隔八年之后,全省单独认定的唯一的省级开发区。这才有了"5·18"会上王荣炳副省长的亲自颁牌。

来自不同声音的评价

阜宁开发区风生水起,好评如潮,评论主要有三类:

一是认为阜宁见事早,抓得主动。第一轮开发区潮之后,由于开发区的"两极分化"而评价褒贬不一。2005年到2010年,为应和经济发展热潮,同时又以建设用地的清理整顿为端口,开发区迎来了第二轮发展潮,省级开发区名称的"含金量"也不断攀升。阜宁确实由于21世纪初可贵的先行一步,而赢得了经济发展的主动。一个曾担任过县委书记的市委领导在一次会议上有感而发:"我在县里时,企业改制的机遇我们抓住了,但开发区发展确实比阜宁慢。"

二是开发区成效好,成长快。阜宁开发区建成后,刚好迎来了全社会新一轮的招商引资热潮,从另一个角度分析,阜宁实际上又把握住了土地指标审批的最佳时期。盐城市人大原副主任、市计经委季老主任曾说:"全市像个开发区的,只有阜宁。"

三是阜宁开发区的"办法"可以复制。省级开发区建成后,我们曾接待省内外各类学习考察团队若干批,从后来反馈的内容看,我们的办法、机制成为许多开发区建设和管理的"母本"。这证明实践出真知,且可形成供多方学习的"范本"。

用心做,总能成

阜宁开发区成功了,可以总结出若干经验和做法。由于亲历其中并克服诸多隘口,我对阜宁开发区创建,当然有一些基本的思考,其实最关键的就两点。

一条是主要领导的魄力和支持。我创办阜宁开发区时期,前后分别有两任县委书记。他们的重点意识和非凡魄力支撑了开发区的成功,当然也包括对错误的宽容和过失风险的担当。

时至今日,每思至此,我都感慨良多。大家知道,在县里,书记支持的事,做起来更顺利。一般说来与缺乏重点意识和魄力的领导共事,只能左右为难。支持我创办开发区的两任书记,都很具魄力,然而表现形式却迥然不同。一位大刀阔斧,鼎力支持;另一位潜心谋划,全力推进。

在法制化程度不甚完善的过程中,发展空间尚大的那个时期,一把手的"魄力"就是生产力。而就领导者本身而言,华为任正非认为,在培养人才的境况下,选拔人才往往更为重要。

第二条便是围绕目标大胆的"试"和"创"。开发区本身就是创新的产物,如果在一般情况下就能做好产业集聚区,那么开发区就没有问世的必要了。

决策者必须要有全新的与时俱进的思路,围绕目标不断创新和调整。我们开发区的一些制度性安排,一方面是实践的总结,更多的是问题倒逼后形成的。项目来了放不下,建开发区就成为必然;建开发区没有钱,只有大家出力,合力共抬;外资招不来,先招能人再定奖励肯定是好办法;项目要长大,小心呵护、全力服务必须成为制度。

再者,创新就要容错,当然错误也是有代价的。我们应该让"代价"有"价值",使"成本"出"效益"。作为主体,出了错误,不要总是找"托词",以借口代替其深度反思;不要总是强调"偶然性",以放松对"必然性"的检索。而从管理的角度看,对开发区的纠错和容错是同等重要,须臾不可缺位。想起如前所述的开发区主任提拔和免职的两个去向,可以得知管理是一门大学问。

叔本华说,你看那偶然性,谬误是它的兄弟,愚蠢是它的姊娘,怨恨是它的祖母,而它却统治着整个世界。让这种"统治"退位,是智者的追求。

作为操作者则要有敢作敢为的精神,不能患得患失,负重太多势必难以前行。要有勇于担责的精神,只为事业求前程,不为自身谋后路。当然操作中更要有缜密的思路,尽量做到举一反三,触类旁通。一句话,用心做,总能成,哪怕犯错了也无怨无悔。人生路程应是不断向前的单行线。欲走出踏实有力的每一步,用"心"是关键词。

盐碱滩上的动力源

当一连串的挫折和一个个的难题接踵而至时,跑电厂最值得说项的是"坚持",因为"坚持"是迈进成功之门的"入场券"。兴办发电厂也好,培植税源也罢,包括策划沿海经济区,其实都是在追寻新的"动力源"。

这是一片年轻的土地，1194年黄河决堤南侵，强夺淮河出"云梯关"倾泻大海，黄沙在浩瀚的大海里盘旋，给这片海域注入了一个特征显著的名字"黄海"后，带着依恋的情结回转到岸边，沉寂下来，形成了蔚为壮观的"云梯"之景，八百年的岁月和海淘浪涌成就了这片"绿洲"。

虽然"年轻"，却不缺故事。这块中国大陆"脐"部、南北分界线东端、濒临黄海的"绿洲"，有着不一般的印记。

这里有一个"黄泛区"的别称，一方面"悬河"的黄土高坡因缺水而难于种植庄稼，另一方面又缘于高坡损坏了原有水系而十年九收，从河南兰考到江苏废黄河海口近千里长的带子，像中了"魔咒"一样，形成了一条千年挥之不去、华厦闻名的贫困带。

曾经，这块土地上有一个叫"废黄河高程"的原点，它可是全国水准高程的起算依据之一。

何为高低？以此点为鉴。

2000年8月30日，台风、暴雨、海潮齐袭，"绿洲"一片泽国，街道行舟，24小时降雨824.7毫米，气象部门推算为5 000年一遇，刷新了江苏省日降雨最高纪录……

这片"绿洲"有个很不错的名字——响水，预示着它终究会"响"起来。

当时光的转盘来到了一个新的千年，"绿洲"带着这些多灾多难的印记，应和加快发展的新时代的旋律，跳出黄土，另辟蹊径，利用和放大资源，欲打破千年贫穷的"魔咒"。2002年我到响水工作，深切地体会到，在写满贫穷和落后的土地上，到处蕴含着思变的动能和发展的探索。

当时我曾从财政角度预言，响水五年收支平衡，十年能级跃升。

很多人笑我说"疯话"，而"疯话"的结果是，2005年全县收支真正平衡，2015年全县一般财政收入突破30亿元，达到32.5亿元，响水步入了一个自我储能、快速发展的新阶段。

结果令人感动，而过程则更有价值。

响水开启的是全新的探索之旅——盐碱滩上的动力源。

"阜宁开发区"的实践,成了我做事的动力。而2002年底的一个深夜,一阵急促的电话铃声响起,我被调往响水任县委常委、常务副县长。这次又是彻底的"被"了一下。

响水是盐城市最北边的县,也是全市面积最小、经济社会发展最差的一个县。盐城的干部曾私下流传:宁向南一丈,不向北一寸。而向北的人,则有"发配"之感。我在副处级岗位上已三经变动,整整六年,在老家阜宁应该说评价尚可,这次调动真让人找不到"因果"。有时候,找不到"因果"就是"因果"。

现实又让我们这些老实的干部"风光"一回,到百姓最需要的地方去。这一调任好在响水人看重我,我要为响水人民好好干。

在响水,一干又是五年。若不是组织上的"副书记"大撤退,恐怕一任"六年"这个规律是逃不掉的。到响水的时间不长,后又让我改任县委副书记、常务县长,且是全市唯一的副书记的常务县长。县委分工我负责交通、城建的牵头工作,县政府的常务工作,就是大家趣称的"实权"人物。离开响水后,听说大家给我的评价是有激情,能干事,会"狠人"。这个评价准确与否不论,倒是符合我到响水多做事的初衷。

我反复"回放"在响水的五个年头,自认为做了四件还算有点意义的事。一是对财政运行的思路作了调整,二是助力政府工作创新,三是为响水的发展赢得了空间,四是奠定了大电厂的所有"前期"。

在来响水工作之前就曾听说,响水在跑一个大电厂。电厂是现代工业的动力源。地方发展说白了,就是寻求动力。什么才是区域经济发展的主动力?答案是改革。这是上上下下在实践中凝成的共识。人们经历了农村改革的欣喜,又经受了城市经济改革的艰难,走到2003年,"政府改革"这个有点羞羞答答的话题,被"逼"得走向前台。或者是经济体制改革后对政府改革的呼唤,或者是政府改革的复杂和重大而不得不左顾右盼,抑或是"顶层"期望"基层"的先行先试,不过有一点是肯定的,那就是政府改革是循序渐进、上下互动的。职能转换、财政运行、服务型政府、审批改革等的渐次铺开,既能看到基层探索的"碎片"对系统改革的贡献,也能体会到"顶层"改革的艰难与"基层"运行的尴尬。所有这些,实际上构成了全息的政府改革。

我在响水的几年,正是财政、经济、社会的各项改革举措推进之时,当然也零零碎碎地做了些许探索。"碎片化"的工作,亦构成了"动力源"的部件。

财政不是政府的"会计",而是政府的 RFP

盐城、阜宁一带简称盐阜地区,是革命老区。20 世纪三四十年代,这里是中共中央华中局和新四军的核心根据地。1940 年阜宁便民主建政。当时的阜宁县,是一个大县,面积有将近 5 000 平方千米,包括现在的滨海县、响水县全部和建湖县、射阳县的部分地区,还有淮安市楚州区、涟水县的一些地域。1941 年在阜宁东区又成立了阜东县,1949 年阜东和滨海合并成立滨海县,1966 年 3 月滨海县的北部地区又单独新设了响水县。

响水县设县的初衷是更好地扶贫帮困,革贫穷的命。

响水是黄河夺淮之后黄淮泥沙冲积而成的淤积性平原,成陆不足千年。东临黄海、北枕灌河,是盐城市的"北大门"。全县 1 461 平方千米,55 万人口。从人口规模看,是盐城市最小的县,在全省也是比较小的县。

千年之前的黄河夺淮是一个大事件,夺淮之后的灾害和随后带来的负面效应也延续了千年。黄河水和泥沙流淌过沉积下的一大片带状的黄泛区,上自河南兰考,下至江苏响水,一直是我国淮河流域出名的贫困带。

八百多年来,"带"上的居民虽不屈不挠,与灾抗争,与穷拼命,但时至今日,终因自然条件太差,他们仍旧贫困,这个区域依然还是贫困带,且是全国有名的贫困带。电影《焦裕禄》里那大片的碱土、肆虐的风沙,就是这条贫困带上的真实景象。响水便处于这个"带子"的尾部,是所有泥沙和洪水的最终承受者,也是"带子"上灾害和苦难的终极代表。千年赶不走的贫穷"魔咒",别无选择的当然代表。

20世纪五六十年代,响水是靠吃国家"救济粮"生存的。"小小张(集)、黄(圩)、六(套),直通华东局",是说响水这个地方"穷"得忒有名气,"州里有名,省里有志"。

1966年,国务院决定将中山河以北与灌河之间的地方从滨海县划出来,设了响水县,这样便于有针对性重点扶持和发展。从某种程度上说,响水是因"穷"设县。我到响水的2002年,响水的财政收入仅是1.72亿元,其中一般预算收入仅0.88亿元,而财政支出却是2.03亿元,支出中省级转移支付是1.24亿元。就是说,响水财政的61.08%是靠转移支付支撑的。靠省里给钱的"吃饭财政",这就是响水财政的现实。

常务县长的主要任务是分管财政。说实话,这样的财政也没什么好管的,显而易见,吃饭是"高压线"。

遇事多琢磨,我这"毛病"又犯了。财政难道仅仅是政府管收支的"会计"?

在阜宁我是主管经济的,我想从经济的角度去思考财政,设置财政,看看能不能让财政、让这"吃饭财政"的县也能走出一条不一样的路来。

既然分管财政,就得研究财政。表面看,响水财政基础差、底子薄,是吃饭财政,这是现实,也是结果。然而向深处解析,吃饭财政有没有可以有所"作为"的,换言之,财政工作的重点在哪?措施是什么?这些都是我想寻求的答案。

带着问题,我对响水财政进行了较为深入的调查研究,并且发动大家就问题各抒己见,经过几个回合,我渐渐地看清了响水财政的账面及背后的内容。成绩方面当然很多,但我们就是冲着"问题"来的,当时我总结了三个问题,一是"盘子小"为明面,掩盖了征管太松散的事实。"盘子"是小,任何再小的"盘子"都是可以细分的。我将响水税收的收入结构进行了细分,并将其与其他可比县份的收入结构进行对比,发现在结构占比上响水与其他县有明显的不同,尤以商业、交通等税收占比明显偏低。

围绕这个"税收占比偏低"的问题,我一方面研究相应的这些产业在全县 GDP 中的占比,再与其他县进行对比,没有发现我们县这些产业的增加值占比明显偏低,这就说明,这一块经济的存量运行是现实的。产业比例不低而税收占比偏低,是不是征管上有问题呢?另一方面,我又进行了大量的走访,发现饭店就餐不开发票几乎是"惯例",交通运输征税是"协商"的,不是应收尽收,总体看来税收征管的漏洞还是非常明显的。大家都认为"盘子"小是现实,就该这样。其实,这些明面上的"共识",掩盖了税收征管不到位、太松散的实际。说实话,不征管,再大的"盘子"也是小"盘子"。

二是"吃饭财政"为借口,掩盖了"杠杆"未建立的事实。"杠杆"作用是财政的基础职能和基本属性,这里不仅仅是指具体的"杠杆",我以为还应包括财政杠杆属性的使用和拓展。围绕杠杆,我组织大家进行了广泛的算账分析。

一细究,又发现了三个方面的实际情况。第一是财政是穷,富余资金少,但积累的财政存量资金(头寸)是比较多的,这些资金,有的是专款,有的是临时款项,还有的是长期往来资金等。这些钱怎么发挥作用?听了我的问话,大家都摇头:"这些资金不能动,也不敢动。"原来,他们一直认为,"钱"使用了才能发挥作用,而忽略了"钱"的存款效益、抵押效应等。第二是争取的专款"天女散花"。响水因为本身经济基础不好,各部门向上争取的五花八门的资金是相当可观的。然而,这些资金是怎么用的呢?有的是给部门洒了"杨柳水",有的是县财政不拨,平衡了收支账等。但我启发大家细考:能不能让这些专款"财"尽其用,办些实事?第三是穷财政也有政府信用。这种信用怎么发挥作用?大多数人听了都很茫然。压根就没想过政府信用,更没有想到信用也可以加"杠杆"。

其实这些分析找到问题,就是寻求解决问题的基础。

三是财政与经济界限分明,培税"链条"未建立。分工是精细管理的基础,但分工亦是分线单干的孪生兄弟。在财政部门,普遍缺乏经济发展的意识,总认为这不是他们工作范围的事。因此,培植税源实际上就是个口号。而经济部门呢? 也缺乏税收的工作导向。在工作中,基本不考虑税收的回报问题。至于整个部门、单位,宏观上认为培植税源发展经济是对的,但具体上大家既不知道怎么干,也缺乏紧迫意识。当然,这些现象的存在,其根子还是顶层设计的问题。骨子里留存着"穷财政还能管出花来"或"有一分钱办一分事"或"哪能一口吃个胖子"等思维定式的束缚。

对于这些问题,找到"症结",方法就在其中了。从顶层策划着手,再从基层做起;以成果推动观念的转变,再以观念的形成拉动新机制的建立。

我们后来的探索和实践,简单地说就是三句话:全力把"蛋糕"做大,积极整合"头寸",形成培税"机制"。就是说要让财政成为政府的 RFP(财务策划师)。

"蛋糕"变大,重点是思路

财政在编制预算时,有个术语叫"零基预算",说白了,就是一切从头再来,那么财政征收是不是也该这样?

经过调查发现,响水的收入盘子小,而征收水平也确实差。全县的饭店和交通运输企业,几乎不开发票;好多企业交税的数额是"协商"的,不是应收尽收;有些跨地"双栖"企业,两边躲,税收常常"挂空挡"。

我拟定的思路是专项整治,逐年推进,规范征收,复式监审。简单来说,就是逐渐上路子,做到应收尽收,同时把征收机制建立好。2003 年搞了服务业、交通运输税收专项整治;2004 年对"双栖"企业上了规范;2005 年组织了五税(建筑营业税、房产税、契税、滩涂资源税和行政收费)整治和征管。这样循序渐进,效果很显著,2005 年的"五税"比 2004 年新增了 2 810 万元,增幅达 78.8%。征管对新增税收的年贡献率在 20% 以上。

再就是逐渐弱化征管的"人为"因素,让制度发挥作用。由于基础差,有时候还真是"笨功"管用,我们形成了"三维"征管机制。一是横向的,锤炼精干征管小组。每一个小组所对应的征管面和征管企业是固定的。这样便于征、纳对接,减少死角。强调一定要依法征收,不是说征的越多越好,既要征税,又要理税,主动帮助企业合理避税,坚持放水养鱼,绝不竭泽而渔。二是竖向的,构建复式监管链条。为了保证"应收尽收",设立了"企业自查—纳税评估—理税助查—税官稽查—审计督查"五个环节。重点监控四类企业:税收异常企业、举报的偷漏税企业、经济数据逻辑不符企业、两地双栖企业。2005年仅稽查查补税收入库就达923万元,占工商税收总额的5%以上。三是空间上,形成系列奖惩推进制度,做到"季有重点,月有活动",提出"月月都是十二月、天天都是三十日"的口号,环环紧扣,一着不让。

"头寸"盘活,要点是动脑筋

从宏观看,响水是个依赖"转移支付"的"吃饭财政",一钱会当十钱用,当然不能乱花一分钱。但从资金管理运营的角度分析,细分结构、科学理财,就会发现"理财"还是大有学问的。其实,有些方法并不复杂,关键是既往的思维定式阻碍了我们的思路创新,事实上有时候"异想"真能引来"天开"的效果。

一是让财政"现金流"的"流动"成常态。现金流也是有价值的。传统的管理办法和烦琐的审批程序,让"现金流"在冗长的流转中滞阻,长期不能发挥作用。经过认真研究,我们为"现金流"设置了两条出路。一条是让较稳定的剩余"现金"与其他资金合股,成立注册资金为7 500万元的政策性担保公司,专门为中小企业提供担保。另一条是让短暂的间隙资金通过有效的调度安排,放大"现金流"的空间,使"现金流"在推进经济发展中发挥作用。

二是充分发挥"专项资金"的效用。管财政的人都知道,财政的资金管理门类很多,例如养老、医保等各类专项资金账户,都有专门的管理办法,不能乱支。但只要是资金就会有价值,就可以产生价值转移。这些专项资金往往规定只能存银行,这就形成了大额的"对公存款"。但对于存谁家是没有规定的,便有了"寻租"空间;再者,各家银行都争扩"对公存款",有点"不要白不要"的味道。我们开动脑筋,出台了"对公存款"与新增贷款挂钩的办法。就是说钱存你银行可以,但你必须要释放出双倍额度的企业贷款,这样"对公存款"的价值转移了,发挥了支持企业的积极效用。这就用市场的办法解决了市场的难题。

三是实现扶持资金的整合效应。响水是财政转移支付县,省级财政每年都会有门类众多的扶持资金,加之由于"惯性",各部门向上争取的积极性高,争取到的资金也较多。这些资金都有专门的渠道,实际上是部门支配控制。过去大多零用了,效益不好。再就是资金数额往往不大,且都有一些管理规定和限制。往往是——"点对点"使用这些资金,那就是常说的洒"杨柳水"了,甚至有的就"吃"掉了,办不了大事情。

我们从"支持企业"导向性规则出发,想集中整合这些资金,但阻力很大,出现了多方面的抵触。可以预见的是,办事涉及部门的"小九九",不办的话又永远破不了题,办急了还可能适得其反。

马克思说过,思想一旦离开利益,就一定会使自己出丑。

我们下定决心,多动脑筋,出台了柔性的"集中"办法,其精髓就是两点。首先是集中一定的比例。用这些集中的资金成立了规模为8 000万元的中小企业发展扶持资金,充分发挥财政资金的杠杆和引导作用。其次余下的资金仍归原主体使用,并及时安排,但必须贯彻支持企业发展的导向原则,实行"备案"制。柔性的政策产生了积极的效果。对响水新产业起跳功劳不菲。

四是政府信用的转移。尽管是穷财政,但财政信用的含金量还是很高的,在计划经济时代尤其如此,哪怕是响水这样的小县、穷县,其政府信用也是很好的。

我们研究并实现了这些政府信用的有序转移,主要是为政府的一些公共项目建设资金贷款提供担保。当时县里在陈家港化工园区建设供水厂,财政便为其贷款提供了担保。再就是为稳定企业的急需提供贷款担保。我们制定了操作性强的制度,其中特别规定了具体流程以有效控制风险。

办法总比困难多,我们就是利用财政资金间隙、现金流、信用等,设定了扶持制度和操作办法,为企业的发展提供了积极的支持。这种支持既锦上添花,也雪中送炭。在这当中更难能可贵的是财政人员逐步形成了支持企业、理财营运的理念,有效地形成了政府支持企业发展的氛围。

这件事给我们的启发很大。有些事情在顶层设计和制度流程还未建立的时候,一味地去批评、埋怨,既没有道理,也无济于事。

培植财源,得有实着子

"吃饭财政"的县财源不丰,往往处在寅吃卯粮的常态下,一方面精打细算、东支西透的"实际"会使大家形成"算计"的思维定式;另一方面,资金不丰、制度框架的现状又容易使培植财源的思路"窒息"。财政与发展似乎形成了两个互不相干的"领域",财政培植财源的路径常常被"屏蔽"了。不改变这种状况,就永远不可能走上经济和财政良性循环的发展路子。

"算计"多了,走得远了,不知道"财政"为何出发、往哪走。

当时也有的人说,待财力充足了,再考虑培植财源也不迟。其实,这是一个伪命题,"先有鸡还是先有蛋"能争论出结果?这也是一种错误的认识,培植财源的理念应该伴随财政的全过程。说白了,这不是资金问题,而是理念问题。

如前所说,我过去是做开发区的,对企业的发展既有深刻体味,也有很深感情,这为我在全局和情感上策划财政政策和坚持培植财源提供了支撑。这样,便形成了从"财政"基点出发的促进经济发展的"着子"。

培养促进发展的财政导向

第一,当然是转变思维和路径,这里有两个重点对象,一是领导层、县四套班子领导,他们的思想转不过弯来,对财政的相关措施就会支持不够;二是财政人员,他们光做到执行政策是不够的,一定要形成服务企业的思想。有了这个思想,才可能有新办法、新措施。

第二是让领导和财政人员成为培植财源的"体制内人"。我们设立了

"一主三挂钩"帮扶制度。对纳税和技改的"双重点"企业实行跟踪服务，以企业为主体，四套班子领导牵头、部门干部和税务干部联合组成帮扶服务小组，还制定了月度会审和重点会办制度，切实做到有问题能解决、有困难能化解、有矛盾能协调。

这项措施有三方面内涵：一是行政性推动，在计划经济主导的经济社会环境中，行政至关重要，是事情成败的关键。领导们是积极主动还是消极应付，这其中的学问大着呢。二是技术性安排，请财政、税务的同志们与企业"点对点"的交代税收政策，达到"企业安心、征管放心"的目的。三是服务性帮助，帮企业排忧解难，做企业自身做不到、做不好的事情，促进企业走上良性循环的路子。

我们确立的"双重点"企业，2003年是76家，2004年是90家，至2005年达到120家。这些企业的收入占全县工商税收的70%以上，技改占全县技改的80%以上。就是说，抓住了"双重点"企业，也就抓住了全县发展和税收的"牛鼻子"。

第三是设立招商引资专项基金。一方面是全面支撑招商引资活动，另一方面还对招商引资实绩进行财政奖励。

支持园区发展是财政第一考量

我到响水工作时，响水县经济开发区和化工园区已经启动。这些新的产业集聚区在发展过程中万事待举，但基于县政府的财政状况，园区对财政支持并没有太大的"奢望"。我经过反复调研后，提出了三项措施：一是调度了2 000万元的集中资金，加上县财政年度安排的1 100万元财源建设资金，专项用于支持开发区、化工园区和响水经济集中区发展，一定三年不变。3 000万元看起来数目不大，但这个数字占到2004年全县财政收入的11.5%。二是园区税收形成的地方财力全部返还园区。2003年至2005年这三年，县本级共安排返还资金5 000多万元，相当于全县三年新增一般性预算收入的40%。三是采取"一事一议"的方法支持园区建设。县财政采取"抬轿子"的办法，集中各类专项和闲散资金2 500万元，投入园区供水、供电、消防等基础设施建设。在国家土地政策整理清理的关键时期,县财政调度5 500万元,帮助园区解决土地积存问题,提高园区的自我循环能力。

构建可持续支持企业发展的框架体系

响水是一个工业经济相对薄弱的县份,2002年工业增加值在三大产业中仅占28%,不到三分之一,经济指标在全省的市县排序中位于倒数第二名。

我们清楚地知道,工业兴则响水兴。因此财政始终坚持鼓励和支持工业经济发展的思路。当然,我们的支持也是有"讲究"的,就是始终发挥财政资金的"杠杆"作用。

一是财政调度8 000万元资金,建立中小企业扶持发展基金,帮助中小企业解难脱困;财政出资270万元建立政策性担保公司,担保机构为企业担保贷款的余额在1亿元以上。

二是激励银行为企业放贷。翻开我们响水县的金融业报表,可以用"惨不忍睹"来形容,县域统算存贷比还不到40%。

一方面,响水底子薄,需要资金发展,但全县一多半的资金却调到县外去用了;而另一方面,由于经济基础差,银行又惜贷,存在着不敢贷、贷不出的怪现象。其实这种现象的根子还是思维观念问题,可以说是经济发展低水平时期的通病。不打破这种"平静",就可能一直陷在这圈子里而不能自拔,形成马太效应。解决这种毛病,就必须从"干预"具体事务着手,以实现预期的结果来统一上下和大家的思想,从而改变社会的既有观念。要改变观念还得先改变现状。政府设立了专项新增贷款奖励资金,奖金与新增贷款挂钩,既给票子也给面子。再就是实行"对公存款"与新增贷款挂钩,鼓励银行向企业放贷。2005年,全县金融部门向企业新增贷款4.4亿元,其新增的幅度在全市最高,有力地促进了企业发展。

三是对"双重点"企业实行"一企一策"。化工园区的企业多为苏南、浙江等外地引进的,一般都是原厂一块、陈家港一块,这些"两栖"企业,能不能发展、想不想多缴税,完全取决于企业主的主观想法。因此,优化发展环境,服务企业发展,与企业主交朋友,便成为我们的必选科目,"一企一策"势在必行。

我抽出时间,到浙江、苏南考察、拜访,深入了解这些"老板"的所思所想。宜兴老板孙立平在陈家港投资了裕廊化工。2003年抢抓机遇新上投资2.5亿元的丙烯酸项目,不到一年建成投产,震惊全省。企业当年新增税收超过5 000万元。当时的丙烯酸项目在国内是个空白,很多化工企业都看准和选择了这个投资点,包括扬子巴斯夫、宁波台塑、北京东方等都启动了大规模投资的丙烯酸生产线。

我们坚持全方位服务,给予企业贴心支持。由于丙烯酸是个"安全"要求极高的项目,我特地请来了国内顶级的化工专家对其安全体系"横挑鼻子竖挑眼",使之臻于完善,增加了安全的可靠性。

孙立平,也因为这个企业,成了响水化工园区里程碑式的人物。不幸的是他因病过早地"走"了,但他的名字和事迹在盐城大地久久传颂。

联化科技是浙江老板在化工园区的新投项目,一期投资2亿元,是我挂钩服务的项目。

这里还有一个小插曲。招商之初,联化负责前期的人,工作抓得很紧,进度也很快。企业在与园区反复磋商后,终于商定了地块,便全面启动开工工作。可没过几天,联化的人又来找我,说定好的"土地"被其他县领导"会办"给其他企业了。为什么呢?

我长期分工经济工作,对看企业和看人还是有信心的,当然知道联化的前途和能量。我坚持原有决策:"谁也不许变。"最终联化顺利落地,2005年联化就实现税收1 500万元。

当时某些人不问情况的"会办""平衡技术",差点断送了园区的第二纳税大户。

我到响水工作五年,翻开财政的清单,这些平常的数字饱含了我们的日与夜,血和汗。2002年,响水财政收入的基数是1.72亿元,到我离开响水的2006年,响水财政收入实现4.51亿元,四年年均递增65.55%。在江苏省是增速最快的县份,连续四年获省政府财政贡献奖。

客观分析响水财政的高增长率,前期征管的贡献比较大,后期则是新增税收的贡献较多,尤其像裕廊、联化等"大块头"纳税企业,支撑了财政的高增长。2006年全县税收超百万元的企业达到45家,这个数字在2002年仅7家。

对响水财政而言,2005年是一个历史性的拐点。这一年,财政总收入是4亿元,财政支出是4.1亿元。收入中工商税收上解的达2.80亿元,这年的省级财政转移支付是2.83亿元。就是说响水的财政总收入已基本覆盖总支出,其上解的工商税收也全额覆盖上级的转移支付。

响水成为一个真正意义上的财政"自给"县。

响水设县的39年间,一直是靠国家补助生存,但长期吃国家的,有的人"志"吃短了,有的人腰吃弯了。经过一代代响水人的不懈努力,2005年的响水GDP达到了46.5亿元。三次产业中,第二产业达到了41.5%,2005年前三个季度增幅就提高了13.5个百分点。一个硬气的响水挺立于世,而且响水的"自给"再一次证明了"无工不富"的道理。响水人心中揣着一份自信和希望,踏上了新的征途。

财政的 RFP 之路

RFP是注册财务策划师的简称,是美国注册财务策划师学会1984年推出来的概念,同时又是一个时尚"顶级财务师"的专业论证资格体系,是财务策划行业的顶级国际通行证。后来逐渐传入中国并流行。RFP其特征首先秉持"顾客需求为中心"的全新的服务模式;其次不是简单的理财,而侧重于财务策划,涉及保险、投资、融资、税务等的全方位策划;再次是践行全新的先进的理财理念,有着最好的财务实施实务。

说得重点一些,RFP侧重点是理财,是从"投资者"角度推出的增值的理财策划方案,更多的是战略层面的。从"会计"到"RFP",表面上看是技术的应用和职能的扩展,其实质是全新理念的确立和流程的再造。

僵化的行政导向使县级财政顺理成章地走上了以"管"为核心的"会计"之路,"吃饭财政"更是心安理得地在"会计"之途上越走越远。

要改变和调整这种状况,必须从根本上转变思路。

要转变思路,首先要让大家登高望远。基层财政是从"会计"起家的,会计是财政的基本职能。要使有"优越感"的会计转变观念,不是一件简单的事。

由"会计"变为"RFP",这里涉及利益格局的调整和权力分配的重置,是颠覆性的,当然会招致硬顶软拖。一方面要用"顶层设计"来规制和启蒙;另一方面,又要启发和确立财政人员的大局意识和创新理念。

我设定的第一个目标,就是把每一个人置身于响水之全局当中,而不是财政局的"局"中。

其次便是流程再造。要让会计人员转变为政府的财务策划师,并非一日之功。这里有理念问题,更有业务要求,我们当然要启动这样的转变工作,但其中最为重要的是将财务策划设置成具体方案和流程,使大家在"操作"中体会要点和实现目标。

因为再好的方案如果没有操作性流程,只能是纸上谈兵。要冲破既有的思维"定势",工具和力度缺一不可。我们那些培植财源的措施和资金整合的方案,如果只是停留在"口头"上和"文件"里,那么 RFP 的功能就根本不可能实现。

再次,措施一定要有可操作性。再好的理念也需要有效的措施支撑,如果是一个无法"落地"的措施,无疑是不可能实现的。我们的措施源于基层,来自实践,回过头来还在基层和实践中检验和调优,因此具有生命力。

这套做法我形成文章在《领导科学》上发表后,福建省政府以专题简报形式转发至全省内部刊物,要求基层学习参照。安徽、福建等地政府的领导专程来响水学习交流。《一个吃饭财政县的理财实践》的调研论文,还获得江苏省领导干部调研征文竞赛一等奖。在获奖的名单中,一等奖获得者几乎都是省里的"笔杆子"和大市的市委书记,而我是一等奖里最小的"小县官"。征文获奖,肯定了我们的做法,那些"点子"有新意、接地气。

我主导的 RFP 之路,成果不菲,但这其中有许多"点子"不是我个人拍"脑袋"的,是基层的,是我与那些专职岗位上工作人员共同讨论出来的。我做得更多的是提炼它、总结它，使之成为制度性安排。

如果说我有"点子"，"点子"就是基点向下，从群众中来，到群众中去。我们缺乏经验的干部有一个通病，就是认为自己水平高，看不起也不屑于向群众请教。我在响水的这段工作经历，真真切切地告诉我确立工作基点的极端重要性。离开群众这个基点，你不会高明，终将一事无成。

西蒙·布伊说："对有些人来说，生活就是不断破墙而出的过程；而对另一些人来说，生活是在为自己建起一座座的围墙。"面对工作中的困难，即使不能常常破墙而出，也该试图寻找破墙的思路。

县长不是"线长"

2003年9月至12月，组织上安排朱县长去美国学习，我便主持县政府工作。说实话，我虽在政府工作多年，但主持全面工作还是缺乏经验的。我坚持在县委领导下，按县政府既定的工作重点抓好落实。

在这过程中，我思考最多的是政府工作的基点在哪。说白了，就是政府为什么工作，为谁工作，怎么工作？有人认为"代理县长"有必要思考这么多吗？

而我以为，要完成县长年初制定的工作目标，要使政府工作有效、有特色，就必须不忘"基点"，立足创新，全力推进。

政务的重点，应把"服务"立起来

刚接手时的一件事，引起了我的注视。响水化工园区的一个企业想办个手续，材料不缺，跑了三四趟，就是办不下来。我经过了解，这里有业务水平问题，也有运行机制问题，但更多的是理念的问题，也就是政务的基点问题。

相对于经济运行领域，我们的政务是建立在行政审批、督查的基础之上的，说到底是权力的实施者。有权力，就会有权威，从骨子里他感到是"人家有求于他"，所以，在政务实施过程中，自觉不自觉地会形成"居高临下"的姿势,形成自我主导进度、质量,而不关心监督的现状,形成一种"官"式做派,而这些则是长期"计划主导"下的弊端,与市场经济体制的环境往往是格格不入的。

响水是经济薄弱县,尤其需要政务服务经济的观念和机制。结合年终工作的冲刺,县政府推行了服务经济、服务基层和服务民众的"三服务"活动。

服务经济主要推行难点"会办制"。请企业和乡政府把经济的难点和矛盾都排出来,分层分级落实会办解决,会办要提出解决问题的措施和办法。当年,我们县政府一共会办了十多个问题,基本是些"久拖不决"的矛盾。能拍板解决的便尽快解决;不能解决的要调整思路,协调难题;压根就解决不了的,也必须向企业说明原委,并另寻他路。

服务基层主要是强化年初制定的领导挂钩企业的责任制考核,就是说,把服务企业落到实处。有的问题对企业而言可能是大难题,但在领导协调处理上则可能就不是难题,我们将领导服务企业的实绩予以通报公布,因此,大家都很重视,企业的反映也很好。

服务民众的活动主要是推进年初制定"为民办实事"项目的落实。当年,县政府为民办实事共有十多件,到第四季度,效果不很理想,究其原因主要是部门领导的责任和目标不明晰。我们决定,把原来的责任单位进一步明确成责任人,把多人负责改为一人负责,把原来目标不明晰具体的依据实际重新界定量化。三个调整使担子真正压到了主要领导的肩上。

"三服务"活动也不是什么新措施,就是使问题具体、考核具体和责任具体,落实后收到了三个好的效果。

一是服务经济落到了实处。政府工作千头万绪,不是所有的基层干部都能把握要点,突出重点的,这就需要加强引导和制度设置,让基层干部知道政府的重点,以及重点任务和重点措施。这样做,明晰、具体,使基层干部方向明、干劲足,也消除了因"模糊"而推卸责任的问题。

二是让权力"短路"。如前所述,政府权力是分层分级的,层级越多,效率就越低。我们的措施使一些权力"短路",减少层级,直面解决问题的措施。例如我们的县级会办制,一方面是大家集体商量的结果,另一方面是将部门权力"压缩"了,使权力和企业直接对接,这样既提高了效率,促使问题解决,又提升了企业对政府的信任度。

三是使干部在"办事"中促进观念转变。说实话,公务员的观念转变并非一日之功,当然既不能因为难度大而放任自流,同时也不能因为着急就硬性转化。应该注重观念转化的"过程",使大家在服务企业的实践中逐步确立服务企业的理念。在此后的政务中,我们陆续推出了首位负责制、限时办结制等制度性安排,达到了立竿见影的效果。

惠民的支点,必须放在老百姓这一端

在当时的农村,因病致穷的情况有很多,在贫困的响水县则更甚。因此,医疗保险是农民心底的企盼。江苏省决定推行新型农民医疗合作保险制度,农民奔走相告。

一开始水平比较低,参保的农民一年也就70多元钱。按照市里的统一机制模式,由卫生系统牵头,制定了一系列制度。可时间不长,下面反映的问题不少。一是保障水平太低,老百姓得不到实惠,当然这是规模问题。二是由卫生部门设置的,以定点为名,限定了医疗消费的竞争。老百姓说,"医保的钱,缴挂号费用都不够"。三是当年费用不结转,医院为了推进"消费",提出了为农民"体检",现实就是把农民喊来转一圈,B超都不做,验血也不搞,存在着签个字就"消费"掉了的现象。

为了不能让惠民的好政策给"消化"没了,我们做了深入的调查研究,发现新农合水平是不高,但这套制度设置还是有问题的。一是部门痕迹太浓,类似于"霸王条款"内容过多;二是不能解决农民看病的难题,尤其对生大病的农户着实是杯水车薪。

我们县政府办公室组成调研组,经反复设置和研讨,形成了响水农村医保大病直补办法,在广泛征求意见的基础上,提请政府常务会议研究确定。这个办法有三个亮点:一是大病直补。规定的癌症等66种大病列入直补,在统筹的费用中列支,为了防止大病作假,首先要医院证明,再就是要"十户联证",就是让大病户的邻居证明,如果邻居作假,会取消其一

次补助资格,最后公示。这样,在起初保障水平很低的时候,大病也可得到 3 000 元至 6 000 元的直接补助,是真正的"雪中送炭"。二是县内医院一视同仁。不搞人为定点,乡级以上医院均可看病;不搞行政切块,在哪家医院看病都可报销。让医院在技术和服务上提高竞争力,而不是行政指派。三是医院必须让惠于民。凡接受农民医保就医的医院,必须免挂号费,优惠就诊费,手术费用按定价的 60%～80% 支付。

从市场的角度分析,农民医保是医疗资源,相当于"团购",应有优惠。对医院方面我们也不是行政强制,道理说通后,医院也很支持。

办法在全县试行,反响特别好,农民享受了大实惠。我们调查,在农村的贫困户中,"因病致贫"约占到 50% 以上,在当时的医疗收费水平下,一家只要有一人生了大病,如癌症、心脏病等,这一家就注定是贫困户了。但大病直补政策,将补、医分开,还有优惠,最大限度地让惠百姓。这样,看病的费用可以报到 50%～70%。后来,省政府又提高农民医保补助标准,我们县政府又安排了一块,大病直补效果更好了。

当然,也有反对意见和负面的声音。反对意见最大的是市里那些代表部门利益的决策者们,还有被取消特权的个别医院。他们有的告状,有的冷嘲热讽,甚至有的人挑剔:"个别农民没有用直补的钱看病。"这虽属个别,农民没有把钱用来看病,也许是对医技的失望和高药费的抵抗,这也是农民的一种选择吧。

我们冲破阻力,设定了"大病直补"的农民医保办法,说实话,是不得一些当权人的"喜"的。但我始终认为意义重大。

首先,政府的惠民政策的支点实实在在地放在了老百姓这一端。党和国家推行农民的医保,既解决农民有钱看病的难题,又能缓解直至阻断农民"因病致贫"的脚步。

我们来自农村,看到许多家庭因病的困境、因病的无助和因病的"塌天大祸",实在可怜。在"因病致贫"的大问题上,我们当有百姓至上的意识。在底层百姓生死攸关的难题上,还关注部门利益,还想在农民的碗里分一杯羹,是万万不应该的。

其次，在农民医保的问题上，是"有钱看病"重大，还是解决"大病补助"着急，显而易见，是大病补助紧急。因此，必须"两害相权取其轻"，应该将大病补助制度化。

再次便是政府的制度设置，一定要在形式和内容上避免部门化。我对我们的县长同仁们说："县长不是线长"。这个看起来是个伪命题，在现实社会中，却是个真问题，这就需要决策者在顶层设计中避免利益部门化倾向。

"县长不是线长"。一般来说，在县政府，副县长都会分管条线的工作，是全局定位的分管者，然而，时间一长，便容易出现以"条线"为主的错位，这便是"线长"了。在众多利益主体的权衡中需要选择时，有倾向性，这既是部门固化的后遗症，也是人之常情。但"县长"是公权，即使在平行的主体之间施行权力，也得注重公平，公平是施政的精髓。再者，"县长"之基是百姓，而"线长"关乎的往往是部门，孰轻孰重不言自明。"县长"当成了"线长"，是水平问题，骨子里是立场问题，"格局"问题。

管理的要点，要把自己放进去

我们的安全生产监督局提议政府出台一个安全生产监督问责方面的文件，请求政府常务会研究并下发执行。并且告诉我，这是一份按照上级文件规定而起草的一份法规性文件，此前已呈报法制局审查了。

常务会上，我认真地学习了文件，其中提出了政府及政府部门在安全生产上的责任及问责条款，但发现了其中疑点，好像没有安全生产监督局的责任。局长汇报说，这份文件初稿是依照上级文件原稿的条款新起草的，市里的文件中也没有安监局的问责条款，所以我县依例也没有。

我同大家反复斟酌，因为是政府常务会研究发文，所以首先政府得对文件负责；再者，安全生产监督局是政府的业务工作部门，专司安全监管，而对于重大安全生产的监督责任，没有道理缺位。因此，安全生产监督局应该有相应责任和问责条款。

于是我们设定了安全生产监督局就安全生产方面的两项主要职责：一是不断检查，分析和督促化解安全生产隐患，凡明显存在隐患而安监局没有发现和制止的,应该问责;二是对已经列明的安全生产隐患,应督促整改,并跟踪到位,到期未能消除的,应向政府报告,凡隐患没有消除且又未向政府报告的,应该问责。

本着问题导向的原则,安监局作为县政府的专业管理部门,必须把自己放进去,应该成为政府安全生产的专职部门,故对安全隐患有监督职责。再者,主抓全县安全生产的监督部门,也不应该打"离身拳",应该在安全生产的监督中发现安全隐患,消除安全隐患,以实现生产的安全。就这样,我们便出台了一份与其他地方不一样的安全生产监督文件。

依例举一反三,我提议政府部门的管理要把自己放进去。其一,应有责任担当意识。政府是由部门组成的,也就是政府的相关部门联合行使职责,才能形成一个完全政府。因此,政府部门必须要有担当意识,凡事必须有大局意识,要善于在大局之中思考和研究问题。要有政府意识,要勇于为人民分忧,替政府负责。要有责任意识,树立依法行政观念。其二要有主导精神。也就是要站在政府的角度实行行政管理,这里所说的主导,是指要有统揽全局的观念,既不能把部门和政府割裂开来,也不能让政府成为"光杆司令",当然更不能越俎代庖。其三要有创新和调查研究的本领。凡事都要站在全局的角度上深入思考,既要强化部门的主导性,也要防止甩开政府的我行我素。对上级部门的要求要深化,要与当地实际相结合。其中最重要的是,管理要深入,管理者就必须参与其中,在过程中发现问题,在监管中查找漏洞,在实践中研究和提升监管水平。

在主持县政府工作的四个月里,我坚持依靠大家,注重年初目标的考核和落实,重点在落实上,并且就"落实"想出了一些可行的措施,应该说行之有效,且具有制度性安排。

有"基点",创新就不会"离谱"

创新是对未知领域的探索和不定结果的试验,风险当然是存在的。那么从"工作"角度实施创新,怎样避免失误和风险呢?我试图通过实践来"解题"。

这个解题的路径,就是创新必须有"基点"。

就基层政府工作而言,创新的基点是什么?首先当然是政府依法履行职能。就是说,要充分领会和理解政府的职能是什么,法律的规定是什么。创新有的能试,有的就不能试。例如,法律规定不允许做的,那就不能乱试。这就是"红线","红线"是不可以触碰的。

其次应该是全心全意为人民服务,政府的一切法律、法规和政策依据,就应该是源于此。这是根本的,也是最重要的基点。从另一个角度看问题,这也应该是检验改革与创新正确与否的关键。凡是符合老百姓的利益,或者说是从老百姓的利益诉求出发的,就是从根本上把住了创新的方向。方向正确,创新就不会"离谱"。

再次应该是与时俱进。处在改革开放之中的地方政府,应该是不断学习和领会党和国家的大政方针和改革路线的政府。但我们同时亦处在体制转轨和信息化不断推进的时代,"大背景"的变化和调整,必然会与既定的路径和方法出现偏差,因此创新和调整势在必行。坚持与时俱进既是方法问题,更是指导思想。

苏北黄浦江的"身价"

唯物辩证法告诉我们,事物具有发展性,世上没有一成不变的东西;矛盾是可以相互转化的,优劣也往往是互现的,且还可能是相互转换的。

响水是全省的经济洼地,基础条件差,但响水也有着得天独厚的"优势",这些"优势"一旦借助载体,响水便能走上一条快速发展的轨道。应该说,这是我在响水思考得最多的题目。

凸显"优势"的载体

从区域经济发展的研究分析,有些优势很直接,为投资者所广泛认可,这些优势便可能很快转化为经济优势。但有的优势是潜在的,或许时机未成熟,或许缺乏必要的载体支撑,这种优势不可能立即转化为看得见、摸得着、用得上的经济优势。响水的优势应该属于后者,这种优势的凸显需要时机和载体。

响水北与连云港市交界,界河便是灌河。灌河是江苏省唯一没有节制闸的通海潮汐河道,被称为苏北的黄浦江。海口深而阔,潮起潮落,响声如雷。这便是"响水"名称的由来,可见灌河对于响水的分量。

最先发现灌河独特航运条件的是一批外国人。20世纪初,陈家港海轮云集,先后有美国、日本、意大利、英国、荷兰等国家的商船从黄海入灌河至陈家港和响水口经商,千吨级的货船可直航响水口。洋火、洋布、洋油等成了时髦货,以货易货,洋人则装走了整船的大米、棉花和盐,陈家港因灌河而名声大振,穷得兔子不拉屎的响水也因这条航道出了"洋相"。

中华人民共和国成立后,交通部几次派专家实地考察调研论证,均认为灌河有着万吨级航道的天然条件。灌河全长76.5千米,灌河口燕尾港至陈家港12千米,水面宽500米以上,河底宽200米~400米,水深10米以上,潮差3米~4米,可建万吨级泊位码头10多座。美中不足,灌河口外有拦门沙,乘潮最大泊航能力仅为3 000吨。

大自然是公平的,它在给你一个"诱惑"时,总是设计若干的障碍,好像一方面是加持诱惑的分量,另一方面则是保护诱惑被轻易糟蹋。

通海河口有沙,是通病。滩涂海岸的陈家港则是通航的拦门沙,更是难度大,但这瑕不掩瑜。评价海运港口最重要的标准是水深和稳定性,除此之外,区位和全年可作业天数亦是衡量港口优劣的重要考量。

陈家港距外海12千米,为内河海运港口。该地域理论上常年鲜受台风影响,因此港口365天均为可作业日,这是一般海港所无法比拟的。陈家港位居中国大陆的"脐部",北距连云港仅32海里,南距上海340海里,与日本、韩国隔海相望,向西千里平原,直达内陆经济腹地。区位为全年不冻港。陈家港是个天然的避风港。我在响水时,南京军区的领导曾专门和我县政府联系,因台风来临,他们在外海演习的军舰要到陈家港避

苏北"黄浦江"上的陈家港（项博仁摄于2010年5月）

险，要求响水协助。陈家港处中国东部黄金海岸的中部，经济腹地宽厚，水陆交通便利。就航运分析，港口经灌河可入通榆河向南北疏散，经盐河、京杭运河可直通南北。港口条件得天独厚。

江苏省是中国得天独厚的内河航运资源大省。衔接陆路运输条件亦不断改善。

我们当时做了一个测算，2003年江苏省煤炭消费量为1.08亿吨，其中外省调入量为0.85亿吨，占比78.7%。江苏省的外省调入煤有90%是北方来煤，且绝大多数是海运的。如果灌河一通，煤炭可经灌河转内河航运分散至江苏中南部地区，可节省340海里的海运运程和100千米以上的内河航道运程。若按北方来煤的40%走灌河，且按当年海运和内河航运费用的最低价测算，年可节省运费4亿元以上。发展到2010年，江苏省省外调煤为2.17亿吨，按同口径保守测算，年节省运费达17亿元以上。况且，灌河向西直达中国的腹部，潜力巨大。

灌河得天独厚，天身丽质，其瓶颈是拦门沙。拦门沙一除，海河相连的航运优势便会凸显出来。深入腹地的内河万吨级海港，放大华中平原内河航运的优势。这是响水的利好，也是更大范围的战略布局。灌河的

"价值"不可小觑。

响水人经过几代人的努力,下决心建设大电厂,当然是想充分利用灌河的航运优势,但其背后深意就是欲借助电厂的上马打通灌河,把陈家港建成万吨级港口。我到响水,接手了电厂项目,也开启了凸显响水"优势"——灌河航道基础之路。

内河海港——陈家港(项博仁摄于 2017 年 2 月)

放大"优势"的思路

在电厂项目推进的同时,我们当时研究和思考得最多的是如何放大优势。放大优势当时有两个路径:一是港口经济。随着陈家港电厂的落地,万吨航道随即开通,港口经济自然会水到渠成。二是腹地经济区。关于腹地经济区建设,最难的应该是土地资源,其余水、电、路等条件都是可以通过资金解决的。响水重点解决土地问题就可以了。

响水沿海滩涂区域是苏北沿海也是江苏省最后的、最集中的盐场区域,此域内有全省第一大灌东盐场和县内的三圩盐场,盐田面积都在万亩以上。而盐田就是建设用地,改用经济发展既没有土地政策障碍,成本也较低,实属难得。

2003年前后,国务院展开了建设用地综合整治工作,一方面对此前违规用地进行清查,另一方面再行审批建设用地要严格按规定执行。这就意味着征用土地必须要符合用地规划,包括农用地转用、占补平衡等政策规定,严格禁止未批先用、整批打包等做法。土地审批的严格与大量建设用地可以置换的条件,实际上给响水"弯道超车"提供了机遇,同时是放大响水"土地优势"的极好机会。这样,县长主导、策划沿海经济开发区的思路就此展开。

前有陈家港化工园区的成功案例,因此,此次沿海经济开发区的定位是充分利用万吨级内河海运港口的优势和陈家港电厂群能源基地的条件,以大吞吐量和高耗能的项目为主体,特别注重环境保护。

初拟计划新建10平方千米,以陈家港电厂向外拓展,十分注意节约和利用岸线资源。用地拟以县属三圩盐场与省属灌东盐场进行盐田置换,高起点做好交通、水资源和供电等配套设施。

依据以上定位,我们拟筹集超过1亿元的先导资金。1亿元对于2004年的响水财政来说,是个很大的数目,占到全年一般预算收入60%以上。我们打算利用土地占补平衡的结余资金为主,再筹措一部分。以此为"杠杆",再吸引其他资金加盟,做好基础配套。后我们积累的土地占补平衡结余资金,被"会办"挪着他用,致使先导资金没了着落,项目只好搁置,拟订的沿海开发区计划胎死腹中。其实,我都为它起好了名字:灌江开发区。《西游记》曾载,二郎神大战灌江口,说的就是这个地方。

保持"优势"的坚守

形势瞬息万变,我所述及的响水潜在"优势",也时刻面临着风险。

2005年,国家环保部启动对盐城丹顶鹤保护区进行优化调整,同时拟将灌河口团港等大片沿海滩地,以其鸟类多样性特点划入保护区的核心区或缓冲区。一旦灌河口划入"核心区",即为项目禁止区。即使是缓冲区,上项目也必须上报环保部审批,这样给新上项目也无异于画上了句号。比如电厂、港口等都将终止,响水潜在"优势"的扩张计划更无从谈起啦。

发展和保护从来就是对矛盾,而其中应该是长远价值和眼前利益的权衡,更是经济和环境客观评估的科学结果。

盐城沿海滩涂是中国沿海地区最大的滩涂湿地,面积达683万多亩。丹顶鹤保护区设立的基础便是广阔的滩涂,但响水沿海属于侵蚀性海岸,并无滩涂,且多为盐场,于丹顶鹤和其他鸟类的保护并无有利条件。

盐城海岸总体来讲,属于平原堆积型海岸,岸基基础差,堆堤十分脆弱。奇特的是以废黄河口为界,向南属于淤积型,而向北则是侵蚀型海岸。侵蚀型海岸滩涂薄、浅滩小。而响水海岸,一方面无滩涂便没有了保护区的基础,另一方面,灌河又是得天独厚、难以复制的内河海港。按道理,应该选择建航道。但是,欲想将已在保护区范围内的面积划出保护区,不是件容易的事。到了响水"优势"生死存亡之际,我们应当据理力争,而"人微言轻"的县级要说服"位高权重"的国家级评委,其难度不言而喻。

按照政府分工,这事本来我可不管,但事关电厂落地,我是负责电厂项目的,所以我必须牵头。

盐城丹顶鹤保护区是1983年由国家划定的一级自然保护区。当时沿海滩涂基本是一片无人区,仅有少数盐工、渔民等在区内活动,北到响水、南到东台,整个盐城沿海全部划在保护区内。好像丹顶鹤与盐城特别有缘似的,连射阳县的县治合德镇都在保护区的范围之内。

随着社会的发展和沿海开发的逐步扩展,以及保护区的规范管理,开发和保护的矛盾便逐渐凸显出来。因此,依盐城市人民政府的申请,国家环保部决定启动保护区的重新划分核定工作,按核心区、缓冲区和实验区分设,并实现层级管理。

国家级自然保护区的范围重新核定,是一件很复杂的工作,首先是保护区所在地政府提出申报方案,由国家环保部组织相关专门工作组进行反复认证和验证,在认为方案较为成熟的时候,再组织国内顶级专家组进行评审，评审通过后再提交国家保护区专门委员会的成员进行投票表决，通过后再报国务院审批发文。这个流程少则二三年，多则四五年不等，还有的根本就无法通过。

虽然知道很难，但为了响水的发展，还是要多方争取。我们当时向环保部专家申述的理由主要有三：一是灌河口区域为侵蚀性海岸，并无滩涂，且远离保护区核心地带有150多千米的距离，应该说既无丹顶鹤落脚的基础，又对丹顶鹤保护没有直接影响；二是灌河口及向南约30千米为盐田区，且厚度不宽，约6千米～8千米之间，鸟瞰地貌为黑白相间的盐场滩涂色，盐田看似宽阔，面积大，但因为海水的盐分高，很少有鱼虾等生物的存在，再者人工活动频繁，相比而言既不利丹顶鹤等鸟类落地栖息，也缺少食物；三是保护区的科学划定，设置合理，将有利于积极保护，并非传统概念越大越好，且起初把响水划进保护区很大程度上就是因为响水隶属于盐城市。

我多次到环保部汇报申述，并调动相关因素加强沟通，希望技术层乃至决策层能听进我们的意见；再者，我们组织向全国相关环保专家请教、汇报，力求科学设置，争取理解和支持。

在环保部专家组实地考察盐城时，首站大丰，没有人通知我们，我辗转得到信息后，火速赶到盐城飞机场接站，并为领导专家们带路介绍，利用一切机会向专家宣传我们的观点。

最终方案经专家组多轮会商，并报环保部环境保护司反复初核，国务院2007年批复确定灌河口向南约10千米退出保护区，这个结果比我们当时设定的争取底线还要宽裕些。

这个结果公布的时候，我已经离任响水副县长位置。但当我听到这个结果，心情仍然久久不能平静，因为我深知这结果背后的艰辛和付出。这不仅是响水的福音，更是开发与保护统筹安排的成功。

多年之后我仍旧会想，若当时的沿海经济开发区没有"流产"，2005年左右将沿海开发经济区摆上议程，并启动，那么到2012年大电厂并网发电和万吨级内河海运航道全线贯通之时，应该也是响水展示"优势"之年。但现实生活亦有着它自身的运行规律。我离开响水不到十年，因为市场等诸多因素,响水沿海开发在走了一段"船厂占岸线"的弯路之后,我们原来设想的"沿海经济区"创立便走上了"快车道"。国华陈家港电厂并网发电,德龙镍业、三峡风电等项目风生水起。值得一提的是,我原来的秘书就是这个经济区的主任。所以说规律,我们不可以改变它,但可以利用它。且利用它的"进程"则是可控的,这大概就是"机会"一词的注脚,响水沿海经济区的确立就是利用了"规律",抓住了"机会"。

茫茫一片的响水滩涂,看上去"糊塌塌"的,毫无生机,然而,你注目远眺,在大海的边缘有白花花的盐场,那可是"人间百味"的种子;低头注视你的脚下,有从泥土里拼命钻出的,小小的、红色的植物,那就是生命力极强的"盐蒿子"。响水滩涂,其实是一幅内涵丰富、力透纸背且素朴无华的水墨画。

老一辈革命家张爱萍题字:"陈家港火力发电厂"(项博仁摄于2017年9月)

识人的眼光

识人是管理者的必修课,管理者的眼光便显得特别重要。而我认为作为领导的管理者眼光更多的应该是战略层面的。

就"眼光"而言,在实践中我反复揣摩,以为至少有三层含义:

一是要有超前的洞察力,也就是通常所指的预见力。有一位县委书记跟我说过,你的决策若有100%的人支持,大家都能想到,说明这是一个没有前瞻性的常规决策;若有80%的人反对,大家都看到问题的存在,表明这个决策有实质性问题,应慎行;若有70%支持,但有30%反对,一般说来,这个决策是个好决策,既有超前性,也符合实际。

当然,事实上评价决策不会这么简单,但"领导"的本意就是说决策该具有风险和前瞻性。洞察力主要应该表现在看问题的深度上,而要达到这种"深度",必须要有长期的实践积累、大量的信息资料和相当的专业素养,更为重要的是还需有"过人"的"加工能力",这才是领导能力之精髓。事实一再表明,这种"能力",书本上学不到,课堂上听不到,得靠经验积淀和用心去"悟",浅尝辄止、自以为是的人,永远达不到"能力"的彼岸。

二是必须有目标,即既定目标。"眼光"的内涵就在于能从纷繁复杂的现象中选定目标。有这样一个实验,课堂上一位老师在一张白纸上画了一个圆点,他让学生们告诉他看到了什么。结果学生异口同声说:"圆点。"老师则说:"这么大一张白纸,为什么没有人看到呢?"只见小,不见大,思维定式束缚了我们的眼光。可见,"眼光"还在于不让眼前太多的东西迷了眼睛。目标必须是坚定的,左右摇摆是毛病,而朝令夕改更是大忌。当然目标坚定不是说不修正,恰恰相反,适时的修正也该是坚定之内涵。王安石式的固执,只能是扼腕而叹的悲剧。

三是围绕目标必须有具体的、坚定的步骤和操作措施。换句话说,"眼光"虽然选定了目标,如果没有实际的操盘队伍达成目标,那么这样的眼光便变得毫无意义。事实上,每个人做事都会有具体的目的,而这个目的又应该从属于一个更远大的目标。

当然,"眼光"的理想模式在操作时往往不尽如人意,甚至在过程中会因诸多不可控的因素而不断"嬗变",适当的调整和优化也应该是"眼光"的题中之义。社会生活中的既定目标,由于可能会因外部因素的影响和背景条件的变化而中断,尤其是"非客观"因素的粗暴介入,往往会使目标流产,应该说这无关乎"眼光"之高下。这里不是在说眼光评价的见仁见智,而是想强调眼光之于领导的不可替代性。

现实生活中,人们往往是在事后去感慨"眼光"之高低、之独到和粗烂。而事前去策划,并能预知其结果和风险,这便是领导的"水平"。

大电厂,再造一个响水"财政"

2015年,陈家港国华电厂上缴税收3.4亿元,列盐城全市税收第三位,这个数字刚好与2006年响水全县的工商税收相当。2006年,响水财政总收入4.51亿元,其中工商税收3.22亿元,比3.4亿元还少了约2 000万元。

国华电厂码头(项博仁摄于2017年3月)

九年之前,当我们描绘大电厂将"再造一个响水财政"的宏伟目标时,更多的人是把它当着"笑话"在听,当作"疯话"在讥。那时,响水最大的企业年纳税不过千万元,全县每年三个多亿元的税收是靠一万元、一万元积攒起来的,个中的艰辛和不易让大家不敢奢望。一个厂一年缴三个多亿元税收,可能吗?

九年之前,响水财政是靠国家财政转移支付而运转的,实现财政自给是每一个响水人暗揣的目标,为了这个目标,大家办过大棚、种过莲藕,建过水泥厂、干过开发区……学费也好、教训也罢,年纳税三亿元的企业,尽管很期待,还是不敢想。

而仅仅过去九年时间,"大电厂再造一个响水财政"便成为现实。更为重要的是,电厂是电源点,是动力源,是可以有"乘数效应"拉动产业发展的动力源。这是能级跃升,这是响水发展史上具有里程碑意义的大事。而我能在其中为之出力流汗,为之奋斗过,感到由衷地欣慰。

坎坷电厂路

穷则思变,响水人一直坚持"变"的追求。因为灌河而想到上大电厂,又因为土地空间大更坚定了他们拓展的决心。

"大电厂"是社会上对60万千瓦以上大型燃煤火电机组电厂的俗称,因为这类电厂成本高、投资大,最重要的是电能得有网络输送,得有电的用户,因此,大型燃煤发电厂的上马确实得慎之又慎,且得有统筹计划。

我国的大型燃煤发电厂为国家审批的重大技改项目,主要牵头审批部门为国家计委,就是行政体制改革后的发改委。理论上说,审批主要考量布点负荷需求、厂场条件、资金等主要事项,而实际上电厂审批则是"高层角力"的产物,这是中国审批经济的必然结果。当然,从技术层面上说,大型发电厂也是投资较大、技术相当复杂、牵涉面相当广的重大项目,因此,技术论证的难度也非常大,可行性论证等各类技术性论证报告多达上百本。总而言之,大型电厂是行政与技术的顶级博弈,对一个基层小县而言,想上大电厂真的是"比登天还难"。

"比登天还难",对于陈家港电厂项目来说,响水人有着切身的体验和太多的挫折感。早在20世纪早期,外国商船的机器轰鸣声,震醒了响水人,响水人便怀揣着大电厂的梦想。吃饭问题稍稍解决之际,他们便捡起了这个"梦想",然而后来的一连串事实一再告诉响水人,这是一条充满艰辛、跌宕起伏,几乎是难以企及目标的坎坷之路。

从20世纪70年代正式开始"破题",响水以一县之力"理"出了一条自认为可行的电厂之路。

1984年,经过大量的基础工作,响水县陈家港电厂2×60万千瓦燃煤机组项目的可行性研究报告编制完成,并组织专家进行评审,项目终于走出了实质性的第一步。1997年第一次上报国家计委,得到了国家计委的能源、交通等四个司和三位副主任签署同意的意见。遥不可及的目标正在一步步地靠近。

在这三位副主任中,有位陈姓副主任说起来还是响水老乡,他的父亲陈伟达本姓王,叫王经纬,出生在响水镇,当时响水镇还属灌云县,是民主建政时划归阜东县的,新设响水县时响水镇则是县治。陈父早年在连云港海州、上海读书时便参加了革命,他是上海"一二·九"运动的领导人之一,1937年加入中国共产党,领导学生运动时身份暴露,党组织为了保存有生力量,委派他隐名改姓到新四军工作,他便改随母姓,叫陈伟达。他先后参加了重建军部、孟良崮战役、淮海战役、渡江等重大战役。1944年,为迎接上海解放,党组织又任命陈伟达为淞沪地委书记、淞沪支队政委。淞沪支队可是当时上海周边地区我党唯一的武装力量。1949年中华人民共和国成立后,他历任宁波地委书记、浙江省委书记、天津市委第一书记和中央政法委副书记等职。其儿子在国家发改委副主任的职位上调整任中石化董事长,因为是响水老乡,我们曾专程拜访过他。后来我到盐城国投工作,市委、市政府主要领导委托我去找这位陈主任,商定盐城基建之事:悦达起亚二工厂试产在即,唯使用天然气之事没有落实,此事又迫在眉睫。

原来,盐城油田归于中石化属下的江苏油田管理。盐城油田1999年开采了四口井,依据出气能力和计划,2006年最大日供气约13万立方米,其中民用每天已达6万立方米。当时举全市之力推进悦达起亚二工厂建设,而韩国合作伙伴提出一定要用天然气的要求,年产15万辆乘用车日需气约14万立方米,经测算可有3万立方米存量,其余10万立方米没有来处。经上下研讨,认为再打井是唯一办法。经半年多的协调和艰苦努力,至2006年底,江苏油田根本就没有打井计划。而2007年6月二厂就要试产,大家绞尽脑汁,终是一筹莫展。

悦达二厂乘用车项目,那可是盐城市重中之重的顶级项目,是集全市之力也要力保的项目。

这也就有了前文我去找陈主任的商定基建之事。当时是12月初，我赶到了北京中石化总部，陈正在参加中央经济工作会议。我与其联系后，便将材料留给他秘书呈给他。结果，2007年一开年，江苏油田投资1 500万元的盐城新井项目便开钻了，解了盐城的燃眉之急，使悦达起亚二工厂顺利投产运行。

还说电厂的事。

1998年东南亚金融危机爆发，突发的经济舆情使国家投资政策不得不做重大调整，朱镕基总理提出东部地区三年内不上新火电项目。陈家港项目又因"大政策"，缺"临门一脚"而冻结。此路不通，还有没有其他路？

2001年，为达到先上项目再扩能的目标，经过反复比对，陈家港电厂"退而求其次"，拟先上小机组2×13.5万千瓦的燃煤机组。编制了项目建议书并逐级上报，可报告刚到省里便又有了变化。2002年，国务院颁发当年的6号文件，严禁上马13.5万千瓦及以下规模的燃煤火电项目。陈家港电厂"躺枪"，再次被搁置。欲走以小扩大的路子的尝试，就此打住。

随后，为"借力"跟进电厂项目，响水县与香港华润集团签订了合作协议，还上2×60万千瓦燃煤机组，华润和响水共同委托华东电网设计院编制并完成了初步可研的补充报告。此间，省电力公司亦向响水伸出了合作的"橄榄枝"。而实际上华润等都只停留在"控占资源"的层面上，对项目并无实质性推进。2003年，根据县委县政府安排，我全面负责并跟踪陈家港电厂项目。

经过多次艰苦努力，2003年10月，我们终于邀请到神华集团董事长、原国家计委原副主任叶青老领导来陈家港现场视察。在灌河边的小蟒牛堆堤上，叶董事长很是感慨："这么好的条件，早就该上了。"他当即表态，神华集团的国华电力公司参与，全面展开前期工作。

我等心潮澎湃，可就在当年底，叶青同志离职退休。好在神华集团新接任的董事长陈必亭同志是江苏老领导，也是盐城老乡，对这个项目持支持态度，但其刚上任，工作多，任务重，陈家港电厂项目只能在理解中再次陷入沉寂。

专家考察电厂选址——小蟒牛（项博仁摄于2004年5月）

柳暗花明又一村

我在接手电厂项目后，一方面按既有的程序在推进，另一方面我思考要通过一些硬措施真正把电厂项目做成功。

前面的同志为这个项目跑了近30年，积累了大量的经验和做法，但仍没有"结果"。我不能让前面同志的辛苦付诸东流，也不能让百姓的祈盼落空，经过反复研究琢磨和多方推演，我以为问题主要出在县级"人微言轻"上。一个县级，欲想在国家部级乃至国家领导人层面上审批项目，的确不是一般的难度。理论上当然是简单的，但依照当时烦冗的流程问题，状况并不简单。

要想改变这种状况，首先要改变"自己直接跑项目"的现状。关键在于两点：一是选择好主体，二是请好"代理人"。

"主体"至关重要。"主体"实际上就是投资主体。它必须具备三个条件：首先是属于燃煤火电主板块，有审批资源；其次要有资金实力；再次要有投资欲望。电厂投资资金需求量大,不是一般说说便可落实的事。

审批经济逼着我们挖空心思。我们将潜在的"主体"作了筛选分析,当时的华润是"占地"心理,推进积极性不高。省电力公司亦提出邀约,但经过权衡,我们认为省电力公司行政资源在北京力不从心,对项目审批并不加分,于事无补。

2002年2月,国家推进电力体制改革方案出台,国家电力公司被拆分为华能、大唐、华电、国电和国电投五大电力公司,实际上是宣告省级电力市场壁垒从此打破,开启了由国家发改委主导火电的电改时代。这项改革措施的实际现状就是,新增电力应以这"五大电力公司"为主。

改革就是利益格局的调整。在国家发改委,我们听说宁夏的一位地市级领导,电厂跑了九年,本来审批指日可待,可在这关键当口,一切又得从头再来。听到消息后痛心得无法控制,站在发改委办公室的走廊上,失声痛哭。我们当时的感觉是同病相怜。项目固然是政绩,可你九年的心血在不声不响中一朝归零,其心里的挫败感和被击碎的自尊会使你难以自控。

改革势在必行,而"运气"则不会是平均分配。此后的数据亦验证了这一点。2003年,全国火电装机容量为3.9亿千瓦,到2011年,这一数字为10.5亿千瓦。而这新增的容量中,五大电力公司占据了半壁江山。在我们跑项目的过程中也了解到,国家发改委在年度审批电力项目时,形成了一个约定俗成的"潜规则",就是每年都会有一定量的新增项目安排给五大电力公司。哪怕是"先上车,后买票",也是可行的。若能攀上"五大电力公司"的"高枝",项目审批则指日可待。可问题是攀亲无门,这"高枝"与我们实在是距离太大。

好在天无绝人之路。神华集团1999年成立了国华电力公司,就神华而言,国华电力是发挥自身煤运优势进军电力的开端,亦是跻身电力板块的载体。国华电力"扩张"冲动明显,当时也逐渐展示出"五大电力"之后的新秀之势。

此后的事实也验证了我们的判断,至2011年底,国华的装机容量达4 600万千瓦,其中火电项目3 221万千瓦,总装机容量直追五大电力公司其后。成为"五大电力"之后的被社会上称为的"四小豪门"之一。

能结交国华,是响水的现实选择。前有叶青董事长之关心,后有必亭老省长的乡情照拂。选择国华,是响水电厂梦的关键一步。

主体既定,代理人路在何方?

国华成为响水电厂的主体,其优势当然是明显的,但我们还必须寻找一个国家层面的"代理人"。因此,延长自己的手臂,拓展不可及的高层,寻找"代表"迫在眉睫。那段时间,我和朱县长工作之余头脑风暴常常通宵达旦,突然,一天晚上,朱县长以其深邃的思考和不凡的眼光锁定了胡友林,事后的一切反复证明,这事堪称英明。

2003年初的那个夜晚,我和县长一起来到胡友林盐城的家拜访。听了我们的来意,他惊诧莫名:"让我投资陈家港?"胡友林是盐城的"奇迹",时任悦达集团董事局主席。就盐城人而言,当时他算是北京高层人脉关系较广的盐城领导。我们轮番游说,既介绍了电厂项目的国家政策优势,又宣传了陈家港的地理位置优越性。

成功人士成功的原因有多条,但有一点应该是共同的,那就是眼光和敏锐力。胡先生当即决定,参与陈家港电厂的投资。

对于悦达来说,这是一个不算太大的项目投资,而对于响水电厂而言,这却是一个改变命运的瞬间。响水应该记住这个不同寻常的夜晚。

悦达参股陈家港项目,胡友林随即展开"北京公关"。这样,陈家港电厂项目一下子跃居北京高层的案头,开始整体推进。

全国"两会"期间,书记、县长和我开展以支持老区发展,振兴苏北经济为主题的综合公关来推进陈家港电厂的项目。

响水人民应该永远铭记胡友林同志。2003年,在"非典"肆虐北京的时候,胡友林还在北京为陈家港奔忙;在其身体有恙的时刻,还不断关注项目推进的每一个细节、每一个环节。可是,接二连三的"挫折"促使我们不敢奢望"顺利"。果不其然,"考验"又来了。

2004年,对全国电厂项目来说,发生了两件颠覆性的"大事"。一是推进电厂审批改革,国家发改委将"审批"改为"备案"。国家发改委只核准立项，业内称为"路条"。但是想拿到国家发改委的"路条"而回省里审批，是很困难的。国家发改委主管电厂审批的张国宝副主任曾直言不讳地说："全世界所有电厂项目都是审批的。"

二是国务院转发了国家发改委《关于坚决制止电站项目无序建设意见的紧急通知》，也就是国发〔2004〕32号文件。在省和国家发改委博弈电厂审批权以及电力改革的"转换期"，全国火电项目井喷式地跃进。当时火电项目新增的状况是，2004年国家共审批6 000万千瓦，实际新上是1.5亿千瓦，违规在建的容量多达2.8亿千瓦。电厂项目的整顿势在必行。陈家港电厂项目的审批一下子又进入了严寒的冬天。

竭力突破"技术"关

电厂审批权看起来下放到省，但要建成电厂，国家发改委的"路条"还是第一步，此为关键的一步。况且，这一步不可逾越。

一步不动，万夫莫开。

"路条"涉及诸多关键技术环节，如环境评估、接入系统等都是前置条件。而电厂的技术论证则相当复杂和庞大，要把这一套技术程序论证审批做到位，少则三四年，多则七八年，还未必一定能做好。因此加快技术论证尤为重要，一方面是申请"路条"的基础，另一方面又是接到"路条"后迅速展开审批备案的前提。就是说，技术论证到位了，是拿"路条"的基础和前置；当然，技术论证到位未必就一定能拿到"路条"。

面对电厂审批的"变数"，我们没有气馁。而是与国华达成了先把技术系统工作走到位的共识。从2005年起，我们和国华一起组建精干的班子，全面展开了陈家港电厂的相关技术性论证工作。燃煤电厂的技术论证是中国审批程序和内容的集大成者。

陈家港电厂不仅是燃煤电厂，还有航道、港口、码头等，因此就更为复杂和烦琐。我们当时分成六大类展开技术论证。这六类分别是：其一，项目可行性论证中，对电力需求、工程规模、煤源、航道、厂址、码头、贮灰、水源、地质、接入系统和技术经济等均需做单独的可研论证，以支撑整个项目的可研报告。其二,在环境评估中,必须展开环境影响评价、河水温升评价、排污及治理、粉煤灰场环境评估、空气净化、鸟类影响及评估、保护区外围影响及清除措施等相关专项的技术评估。其三,在土地利用中,涉及土地利用规划调整、农用地转性、土地占补平衡方案、海域及利用、灰场的技术评估等若干专项内容。其四,在航道码头的技术评估中,分别展开了航道整治及利用、拦门沙及河海连接整治、航道的数模及物模试验、海域中船只等待区设置、导堤的设置及可行性论证等专项分析评估。其五,电力接入系统评估,组织了电力负荷分析、接入系统论证、过江通道及评估等相关专项。其六,其他技术评估中,包括水源工程论证、水资源论证、防洪影响评价、军产特批论证、文物影响论证、地震影响论证等内容。

以上这些技术论证的专业单位和评估专家均为国内一流水平,涉及北京、上海、天津、武汉、深圳、南京等10多个城市,我们先后组织了97场大小咨询及评估会议。从报告编制,到组织评审,最后再行政审批,每一个专题就相当于一个"堡垒",要有专心、耐心和恒心方可攻克。

近百项论证中最复杂的当数航道整治方案。因为灌河口的拦门沙大而多变,而且拦门沙成因复杂,如海浪、径流、潮汐等多种因素。研究它的成因是为了预测结果,一旦预测失误,轻则航道难继,重则航道尽毁。

我们做了数模研究,后来又进行了物模推演。一开始有人提出单导堤方案,后又拟出了"一高一低,一长一短"的双导堤方案,对比来看,双导堤方案应该说是安全且经济的方案。对于航道的技术论证,是由上海二航局设计院主导的,我们先后召开了数十次技术分析会,邀请天津、上海、南京等地的河海整治一线专家评点献策。大海以其变幻莫测的特性在展示魅力,我们当以严肃认真的态度把握规律并顺势而为。

此外,最重大的问题还在土地审批。土地是项目基础,处在最严土地管理制度下,项目用地则更是特别重大事项。项目地虽处滩涂,可打开土地利用规划图一看,项目地还属一般农地。原来是土地整理项目实施中,这些滩涂地也"被"归成了一般农地,而现在要变更土地属性,将一般农地转变成建设用地,困难重重,手续复杂,还得有土地置换。

项目规划还有上万亩的堆灰场,好在有广袤的滩涂,我们克服各种困难,所有环节都按规定手续办理。

一切就绪后,还发现项目地周边有20世纪50年代部队留下的碉堡工事,据说这些外墙有枪口、炮口,且复堆浮土的碉堡是当时为对付"蒋军""反攻大陆"而修建的,尽管这东西50多年无人问津,但如果要拆除,还需由南京军区审批,报国家军委备案,其难度可想而知。

最具变化的是负荷平衡和"接入"系统。陈家港电厂过去掣肘的主要因素就是电力负荷的消化路径难编。进入21世纪后,电力负荷递增速度均超过了预期,这为电厂推进增加了"可行"的砝码。一开始,省里的考虑还是周边消化负荷,但随着江苏尤其是苏南的快速发展,省里决定新上第三过江通道,再架一条50万伏高压专线输送苏南,这条线实际上成了田湾核电和陈家港电厂南送电力负荷的专用通道。随着负荷释放地的调整,电力"接入"方案也几次调整,并经多级评审,最后由华东电网综合审批。

"江苏国华陈家港发电厂项目码头和航道工程可行性研究报告"专家评审会(项博仁摄于2005年1月)

最困难的是环评。环评是"路条"的一票否决项,同时,环评也是发放"路条"的收口把关项。如前所述,需要对濒海丹顶鹤保护区作综合评估,且因为离鸟类多样地不远,国家环境工程评估中心要求补充鸟类专家对鸟类影响的专业评估。再者,陈家港电厂旁的灌河为大流量潮汐河道,按方案电厂产生的温水直接排入河中,那么对河水温度变化必须作环境综合评估。这些都是环评中的难点。

当然,这当中也有趣事。我去南京组织电力接入系统初评时,晚上,县委书记打电话给我,说市委要考察我。一打听,原来是副处十年以上的同志可升任"正处",我列其中,是时间"提拔"了我。但我当时在南京为电厂测评的事奔波,最后只能请书记代劳,因为我当时一心想把这件事办成!

以若干专项评审作为基础,经过专家论证评估,陈家港电厂的技术定位为:一是陈家港燃煤电厂规划总装机容量为 360 万千瓦,为江苏沿海重点能源基地。一期工程安装 2×60 万千瓦超临界燃煤机组,年消耗燃煤 360 万吨,动态投资 57 亿元。经初步测算,年发电量 60 亿千瓦时。二是陈家港电厂航道工程整治拦门沙,设置双导堤,东导堤 10.1 千米,西导堤 7.4 千米,形成 24 千米长的海河连通航道,涨潮水深 12 米,满足 2 万吨级散货船兼顾 3.5 万吨级肥大型浅吃水船舶、单航道乘潮航行。三是陈家港电厂采用 500 千伏一级电压接入华东电网系统。新建 220 千伏响水变电所,新建过江第三通道向苏南地区供电。四是陈家港电厂实施"绿色发电计划",采用国内最先进的电除尘系统,同时新上脱硫、脱硝装置。

江苏省第十次人民代表大会第四次全体会议审议通过的《江苏省"十一五"规划纲要》为陈家港电厂提供了有力的法规支撑:"积极推进盐城陈家港电厂……等一批新电源点建设。新上项目原则上布局在苏北和沿海地区。"2006 年 5 月,由国家环保部环境工程评估信息中心主持的陈家港电厂环评报告大纲咨询会议在盐城瀛洲宾馆召开,它标志着陈家港电厂所有技术评估工作的全部到位。

根据国家环保部要求,火电项目必须先有"路条",才可受理环评。陈家港电厂在没有"路条"情况下,只能以大纲先行咨询。历时一年半,遍布全国举行近百场技术评估会议的陈家港电厂技术评估工作,涉及上百个省级以上行政单位的审批事项等全部到位,耗资仅 1 000 多万元。据说,国内同类火电厂(不含航道)的前期技术费用多在 5 000 万元~6 000 万元左右。

　　足球的辉煌聚焦在"临门一脚",而它的背后有着精确布点、合理传球、战术衔接等若干"基础性支撑"。换句话说,如果没有这些"基础性支撑",就不可能有"临门一脚"的辉煌。陈家港电厂的成功离不开"基础性支撑"。这些"基础性支撑",有力地鼓励了国华电力公司的工作,2007年底陈家港电厂2×60万千瓦超超临界燃煤机组开工,走上了项目建设之路。

　　这些"基础性支撑",终于换来了"临门一脚"。2012年8月22日,国家发改委终于发放了"路条",陈家港电厂一期工程正式核准。陈家港电厂2×66万千瓦燃煤机组正式并网发电。响水人期盼半个世纪的大电厂梦,经历30多个春夏秋冬,风雨冷暖,终成现实。响水"再造一个县级财政"的预言得以开花结果。

　　面对这样一件改变响水历史的大事,响水人有理由为之庆贺。一朵朵红花表达了响水的喜悦,一阵阵鞭炮释放着响水人的快乐。而这当中,我们应该感谢无数默默无闻的幕后人,是这些人的汗水、心血成就了"临门一脚",在陈家港电厂核准的庆贺大会的主席台上没有他们的位置,但响水人民应该记住他们。

　　吴晓,这位为大电厂苦苦追踪了半辈子的人。没有人记得清他跑了多少趟北京,当然也没有人知道他流了多少汗水和心血。多少次在出差途中,我望着他逐渐变弯的后背和不断添增的白发,感慨万千。

　　王寅,国华项目前期负责人。项目前期就像建筑工,楼建好了,他也得"转移"了。这位老实肯干的人,谈项目,能娓娓道来;而说成绩,却不善言辞。我们一起苦乐、一起悲欢,同样,在项目即将成功时,我们又一起"转移"了。

　　刘中连,跑项目时,是县政府办公室的副主任。这位博士生主任,指东奔东,说西去西。在上海,为了要见一位处长,我们一起在其楼下站了半夜;在北京,为了能启动前期,我们一起与老总"吵架"。

　　平凡和岁月成就了辉煌。

可期的电厂"乘数效应"

陈家港电厂的建成,将改变响水的经济发展格局,至少有三个结果是可以预见的。

其一,能源集群势在必行。依据省人大的决议,陈家港的火力发电规划规模应该是 360 万千瓦。国华对陈家港电厂二期的规划是 4×100 万千瓦,就是说,陈家港能源集群的火力发电应该是 500 万千瓦以上。这个规模的能源集群,年产值超过 150 亿元,税收超过 13 亿元。况且二期投资如果还是 2×66 万千瓦规模的话,投资仅需 40 亿元,将比一期节省 20 亿元以上。

其二,产业园区必成事实。我们原来设想的产业园区,随着交通、供电、供水等基础设施的到位,特别是盐田的空间优势和海运港口的便利,产业集聚园区必将水到渠成,成为响水县乃至盐城市的经济新增长区域。

其三,港口优势逐渐显现。陈家港内河海运以及港口岸线资源的优势得天独厚,必将成为投资重点,步入全国亿吨大港俱乐部只是时间问题。

国华陈家港(2×66 万千瓦)电厂(项博仁摄于 2017 年 10 月)

话里话外总是情

陈家港电厂走完了30多年的准备历程,其间有若干领导和专家倾注了热情,给予了支持,尤其一些关键人物的批示,现在回忆起来,也别有一番滋味。

陈家港电厂厂址原叫小蟒牛,是重要的历史节点。1939年3月1日,日军第五师团主力第21联队,在海军和空军联合下,分乘20多艘汽艇,沿灌河南下,就是从小蟒牛登陆的,开始侵占陈家港及周边地区的侵略活动。1944年春,新四军苏北反攻日寇的第一战役,陈家港战斗打响了,并取得了辉煌的战绩。小蟒牛是日寇侵占苏东的重要见证,陈家港是抗日战争烽火岁月的历史节点。岁月如梭,而新四军老战士对盐阜老区人民的感情则愈来愈浓。老一辈革命家张爱萍当听说陈家港要建火电厂了,欣然命笔,题写了"陈家港火力发电厂"的铭牌。全国人大常委会原副委员长彭冲亦在文稿上批示:"苏北地区是革命老区,陈家港电厂对开放江苏、发展苏北关系重大"。江苏省委原书记韩培信是响水人,多次为兴办电厂奔波,他强调:"陈家港电厂项目是发展苏北、解决贫困的根本出路,也是全省达小康的必由之路。"

在电厂审批的过程当中,诸多领导给予关注和支持。国家计委原副主任、神华集团原董事长叶青在小蟒牛就曾十分感慨:"陈家港这么好的港口条件,不上电厂可惜了。"江苏省原副省长陈必亭,在任神华集团董事长时,就曾指出:"你们这样四平八稳,到驴年马月才能上好,国华要重点研究。"时任江苏省常务副省长的赵克志在考察电厂选址时,就鼓励大家:"你们现在这个样子,一片芦苇一片水,永远也批不了电厂,要下决心把开工前的基础工作做好,不做,怎能开始?"

要铭记的不只是成功,精髓应是其背后

有幸参与响水历史性的大电厂推进,感慨尤深,其中"思路决定出路、用心就能成功"应该是我最深切的感悟。

思路决定出路,思路决定电厂的前途。陈家港电厂命运多舛,几度跑进国家发改委(计委),又几度回头重来。此间有国家政策的调整,也有审批体制改革等诸多因素的影响。

中国是一个严格的层级管理行政体制,在计划经济管理的情境下,你让县级官员到国家级层面抢项目,真的是人微言轻。2003年,我们调整思路,从直接抢项目到"请人"抢项目,"借力"推进。现在看来,这个思路调整是很英明的。试想一下,如果我们思路不调整,就没有胡友林同志的"拼命",就没有国华的主动。我们就是再努力、费再大的劲,也可能是事倍功半,甚至功亏一篑。

由于电厂项目大、周期长,在业内有个不可言传的"潜规则",通常大多未批先动,要冒着"违规"的风险。2004年国家启动了违规整治,应该说力度大、措施实,也确实刹住了违规之风。可到后来,一些大公司在关键环节到位后,先行开工的事还是"惯例",因为电厂项目链条太长了。当然"惯例"也是有条件的,三条缺一不可:一是业主的决心和气魄,二是技术论证全部完成,三是省内计划"上大压小"指标的周全,环保方面得到国家环保部和发改委能源局首肯。

经过艰苦工作,到2006年上半年,陈家港电厂技术论证全部做好,环评大纲已审,待拿到"路条"后再评审,所有关键环节也基本到位。可当时的突出问题是国华电力公司的态度不明朗。

我们专程向陈必亭董事长汇报,并做了大量的基础工作。然后直接约请国华电力总经理"会商",我们称为"吵架"。说实话,我们一直很尊重国华领导,关系也很融洽。但关键时刻,架还得吵,话还要说。我们甚至摆出了"摊牌"的架势,竭力寻求"置之死地而后生"的着子,实乃不得已而为之。功夫不负苦心人,2007年,国华正式开工陈家港电厂项目。这一具备条件的"未批先动",对陈家港电厂意义特别重大;对国华而言更是担当了一份了不起的责任。响水和国华都会铭记这段非凡的历史。

百亿元平台的"积淀"

行政范式的"政府"乘着大潮,涌进了市场的"大海",融资平台便乘势而生,其实"借势"是为前行赋能。让固定的资产活起来,使政府的信用变成资金,政府在融资做大事的同时,逐渐与市场融合,共同成长。

于盐城而言，2007年有两件事是值得铭记的，因为它直接影响着这座城市未来的发展走向和运行质量。

一件是城市建设由"摊大饼"现状转变为"整体规划，多点发展"的模式。盐城是在盐城镇的盘子上扩展而来的，在几十年的由镇变县、再由县升格为市的过程中，人口不断扩容，经济持续发展，城市规模则逐年"外溢"，这种"摊大饼"模式简单易行，循序渐进，但随着城市的不断扩大，交通出现中梗阻、功能混搭冲撞、项目无法落地等"城市病"将提前到来并接踵而至。2007年，市政府在城市总体规划的基础上，确定先锋岛、盐渎公园、职教中心、高新区、河东等六个片区全面启动，推进新一轮城市提质扩容。这种"整体规划，多点发展"的做法，第一次使城市在总体安排的基础上，以点带面，全面推进，以形成"功能清晰，特色有别"的总体效果。

另一件事则是由上一件事派生出来的，就是组建融资平台，为城市扩容发展和公共设施超前建设提供资金支撑和队伍保障。市政府同期组建了盐城市国投集团，升格了盐城市城投集团，设立了城南建设指挥部和公司平台。

看上去两件较为普通的事，事实上对盐城的影响是划时代的。更为重要的是，表明盐城在运用市场的手段、系统性的构架来推进城市建设和发展，此乃城市走向成熟的标志。

融资平台，在改革创新的氛围中走向前台，我们看到了它为"银根收紧"的盐城洞开了一片新天地，更能体味到它是闯入"行政"领域的一匹黑马。

古希腊哲学家赫拉克利特说过,人不能同时踏进同一条河流。而我却一直在"被"的漩涡里旋转。

2006年,全省实行市县委副书记"大撤退",各县一律只保留一名专职副书记。在这样的背景下,我被调到市外经贸委任副书记、副主任。看来,这次组织上把我定位成"三外干部"了。在外经贸委刚过一百天,2006年9月,市委又任命我为市政府副秘书长、国投集团董事长。这次组织可能又将我定位为"财务干部"了。

这次调动"被"的水平提高了,我调去的单位还未组建,且是一个全新的工作领域。市委书记、市长分别找我谈话。这样看来我不熟悉的这个"领域"真的挺重要。而这也注定我又走上了一条摸索和创新之路。

上任之前,我冷静思考,揣摩再三。头脑中反复跳出这样三个关键词。

投融资。经历了改革开放的风风雨雨,政府亦以"行政"出身逐渐蜕变成有"市场"意识的特殊主体,一步一步地学会了用市场的手段去解决行政操作办不好和办不了的事情,投融资改革就是这类蝶变的集中代表。表面上看,这是个新的方法,而事实上,这是改革开放深化和市场观念确立的共同产物。从做工作的角度分析,要做好投融资,一般说来,光有行政意识不行,必须要有市场的观念指导。反之,只有市场观念而缺乏行政思路,也是做不好的。这便是中国特色的精髓。

金融。这里强调的不仅仅是财务金融的业务问题,主要的还是财务的理念和金融的创新意识。随着改革的进一步深化,新的财政手段和金融产品不断出现,其中利益和风险的把控则是错综复杂的,对此把握和理解得不透彻,本身就是风险,把握好财务金融的创新,应该是做好工作的必备基础和至要前提。

创新。随着改革开放的不断深化,创新已然成为社会的潮流。但仔细观察你会发现,有相当部分的工作一时半刻不创新或少创新,还是可以维持的。而做融资平台,离开创新,则寸步难行。融资平台伴随创新而生,也将因创新而不断进步和完善。创新就有成本,就有风险,这当然包括融资平台本身和个人。

伴随着这三个关键词,我的"创始人"之路又开启了。这条路表面上让人羡慕,其实总是荆棘丛生。

从创立盐城国投到 2011 年底离开国投,算了一下,其间又是六年。六年,我又走了一个螺旋,但没有上升。

其实,上升与否无关紧要,最值得珍藏的还是这跌宕起伏的"过程"。

左冲右突,在"大"和"小"上做文章

盐城国投集团是盐城市国有资产投资集团有限公司的简称,是企业性质的国有资产融资平台。这次组建"国投集团",比组建新乡时分配的人还少,只给了我两个人,一个总经理,一个副总经理,副总经理还是兼职,连我共三个人。三人一台"戏",就此开场了。

2006 年末,盐城市的政府融资为零,从未破题,这个"零"包括没有专门的融资单位,没有融资实绩,当然也包括没有经验和教训。于我们而言,是一切从"零"开始。从"零"起步,利弊均存,没有负担,但也没有经验。

融资平台顾名思义,就是政府投资的用于融资、投资、建设和管理的公司。就政府的职能而言,其本质实际上是做社会管理和公共服务的,这就决定了它必须具有超前性,诸如公共服务、文化、教育、基础设施等必须要超前,一方面是为了满足民众的需求和社会的运转,另一方面则是发挥"杠杆"作用以拉动社会的投资和服务。政府设定"超前"目标,从投入来讲就不可能仅仅是"有钱再做"的顺向模式,这就引出了政府的"融资"话题。而按当时的法律规定,政府是不可以举债和贷款的,解决这个"两难问题"的探索路径,政府融资平台便应运而生。

随着改革开放理论和实操的不断深化,从某种程度上说,政府的这一"拓展职能"则成为衡量政府水平和活跃度的"温度表"。有了融资,既表明政府已走出了单一行政手段的羁绊,开始走上了用市场理念和方法管理政府的新路子,也使城市的基础设施和面貌焕然一新,出现了"迭代"式的变化。

盐城国投就是在这种听起来熟悉、做起来陌生,看上去诱人、动起来惊险的现实情况下开始的。

我们先做了三个准备,开启了"盐城国投"的前奏。首先当然是市政府帮国投界定的职能:融资。毫无疑问融资是主营业务。其次就是到省内平台做得比较好的且于我有借鉴意义的南京、连云港、常州等地参观考察,了解什么模式适合盐城,明确注意事项。因为向"走过来"的人"问路",无疑是目标和路径选择的最佳做法,起码可避免"走弯路"。再就是排查市属国有资产的存量家底,看哪些经营性资产可以使用,哪些资产可以划归并能市场化的。

经过这一轮的学习、参观、考察和研究,我们心里有了些底,粗略地知道国投该干什么、什么是重点。

国投成立之初,市政府界定区别于同时成立的城市投资集团有限公司和城南投资有限公司,主要负责全市重大公共项目的融资建设和管理。这样一权衡,国投的职能基本梳理确定,主要是融资、建设、经营和管理。这是一个"全链条"式的国有融资平台。市政府给了我们20多万元的开办费,这样,国投就算开张了。

根据此前市委、市政府组织的融资平台调研组给定的方案,市政府决定给国投划归了一些资产和单位。第一批划归的有盐阜宾馆、市政府第一招待所、南苑宾馆和财政局所属的国有资产投资经营公司,后又陆续划归了市融达公司、市投资有限公司和市物资集团等,划归总资产3.38亿元。

2006年12月底盐城国投集团公司正式注册成立,注册资金3亿元,为市政府全资正处级企业单位。经过半年时间紧锣密鼓的筹备,国投集团正式挂牌成立并运行。这既是国投的开始,也翻开了盐城市政府融资、投资的全新一页。

说来惭愧,做好的公司牌子还没地方挂,因为我们是在仅有的一间、市行政中心会议室里办公的,会议室没有直接可以对外挂牌子的大门。

没有门也得找出路,这便是国投之路。

公司注册后,经过反复研究比对,国投确定了公司的总体发展方向,通俗地说就是六个字:做大、做好、做精。

首先是做大。我们了解和调研本省外地市级政府融资平台的现状是资产规模多为 50 亿元以上。因为其融资能力一般与资产的规模成正向关系,所以坚持做大应成为坚定不移的基本方向。

其次是做好。这是相对于投资建设而言的。当时确定"好"的标准是,所有建设项目的建筑必须具有特色,质量一流,而投资单方造价同口径相比必须是较低的。

再次是做精。公司一定要锤炼出一个属于国投的一流团队。朝着这样的目标,公司的构建首先要因事用人,不制造"废人",也不养"闲人"。因为很多公司的粗散往往是从人浮于事开始的。

最终围绕这"六个字",我们"闯"出了一条打上盐城国投烙印的成长之路。

做大——五年建了一个百亿企业

公司做大,是所有公司的"本能",因为大,就包含着公司无数个"可能"的开启。我们所追求的"大"体现在资产和融资两个规模上。

至 2011 年末,国投的总资产为 76.88 亿元,比成立之初的 3.38 亿元增加了 23 倍,净资产达 32.78 亿元。76.88 亿是账面资产,由于资产的大块是经营性土地资产,年末做账时并未对其做适时评估,若按时点评估资产,2011 年底盐城国投的现值总资产约是 110 亿元上下。

五年建了一个百亿企业。

至 2011 年末,国投为政府公共项目融资 39.8 亿元,其中银行贷款

25.33亿元,年末贷款余额18.8亿元。从无到有,国投成为市政府投融资的主要力量。

做大资产是融资的基础

我们坚定不移要做大公司,然而,光有决心不够,还得有路径和办法。起初,我们也试图请求市政府多划归国有资产,后调查发现,市级国有资产也捉襟见肘。原来盐城是由盐城镇而扩成的市,资产不厚,时间亦短,连政府办公大楼都算进去,也不过就50多个亿;再者,许多国有资产无法"市场化",这些资产就是"装"进国投,也发挥不了什么融资作用。此路不通,我们只能另辟路径。

一是积极拓展市场性土地资产。在多个方案中,我们看中了土地的策划案。因为土地是市场性和行政性都极强的特殊资产,很适宜国有公司持有。且经营性土地资产的最大特性一般是可以随时间延长而不断升值。

一方面积极收购城市"退二进三"土地。如前所述盐城是由镇逐渐扩展而成的城,因此城中厂比比皆是,且布点零散。随着城市规模的扩展和管理的提升,这些企业出城进区是唯一出路。我们紧紧抓住这个机会,抓紧收购、收贮这些厂房、市场等。三年多时间,我们收购的这类土地有十多宗,两千多亩,事后的发展一再表明,这是国投发展最大的"本钱"。

另一方面,我们请求市政府给平台注入土地,以融资建设。操作路径是政府下达公共建设项目任务给平台的同时,则应匹配相应的资产给平台以融资。在无资产配给的情况下,应该配给平台土地资产。唯有如此,才可形成项目、建设、融资的良性循环。

这些土地资产都必须进行"市场化",就是要走挂牌、上市、摘牌的市场化过程。因为不是出让的土地,银行融资也是走不通的,更不可以评估增值。

我们经历的几年,刚好遇到了城市快速扩容阶段,有诸多市内企业因成本高而无法生存,加之市内地价逐渐升高有赚头,便纷纷退出市内土地而另选场地,这为我们收购市区土地提供了条件。再者,那几年也是土地市场规范前的难得"窗口期"。土地挂牌我们摘牌后,土地出让金可"列缴列安排",再注入平台,后期随着土地市场规范度提高则难以运作了。遇到了一个"阶段",把握了一个"窗口期",则有了一个良好的开端。

到 2011 年末,国投拥有各类经营性土地资产 3 000 多亩。此为国投"家底"性基础,是国投不断发展壮大的"第一桶金"。

二是不断增加商业经营性资产。政府平台当时要求不参与经营性项目,尤其不能做一般性经营性项目,即不能以国有资源与社会其他主体争市场。

我们经过反复研判认为:经营,是公司的最基本职能,亦是公司存在的前提。但政府平台经营性项目又不能与社会争市场,且能充分展示行政经营优势的项目。最后我们选择了先锋国际广场。理由有二,首先先锋岛拆迁量太大,政府全资的公司推进有优势,其他任何公司都不具备此优势,也不敢"伸手"。其次先锋岛位置独特,地位特殊,国有投资可展示魅力。再就是应政府要求,承担和帮助如人民商场之类的老品牌蝶变重生,此类土地和资产挂牌时,由国有公司"兜底",若摘牌,一者有"底线"开发,二者亦增大了平台资产。

因为我们坚定地走扩大经营性资产之路,在后来突发的国家整治融资平台时,国投占得了经营性资产为主体的先机,而被省级考查组首批界定为经营性融资平台,此为最优类平台。

融资是政府组建平台的初衷

我在国投的几年,就融资形势而言,经历了冰火两重天的背景,也使我们这些人承受了常人难以理解的兴奋和重压。

国投组建后,按照市政府"边筹建、边工作"的要求,便展开了项目融资工作。当时,适逢国家积极性金融政策的施行,银行找着我们贷款,至 2009 年底,贷款余额超过 20 亿元。

此时的我们顺风顺水,不仅可以选择银行,还可以考量融资成本。俗话说,顺时难出水平。我们当时对债券发行、信托等并没有太大兴趣,对未来的风险和困难也想得少,更没有拟订应对风险的方案。所以说,经历有时也是财富,我们很快就为此付出了"代价"。

2010年5月起,国家决定要对政府融资平台进行整顿,一时间,融资环境空前紧张,融资成本快速上升。具体的现实是想新增贷款规模不可能,到期的贷款还要提前还、压规模、提成本、慎续贷。当时,大家都被这突如其来的"风暴"打懵了,在"山雨欲来风满楼"的日子里,我们压力很大。承担了常人不可想象的重压,也经历了别人不能体会的难处。当然也成就了不一般的过往,我提出激励大家的口号:千方百计渡难关,想方设法保运转。

搭自己信用,救融资周转之急。当时到期贷款要续贷,必须先还后贷,这样就必须找资金"过桥",动辄单笔就是2亿、4亿,不得已找市政府签字抵押自己的信用来渡难关。领导很支持,临了对我说:道如,你要把自己的信用搭进来,有魄力。

我们当时也创造了许多新的融资方式和方法,诸如合作融资,用承建方贷款以我方负债形式支付工程款,也积极做好先锋岛中期票据的审批工作,还启动了债券等。特殊的困境逼得我们启动非常的思考。

面对大起大落的融资形势,我们"摸着石头过河"有时也是会撞入误区的。我感慨万千,国家由大的层面做出的决策无疑是正确的,但是,市场的运行总是有着自身的规律。贷款发放了,后期发现额度大了就想压规模。试想,贷款都已转化为实体建筑了,这整顿可谓让我们措手不及。

以"行政"的办法做"市场",突破"契约"规则的行政命令,客观上很难产生多赢的效果。

再看操作层面,平台整顿,我们首当其冲。本该多方共同承担,可处于强势地位的银行,有国家政策"托底"并自创办法,始终处于"赢利"之地位。它一开始,鼓励贷款,有大额的利息收入,是赢者;平台整顿时,缩减规模,提高利率,增加服务费,再不就开承兑汇票再贴现。总之,对银行而言,整顿虽说规模减了,收益却成倍增加。据有关资料称,平台整顿的2010年底,是银行收益率最高的时段。

这些显性的和隐性的不平衡,扭曲了市场,也使问题越积越多。

盐城融资平台承受了重压，也在重压下做出了特殊贡献。盐城市城市建设和公共投资在国家对银根收紧的阶段，始终保持年度100亿元以上的建设规模，这几乎都是平台支撑的。当然，国投等只是政府融资的载体，这样的结果更应为决策者点个"赞"。

向好——植入"创意"基因

国投集团2006年底组建，2008年开始就承担政府项目的投资和建设，至2011年底，承建政府和政府交办的项目28个，概算投资80亿元，已完成投资超过51亿元。其中，已建成投用的项目10个，包括文化艺术中心、盐城迎宾馆、科技馆暨青少年活动中心、毓龙路（西段）等；在建的项目12个，包括范公路安置房、越河和蟒蛇河驳岸、行政商务楼等；开展前期的项目6个，分别是小洋河整治开发、妇女儿童活动中心、杂技大世界、西阊湾等。

国投集团牢牢把握"好"的三个取向。

第一，项目必须求特色。每一个项目，我们都把功夫下在规划设计上，努力做到没有特色不放手。

先锋国际广场的外观设计，是竞标后委托杭州的一家国际设计公司设计的，此前十议其稿，后经市长主持的会议原则通过。但我反复琢磨，还是没有"感觉"，总认为缺少点特色。

这是一个"大手笔"的商业广场，又立于"先锋岛"特殊位置，我不敢马虎，还是跑到杭州公司，请求再改，杭州的设计公司只好请来了公司的董事长、常驻新加坡的国际顶级设计师亲自主持修改，在深刻领会先锋岛的内涵和盐城文化表达以及甲方主体意图基础上，又重新拿出了一个动作不小的修改稿。说实话，看到这个稿子，我眼前一亮，心想：就是它了。

目前呈现的先锋国际广场，从泰山庙起笔、现代风格得以充分展示，古建元素联结百年文脉，时髦广场矗立绿洲之上，兼容并彰显先锋岛的历史和商业特质，很"耐"看。先锋国际广场荣获2011年度中国城市综合体最佳示范案例大奖。陆公祠修复扩建工程获全国古建筑园林优秀奖。文化艺术中心的建筑设计被评为2009年度上海市建筑设计年度奖。

第二,质量关键在控制。由于集团刚筹建,管理人才和经验均不足,但在实践中我们不断构建和完善质量安全控制和廉洁控制两个体系。

质量安全控制体系实行"领导挂钩、项目法人、过程控制和横向监督"四个环节。领导挂钩突出表现在"一人为主",不扯皮,质量、安全的责任同时上身,而以往传统的做法往往是明确多人负责,查责任也很难具体到人。项目法人实行项目部制,设定了四个项目部,对项目实行全权管理。质量安全责任的甲方、承建方、质监、监理按法定必须到位,各负其责抓质量安全。横向监督是由集团分管领导组织专门班子实行临时抽检、定期会审的办法对项目成本、质量、安全作出评价并找出隐患,提出建议,以保证有的放矢地做好质量控制。

几年时间,我们这些"生手"管理了这么多又这么大的项目,就是靠着责任心和机制,从未发生过质量和安全事故,实践又一次证明了用"心"构筑的网络才可靠。

廉洁控制体系侧重三点:

首先是形成垂直管理、横向监督的制度。其特点是"三不见面",做到规划方案与招投标不见面,招标与现场管理不见面,现场管理与资金拨付不见面。且规划方案、招投标、现场管理和资金拨付等集团领导分工不交叉。

其次是严格控制过程,设计了"越权终止,违规监审"的电脑流程,即越过审批而找到具体办事的人,但审批软件的程序不支撑你。随之而来的就是专项监审,因为没有监审官的"输入","污点"是撤销不了的。再次是使"风险点"控制制度化。例如所有采购和建设项目一律实行公开招投标;"签证"一律实行现场会办制,凡未经会办的走不了流程;非项目负责的领导和个人一律不得打听、插手项目;综合付款一律采取会商制。

第三,项目成本控制。项目投资过程中,我们摸索形成了"三优一控"制度性设置。

一是优化设计。我看到过一个资料,在中国多类主体的甲方,对建设设计方案不组织评审的占到71.8%,就是说,多数甲方对管理项目的流程并不熟悉。实践还告诉我们,目前建设施工管理模式下,设计浪费是比较严重的浪费。在当下,规划的过度设计可算是通病,同时也是决策层对于成本控制容易忽视的难点。实践一再提醒我,要把功夫下在方案和设计的"合理性"上,所有项目的设计方案要通过,除正常程序外,还得过"三关",即专家会审横向比较、寻找样本点竖向对比和功能性"零基数"推算比较。

事实表明,优化的空间是很大的。

二是优化招标。我们坚持实行"普通"类项目用合理低价中标法,所有项目设"拦标价"控制。

三是优化方案。方案是成本控制的又一个关键点。你不研究优化,那必然使成本上升,况且这是"合情合理"的成本上升。我们坚持项目必须多方案、多方案一定要优选的原则。

先锋岛商业中心工程降水,图纸设计是深基坑支护和定点降水方案。我们召开的"诸葛亮会"有人提出大开挖法,我便紧问缘由,他们告诉我,现场条件许可,大开挖法好施工,且成本低。我们便反复研究确定大胆采用整体开挖法。仅这一个措施的调整,节省投资超过4 000多万元。

四是控制签证。在目前招投标恶性竞争带有普遍性的环境下,有的工程公司把眼光盯在"签证"上,因此,甲方有效地控制签证既是重点,更是技术活。

在实践中,我们实行了签证必须"无例外"的上工程例会会办的办法,并且规定,凡不上会的签证无法进入决算。这里的项目工程例会,不是其他什么会可以替代的,例会除有工程各方的管理人员外,还必须有市审计局跟踪审计和财务控制人员参加,这样就杜绝了少数人"背靠背"便可签证的问题。

先锋国际商业中心,16.8万平方米的大跨度、重负荷商业综合体建筑,含消防、水电、空调、电梯、外墙石材和外墙装饰等,直接投资初步决算为3.64亿元,单方造价仅2 275元,与同类项目对比,单方至少节省千元以上,节省费用超亿元。

这里有人曾经善意地提醒过我,其大意是没必要这么认真。还有人讲得更露骨,省的钱又不会下你自己的口袋。经济学的基本思维逻辑:"花别人的钱从来不心疼。"我的逻辑是花公家的钱我也心疼。

如今成本控制变成了制度,还变成了管理人的"基因",我便很欣慰。因为这里节省的当然不仅仅是费用。

求精——构建轻型能干的团队

在书记、市长对我任职谈话时,不约而同地提到了控制风险和控制用人的话题。因而,我始终把建立一个轻型的集团作为目标,在人数规模上,求精不贪大,这当然也符合我做事用人的基本选择。

国投是个干事和管理的单位,且实行企业化运行,因此,用有用的人成为国投的必然选择。然而,它还是国有公司,其理念和做派有自己的"行政"一套,用人当然也会受诸多因素的影响。创建之初,我们就设计了编制控制和公开招考两个铁定制度,较好地实现了用有用的人和轻型管理的目标。在我离开国投的2011年底,国投编内人员控制在50名上下,应该说是一个精干、高效且能打硬仗的团队。

国投是个创业的团队,是一个精干团队,"忙"是常态,但团队总是洋溢着满满的正能量。到我任职的最后一段时间,我与团队做总结,找不足,提炼出了两点。

一是构建一支适应国投业务的团队。我深知,有人才才有未来。国投创建之初,划归的单位来了一批宾馆和事业单位的人,作为综合融资管理业务可选的人并不多,然而,我们坚持"人尽其才",尽可能地把这批人用起来。国投后来拓展到项目前期、拆迁等,无岗的人也都有了合适的岗位。

再就是选聘和招录了一批人。当时市政府给融资平台一个特殊政策,凡是市内的公务员经组织协调愿意到平台工作的,可以保留公务员身份,一定时间内还可以回到公务员岗位。这个政策操作起来有难度而放弃,因为公务员是实行"定人、定编、定岗"管理的,"保留"一说一时无法落地。但是后来我们还是利用既有的事业单位的性质,选用了一些专业人员的。

还有就是公开向社会招录,先后四次公开招录人员,应该说选用了一批专业骨干,支撑了国投业务的拓展。

在融资这个行业,人才的稳定是个大难题。生手拼命往里钻,而一旦成熟了又拼命向外跳。我的想法是,"开放"式的人事管理表明,留人的重点在于用人。

希望留住人才,但又不封堵人才。凡有更好出路的,我们都支持和鼓励。国投招录了一名总经理助理,后来报考昆明国投的总经理并被录用,目前,这位已成为华夏银行总行租赁公司的副总。还有一位湖南籍很能干的小伙子,在县里是公务员,我们招聘到国投当了中层管理人员,后来想协调至昆明市委办公室工作,我们也很支持。这些从国投走出去的人,都保留了一份国投情结,时至今日,大家在业务和友情上都有交往交流。

国投是干事的地方,在用人方面,我本着三条,其一是大胆用人。一方面是国投急需大量人才;而另一方面,只有用人才能识人。我们的项目经理基本都是二三十岁的年轻人,公司在内部也形成了"能人上"的氛围。不怕没位置,就怕没能力。其二是做事炼人。我鼓励大家不要怕干错事,就怕不敢干,就怕"蛮"干,就怕不负责任地干。事实也证明,在实干中最能锻炼人,最能成长人。其三是不置闲人。因为我们是新单位,把好进人关,是不置闲人的关键。俗话说,闲则生非。没有闲人就没有"非"的基础了。

国投几年,有人说我"太较真"。多招几个人算得了什么?还不是董事长一句话的事。但我就是较真,甚至有些"关系户",只要公开招考考不上的,一样也不能用。

还有的人说我"抠"。在用钱上太计较,大到项目概算,小到日常开支,都有一套成本控制的办法和流程。因为我始终认为在"集团赢利未覆盖利息支出"的前提下,用的每一分钱都是贷款,用贷款就不能没有规制,大手大脚。

国投几年,我很感激与我一起奋斗的同仁们。说实话,都很累,不是一般累，但大家都很充实、都很快乐。我常跟大家说，到国投工作，可遇而不可求。

我们在从事一个造城和创塑城市地标的工作，每年投资10多个亿，责任重大而成就感强。

文化艺术中心舞台深基坑浇铸，深度达真高负8米，深基坑的安全措施特别重要，加之盐城地下水位高，其危险度就更高，任何意外都可能发生。深基坑施工要求必须一次性浇铸成形，那一次整整施工浇铸了一天一夜，我就和大家一起在现场坚守，以防不测。人与人相处得有"基础"，领导和部下当然也不例外。

二是编织了全新的用人构架。我们打破"因人设事"的惯例，同样，还纠正了"有事就招人"的老套路，形成了"精干团队—外聘—外包"的用人格局。

在"团队"成形之后，我们又着力于构建两个"专家库"格局，首先是外聘。当时国投策划了一个轻型的"西阊湾"项目，这是一个很有创意也极具特色的挑战性的项目，我特别企望"头脑风暴"。可方案研讨时，大家大多提出了一些细节性的修改意见和调整，而对项目的定位、特色、走向等倒"无言可发"。这个现实引起了我两个思考。

首先是必须与"对位"的人研讨。项目的概念性方案的定位、走向等规划设计，既有着极强的专业性，亦体现出主导者的大量积淀和经验。而不具备这些，研讨时当然说不上话。其次方案既要定位高，更要接"地气"，研讨的人既要懂概念，更要懂盐城。

基于以上的实际，我们便研究确定建立特聘专家库。主要是聘请经济分析、概念规划等方面的专家。这个专家库的建立，既是让项目少走了弯路，同时拓展了我们的专业领域，亦提高了我们的专业水平，更为重要的是国投"花较少的钱办了较大的事"，性价比是特优。

关于外聘人员，后来又拓展到网络、空调、暖通、弱电等相对"事情不多但又必需"的专业人员，这些专业人员的报酬以"事"为标准付酬。这样既避免多养人，又提高了成果的质量和水平。

三是外包。现代管理的一个显著特征便是分工求细,因为分工促进了专业的深化和水平的提升。集团公司经过清理调研,将物管、法务和商业策划、环评等实行"外包",取得了很好的效果和效益。同时,外包团队的相对固定和独立,又逐渐构建起一批水平较高、配合默契、市场化运作的"外线"队伍,有力地支撑了集团的高效运行。

2011年底,我离开国投。就本人而言,长时间的高强度工作,当时的身体状况不是太佳,离开国投可以让我在无"压"的情况下调适一下身体。在整顿平台的环境下保持平台运行,是一件极其费心和艰难的事,当时整天为贷款焦心,为"过桥"奔忙。我每天夜里二三点醒来后便无法入睡,说实话,充分地体味了一些老板因资金链断裂而心焦乃至跳楼的真实心境。

国投之经历,给了我与行政干部不一样的岁月和体验,我倍加珍惜。而与我一起同甘共苦的同仁,更是我的财富。

无法改变规则,但我始终充满同情

在国投经历了融资冰火两重天的环境,感慨亦出自肺腑。"别人生病,让我来吃药。"这是市场经济条件下诸多行政决策的尴尬现实。在银行方市场融资条件下,有的老板违约了,社会普遍指责他们没信用,这本无可厚非。可深究其因,可能是银行答应续贷,可贷款还了以后就不续了;贷款已投入基本建设上了,可银行要你缩减规模;别人答应的"应急",可能因为银行等链条运转不灵而"爽约"了等,这当中的苦楚都应考量。

古代商圣陶朱曰:"于己有利与人无利者,为小商也;与己有利亦与他人有利者,为大商也;损人之利而利己者,为奸商也。"我认为这些问题,应该在顶层设计上,在制度层面上,都要相应地做些调整和优化。

市场经济是从信用开启的,换句话说,没有信用就无法建立起市场经济,从某种程度上说,市场经济能放大、加杠杆,就缘于信用这块基石。信用是市场经济中所有主体都该秉持的。企业要讲信用,尊重市场规则,保障消费者权益。银行也要讲信用,是一种平等交易的信用,而不是附加诸多"内部规定"的信用,不是指标管理的选择性信用。政府更应讲信用,该在市场经济主体条件下的行政安排,不能朝令夕改,也不能厚此薄彼,要充分评估一些政策措施的负面效应和信用递减的现实,习近平总书记强调"市场在配置资源中的决定作用"则是非常重要的。

我是黯然离开国投的,其心境难以言状。有委屈,有误解,更多的是反思检索。

别人看我:国投老总权大钱多,修南北交通命脉,建城市一流地标,风光无限。可又有多少人理解其背后的艰辛和压力?更有甚者认为国投,一年投资几十个亿,老总的账一定"不干净"。好在后来审计等全面审查,国投每一笔汇进汇出的钱都审查了,笔笔有账可查,我并没有做一只"过街老鼠",也没有造成政治生态的退化和污染,我心青天可鉴!

领导看我:做了这么多事,建了这么多楼,应该的。当这颗"棋"不再需要时,毅然拿开,又有谁去体味"棋"的心境呢?当下全球的企业管理不断更新和升级,都是试图走进人们的心里;现实是有些领导人却走进了自我编制的框框和圈子里,而从基层干部的心里走出去了。"全面从严治党"任重道远。

同事看我:"可遇而不可求",我们一起苦,我们一起乐。老总人正派,肯干事。可上层联系少,部下提拔慢,对外恼人多,殃及池鱼。

自己反思:问心无愧,苦干无悔。"元曲四大家"中被后人誉为"秋思之祖"的马致远说:"人能克己身无患,事不欺心睡自安。"

我来自农村,没有世俗中所说的"背景",更没有常人认为的"后台",一路走来,感谢无数位"伯乐"的错爱和组织上的关心培养。同时,我也须臾不忘自立的"底线"。

那是我刚上小学不久,我的同桌有了一根塑料尺,现在有多普通,当时就有多高级,他显摆了好一段时间。有一天,我乘他不注意,假装不经意地把尺子装进了我的书包。晚上放学回家,忍不住偷偷地把尺子拿出来摆弄,不巧被我母亲发现了。

"哪来的?"一看便知内情的母亲厉声问道。

"向……向同学借的。"我缺乏底气又试图狡辩过关。

那是我第一次看到非常疼爱我的母亲发了那么大的火,母亲反复对我说:"别人的东西,别说拿,眼馋也不行。不行!"

在母亲的督促下,第二天一早,我便把尺子还给了同学,还当众向他道了歉。我记着,那是我最羞愧的时刻。

幼记如漆。"别人的东西,眼馋也不行"成了我心中永远的"底线"。

这是我一道心里"屏障"。这么多年来,无论出现多大的诱惑,还是出现一些不正常的"忽悠",我总是心静如水。不谈拿,"眼馋"也不让其出现,我守住了心里这道前置的"槛"。

这是一条"家训"。无论在什么岗位上,还是干什么职务,父母的含辛茹苦总是历历在目,谆谆教导时刻言犹在耳。母亲的训诫一刻也不敢忘。陆家是书香门第,秀夫祖是忠臣,更是廉官。清廉守则,亦是陆家的家风祖训。

这是一条"界线",是"我"与他人、与集体在利益上的一条边界,是亮堂收入与不义之财的一条边界。坚持我该坚持的,与别人的眼光无关。

前思后虑,在"优"和"远"上动脑筋

鱼和熊掌不可兼得吗?共赢开启的时代,可以从"红海"走向"蓝海"。

对企业而言,优和远是可以兼得的,经营国投,思考最多的是"优"和"远"。我既想把国投做大,更想让国投走得更远。其中,我不断地研究琢磨,从经验和教训中汲取营养。想法成熟了便向市政府建议。现在回过头看,这些内容虽是不够专业,但还是很有含金量的,是国投"优"和"远"的支撑和保障。

做平台,必须做经营性项目

平台成立之初,对盐城来说,我们和领导以及公众,大家都不太熟悉。

因此，在平台做不做经营项目的话题上，也是众说纷纭，见仁见智。比较占上风的还是平台把政府交办的融资建设任务完成即可，不应该做经营性项目。

这些话题于局外人而言，可能是闲暇议论；而对国投来讲，这可是方向性决策，生死攸关。

一笔账，引起了我的关注。与国投同时成立的还有城投。城投在成立时划归的一家公司，早期与国家开发银行有合作，有10个亿的政策性贷款，加上城投自行融资的，两三年下来当时城投的贷款规模是20个亿，比我们多几个亿。

20个亿，一年的财务成本约为两个亿。两亿元，对城投来说，不是大数目，可将每年两亿元放到10年中去考量，就是20个亿，城投可能在10年有20个亿的盈余吗？可能性不大。那么按目前运行模式，依赖"赢利"就可能支撑不了。不支撑就是积累风险。且时间会让风险变质，成为系统风险的。

提出问题是难，而要拿出解决问题的路径和方法，则更不是易事。此风险如何化解？唯有做赢利性项目。换句话说，平台赢利若不覆盖财务成本，就是风险积聚。此为衡量平台风险的铁律。

平台做经营性项目，又引出两个忧虑。

一是做经营性项目会破坏市场的公平竞争。我反复研究，认为这是个伪命题。市级国资不是省和国家层面的，既没有资源可垄断，又没有国债可增发，更没有银行做支撑，就是说，市级平台做经营性项目，不会损害市场的公平竞争，根本不可能在任何一个行业上形成排他性的格局，以至达到垄断的后果。

二是经营性项目的方向问题。平台是管理型企业，应排除工业产业投资，我们选择的方向应在城市。重点有三个方面，第一，其他企业想做做不了的事情，如旧城改造。旧城改造拆迁是个难点，是个"左右"项目投资收益和时间成本的关键点。在拆迁上，政府公司有优势。第二，应该是规模。例如我们后来确立的迎宾馆和先锋国际广场项目均属于在"规模"

优势上的展示。第三，公共项目的商业性。这是设置建设公共项目的指导思想和操作路径问题。以往建公共项目，"就项目、建项目"，建好后，人员要事业编制，运行向财政要钱，维修还向财政要钱，现实中大多难以实现可持续运行。还有公共项目由于缺乏商业性，还不仅仅是缺乏赢利点问题，还会缺乏"人气"，时间一长便失去魅力。这可能是以往大多公共项目的"通病"。我们认为，所有公共项目在规划之初就必须策划商业性，这既是公司运行的需要，也是项目兴旺的要义。

这里说段题外话，许多人认为平台是为政府做融资建设的。但我认为，平台还可以为政府提供市场性角度的决策咨询。我当时是国投董事长，还是市政府的副秘书长，市政府的常务会、办公会我们都会参加。在研究决策时，我们往往会就市场视角提建议。对行政性语境下的政府决策，这种"建议"是难能可贵的。因为不同的主体做出的项目，哪怕都是公共项目，它也是不一样的。国投做文化艺术中心的同时，设计了1万多平方的商业，使得公共性和商业性相得益彰。盐渎公园是市建设部门做的，这是个纯公共项目，有一点经营是后加进去的，它不具公共和商业"一体化"的考量。这其中没有优劣比较，其实是路径和方向选择。

关于平台必须做经营性项目的话题，我向市长做了专题汇报，并在市长的一次办公会上又做了阐述，得到市长和市政府的肯定后，便作为一条举措在平台的运行中贯彻实施。此后政府坚决支持国投实施先锋国际广场项目，分管副市长一月一会办，市长两月一会办，强势推进。没有"理念"上的共识，根本不可能有"行动"上的支持。在所有政府交办的文化艺术中心、科技馆，乃至陆公祠改扩建等项目，在设计之初就将商业性融进项目之中，这作为一种"模式"在实施公共项目中推广和运用。

平台坚持做经营性项目，收获的不仅仅是利润。在后来的国家整治平台过程中，首要的考量便是有无营利性和是否有经营性项目。国投缘于坚持抓紧做经营性项目，而获好评。我认为企业要生存，就要做到优，再想走远。

交办公共项目必须有相应的资产匹配

我们是行政干部,执行市政府命令是坚决的。国投筹建还未完全到位,从2008年起,市政府就不断向国投交办建设公共项目的任务。起初,我们认为不断地融资,不断地建项目,符合我们做大的基本取向,因而,还是很兴奋的。可时间一长,就又暴露出两个难题,一是贷款没有资产抵押了,没有抵押就无法可持续融资;二是现金流不丰富。

现金流是平台的生命线。常规的以资产考量企业质量的模式,在平台不是很适用,一般而言,平台的资产量都很丰厚,但可能现金流跟不上。有一些平台运作不是败在负债上,而是败在"现金流"上。所以,现金流是平台的重要生命体征。这又是另一个铁律。

我曾通俗地把国投的融资职能概括为:"零钱聚余钱""散钱聚整钱""死钱变活钱""明天的钱今天用"。

找"钱"是平台的任务,而行动之初就应该明了,所有"钱",其实都是资产的转换和信用的背书。

在危机控制中,我们向政府要资产。因为从本质上说,融资是资产的转移。市政府办公会议便形成了两项措施。

一是再排公有资产,适宜划归的一律划归融资平台。此后便形成了儿童活动中心、检察院原办公楼等一批国有资产划归国投。

二是实施融资性土地运作。这是一项大胆和前卫的举措,是盐城独创。就是将市土储中心收储的不是很成熟的土地上市挂牌,由平台摘牌,出让金缴纳后由财政全额再安排给平台。这些挂牌的土地一时并不具备开发条件,近期亦不安排开发,主要实现融资担保抵押功能。

"政府交办公共项目应匹配相应的资产"成为政府决策中的一个重要考量,既反映了市政府对平台的支持,也反映了公共项目投资建设已进入一个良性循环的阶段,更表明了政府在市场化推进的路上日臻成熟。

其实,就此题目我们当时还有两个具体建议,其一是政府对平台承建的公共项目决算额应采取书面收购办法。例如,国投按政府要求投资兴建了文化艺术中心,决算为 3.4 亿元。这个决算经政府审计认定后,市财政应该立据收购,明确 10 年或一定年限后财政开始归还,分几年归还到位。这样做的意义,一来国投原是 3.4 亿元"负债",收购后即变成了 3.4 亿元的债权。平台在综合评估时,可大大提高信用等级,有利于平台融资和发展。二来政府的领导是会不断变换的,这对后任的"还债"也是个制约,尽管这是个软制约。其二是政府应逐年安排部分资金给平台偿还公共项目投资融资的利息支出。我们在南京调研时,了解到南京市政府当时安排年资金 10 多亿元,用于国投、交投等公司的利息支出。如前所述,公司初创时赢利性一定跟不上来,而利息和费用却逐年增加,如不及时消化其利息支出,总是寅吃卯粮,风险便会积累成患。一旦风险聚集成系统风险后,政府就要在注册资金限额内花更多的钱为平台买单,若真是到了那样的境地,政府和公司的声誉都将受损。

对于我们的建议,政府曾要求相关部门调研,后来好像是没有就潜在风险做出相关说明,没有下文。

善于从实际问题中吸取教训,是常识;而要从规律演绎中防范风险,才是管理。

要巧用政府信用融资

在中国,就社会的认知而言,政府信用是高级别的。平台是政府的融资实体,要融资,就必须有资产和信用,这是两个必要的前置条件。

目前中国银行业管理强调实物抵押式的融资,这对降低银行融资风险无疑具有作用。但应该知道,信用式担保融资应是市场经济发展的积极形式。如果抱住"以物抵物"的过去式,对信用市场的培育和健全并无裨益。换个角度看问题,信用融资是融资的最高形态,是金融市场成熟的标志。

无信用何谈市场,不加杠杆,怎么可能有发展。

先锋岛招商的过程中,听到了一个案例,美国的银行间评级管理机构给沃尔玛公司一个信用评级和大额信用贷款额度,在此信用额度内只要公司申请，美国的银行都会迅即给其信用贷款。并且这个授信额度国外很多银行亦认可。这是沃尔玛做大和核心竞争力的重要内核，这也是在中国零售商业竞争中，国内超市无法与其竞争的主要因素之一。

因此，政府应积极配合平台进行融资，信用融资的成本是最低的。表面上看，是降低了融资主体的成本，而实质上存贷双方都是交易成本降低的受益者。

如果我们把融资的借、贷双方作为一个统一的单元来考量，会发现低成本融资会带来双方的利益最大化。因为排除风险往往不是抵押物确定的，同样，抵押物越大也不一定是越安全的。从本质上看，抵押物的大小其实跟安全没有关系。相反，在安全定性的基础上，较少的抵押物能获得较多的贷款，企业的运行成本就会降低，资金运营也会"充分"些，这样企业的赢利性便会增加，而赢利增加肯定会加持"安全性"的。

关于政府信用转移，我们曾为政府设置两种可操作的形式。一种是担保形式，这比较直接和简单。政府财政为平台的融资提供担保责任。其操作一方面要银行和融资主体认可，不是所有银行和融资主体都接受这种担保形式。再一个难点便是财政不愿担保。财政为何不愿担保呢？认为企业风险会累及财政。其实，平台是政府的全资公司，平台一旦出现风险，最终都必须由政府买单的。

就好像人们对身体一样，看病花钱顺理成章，而身体养护则显得悖理难成。

与其风险积累了最终买单，倒不如平时加强维护，逐渐降险。所以说，财政应该关心的是平台的风险程度，而不是一笔或两笔贷款是否担保问题。这才是财政监控平台之责。

财政应该定时评估和监控平台的风险程度，此亦为铁律。

但这种行政式管理模式往往难以奏效，其问题在于财政和平台不在同一个"语境"里，财政注重定时回报、不断监管的行政模式，而平台则期望关键点的把关和客观评估的提示。财政实施的是行政管理方法，而平台期望以市场的方式监管。

政府信用转移的第二种形式便是由政府出资,注册一个政府背景的信用担保公司。这个公司一方面可以为平台融资提供直接担保,实现公司对公司的融资审查可能更具体实在,其操作手续也会是统一认可层面的。另一方面可以利用资金给平台贷款转贷提供"过桥"。一般说来,平台的融资额度都比较大,有时所需现金流可能就超过公司积存的现金流的规模,所以,依靠公司现金流"过桥"无法周全,就必须借助一些资金暂且"过桥"。如果有财政性的担保公司提供"过桥",手续简便,操作易行,可以规避财政资金冗长而繁杂的审批手续。这种形式外地市政府便有成功探索。

平台的"借力"发展与合作"降险"

企业竞争"红海"向"蓝海"过渡的重要特征,便是合作共赢,因此,合作共赢亦是企业发展的方向和必然选择。这里应有两个关节点,一是合作应互补,符合发展方向,最好是强强联合。二就是合作要共赢。赢利收益是共赢,互展所长也是共赢。

先锋国际广场的布局安排中,有一幢高楼,定位是写字楼和酒店,当时规划 278 米高、68 层,建筑面积约 13 万平方米,规划时概算投资 7 亿元。

我们当时测算分析有两点:一是投资 7 亿元,可出售写字楼约为 6 万平方米,按测算时价每平方米 6 000 元价计,可回收资金 3.6 亿元,持有物业超过 7 万平方米,长期占用资金 4 亿元。酒店收益无法覆盖财务成本。静态测算缺乏赢利点。二是宽测 7 亿元投资年财务成本费用约 0.7 亿元,无赢利点支撑。这个项目的赢利方向只能是向高品质和成熟资源要效益。把酒店、写字楼品质做好,以提高销售价格,扩大赢利性。让成熟的公司经营,用"时间"消化成本。再者是期待持有物业的升值和长期经营收益。综合分析,国投直接投资该项目,现有资源少,占用资金多,品质提升难,无赢利空间。

我们策划了寻找合作伙伴,以土地要素入股酒店,吸引投资者建成盐城第一高楼。方案经请示市政府同意后,操作上按规定流程公开挂牌招商。

我们公开招标选来了较为合适的合作伙伴,签约实施。应该说是双赢。此后有许多人不解其实质,并给接替我职务的人员施压,解除了合作。时至今日,我始终认为当时设定的招商方案,利于国投,合乎规定,更有益于"大楼"运营。先锋岛之于酒店,但求所在、不求所有。向酒店写字楼的"专业品质"要赢利,国投不占优势,选择更专业的企业、以市场的方式,于酒店更有利。

换个方式看问题,以当时设定的条件招商,至今还可能没有应招者。

市场经济是需要氛围和语境的,有时候还得为时间和空间买单。前不久听到消息,先锋岛酒店写字楼因为航空受限,高度调整为216米,51层,总建筑面积12万平方米,概算投资超过10亿元。单独持有还是合作,除了合规因素上的考量外,从赢利性角度分析,时间将作出答案。

要做大和做强平台,借力发展和合作应是必由之路,此也是平台发展的铁律。

市场经济是合作经济,在全球经济一体化条件下,"蓝海"则势在必行,许多竞争并不是"你死我活"的零和博弈,而是合作共赢的方式。市级融资平台的资产总量是受制约的,但市内有诸多资源要素和市场优势可用,这便是融资平台寻求合作和发展的基础。这些想法在后来接替我职务的人员成功的实践中得以充分证明。合作是智者的选择,是市场经济的精髓,更是做事水平的升级版。

因此,提升决策者的市场意识刻不容缓。

平台的"CPU"

盐城国投集团成立和运营的时间不长,从融资的角度看,还处于初级阶段,是基础性的,即以银行贷款为主。我关于政府融资平台的研究和思考,亦是浅表的,其特点倒是有感而发,思考的方向当然是实操性的。

要做好平台,实操肯定是第一位的,至关重要的。融资又是平台的基本职能,因此,融资理所当然地成为平台思考和研究的重中之重。

平台融资从市场角度分析,主要依赖于资产和资源。而资产和资源的总负责方则是政府,所以,从一定意义上说,政府才是平台的基石。这里所言及的基石,还不仅仅是"出资人"那样简单,准确地说,政府就像是平台的"CPU"。

首先,平台的容量和规则是由政府研究和制定的。从资产和资源的"容量"来说,其规模当然取决于政府。在运行的实践中,第一,政府要确立支持平台做大做强的目标。这是一个极其重要的指导思想,有了这样明确的导向,才可能有支持平台"做大"的实际措施,因为支持平台的措施大多是非常规的、非标的,有无这样一个导向是很关键的。主动和非主动、积极和消极,其结果是不一样的。第二,应该确立"投资项目必须有相应的资产或资源匹配"的法则。如果投资和资源一开始就坐在两个车子上,期望通过运行操控来保证同向、同速,是不现实的。第三,当然是要想方设法向平台归集资产和资源。这个"想方设法"弹性很大,取决于政府的主观能动性和方法水平。当然有一点很重要,就是要用市场的视角去研究和认识资源。

其次,平台融资的运行"程序"也是政府设定的。换个角度看问题,政府应给平台特殊的政策和操作程序。既不能将平台作为一般的政府部门去对待,也不能按部就班地按常规运行。一般而言,至少有三个要点。一是有鼓励平台开展形式多样的资产经营。这个"理所当然"的做法在实际运作中并非是毫无争议的,好在国家在平台整顿时已对这条线以底线式的方法确立了。二是支持平台的外向拓展。一般说来,市级及以下平台不应该有经营方面条条框框的限制,应放开搞活。"营利"是企业的基本职能,如果平台没有效益,就不可能走远,其他则无从谈起。三是推进平台外向合作。市场经济发展到今天,"红海"已逐渐被"蓝海"取代,但资本"恐外"的还大有人在,其实这种"恐外"的症结在于业务生疏和不敢担当。合作已是政府平台拓展做强的主要途径之一。当然,合作要本着双赢和互补的精神，既要围绕做大做强的目标，更要符合平台制定的战略方向。

再就是平台融资风险的控制程序中要有"防火墙"设置。风险的成因都是由若干个风险点积累的，有风险点就可以设置预警和防范。事实一再提醒人们，对平台放任自流的"散养"模式是要不得的，当然，"文不对题"的监督也可能断送平台的前程。要把握风控的指标预警和关键点，尤其要避免融资出现系统性风险。

"CPU"是政府设定的，但操盘者的平台应有对"CPU"的维护优化意识。因为平台运营的优劣，当然取决于"CPU"的水平。

承上启下，让"经历"能发挥到作用

离开国投至水利工作后，有时到水利建设工地上查看时，总是禁不住提一些相对专业的意见。工人会惊讶于这些建议的专业性，而我总是轻松地告诉他们："是国投实践学到的罢了。"

盐城国投，凝聚了无数的经验和教训，同样，也积淀了若干的不一般和差异性，更会使人体味到"纸上得来终觉浅"的万般感慨。如果说做平台更多的是顶层设计和理性推进的话，那么建设和管理建设则有相当的部分是经验性的积累和体验性的积淀。"理论"和"实践"该是一对孪生兄弟，而事实上这对兄弟则常常坐不到一条凳子上。而我坐在"凳子"上凝成的"套路"，则肯定是兄弟俩最好的亲密期。

规划设计的浪费，是永久的浪费

在建设管理的实际中，有些管理者往往忽视了规划设计，认为那是专业设计单位的事，不需要操那份心。而实际的管理中，一份很有分量的"数据"一再提醒我，规划设计那才是控制成本的"重头戏"。

国投接手文化艺术中心项目时，选定的规划单位已出图了，我们则按规划图纸组织建设施工。首先当然是桩基工程，依图纸公开招标，中标单位进场打桩。不久,我们另一项目先锋国际广场的商业中心桩基工程也开工了。两份桩基合同摆在我的案头。

文化艺术中心项目,3万多平方米,主体5层,特别的当数大剧院的舞池,是深基坑。桩基工程合同价1 000多万元。先锋岛商业中心项目15.8万平方米,主体6层,是商业公共等项目,载重有特别要求。桩基工程合同价1 200多万元。在同样的地质条件下,面积相差5倍的建筑,其桩基工程的价格居然是相差无几。

当然,我们可以说,不同的建筑、不同的地质条件,是不可以类比的,再者,这两个项目的桩基工程,从设计评估、招标、施工,无一漏洞,规范运作,无可挑剔。到底问题在哪?

"数据"教训了我,迫使我研究原委。

我关注到了桩基设计,目光当然是关注设计单位。

事实上,规划设计并不一定"专业"和"完美":一是设计单位的水平参差不齐,决定了产品可能优劣。二是设计人员可能依安全导向性原则而过度设计。我曾经看到过一份图纸,一层宿舍平房,地质正常,用一米多厚的条形基础,单方造价达2 700多元,超过常规造价的三倍多,严重过度设计。三是图纸一旦设计完成投入使用,欲修改和调整图纸,程序复杂,牵涉面亦广。四是地域不同的设计差异。像文化艺术中心项目的桩基工程是上海设计师完成的,而先锋国际广场的桩基设计是盐城人做的。就盐城地基,当然是盐城设计师更熟悉,不仅有测绘数据,更有经验积累,优化当然得心应手。所以说,规划设计是成本控制的首要也是重要环节。

在规划设计的控制方向上,我们确定了方案设计注重功能审查,图纸设计避免过度定位的方向。这样就可以剔除一些"可有可无"的选项而节约成本。图纸设计阶段,关键是防止过度设计和超标设计。

在控制程序上,我们规定必须三审。一是会给出一些指标控制和要求给设计单位,让其自控。二是组织各类专家会审。会审分两种形式,一方面会呈给相关特聘专家提出审查意见和建议,另一方面会组织专家会商,提出优化建议。三是领导和部门审查。征求相关专业部门的意见,并给出同类工程的数据对比,如果差异较大的,对差异数据必须分析并给出理由。

在控制方法上,我们亦摸索了一些做法。方案设计是决定项目是否有特色、新意的关键,我们会组织和邀请国际、国内的专家和团队进行编制,一般会组织三个以上方案进行比选。方案敲定后,图纸设计会招标选择本地优秀的设计单位承担,因为他们熟悉盐城的地质和条件,亦了解当地的各种情况,控制项目的建筑造价具有合理的可能性,且建设中调整和修改图纸亦相对便捷。

确立了关注规划设计的思路后,重视制度设置的适时跟进,国投承建项目的成本控制是有效的。诸如先锋国际广场、毓龙路和先锋岛小学等工程,单方造价都是同类工程最低的。

在招标和选择的"两难"中,探索现实路径

这么多年来,国投在招投标的管理实践中,依据行业管理,基本形成了一整套比较成熟的规范制度。仔细分析这些制度你会发现仍有问题,就是说,这一系列制度是制约出包人的,包括不准设计特别条件、不得抬高资质等级等;而对投标单位没有任何制约,几乎是放任的。当然潜在中标单位的管理是困难和复杂的,这是另外一个话题。那么,用什么来保证招投标人的质量和水平呢?没有措施。

对发包人潜在"寻租"的制约和控制,当然是必要的,应不断改善以增加有效性。可中标单位的质量又是做好工程的重要基础。毋庸置疑,相对于"好工程"的目标,这样的招标做法确实又具有风险性。

我们商业中心的桩基工程总价是 1 000 多万元,应该说是个比较大的桩基项目,至少得有六台桩机同时进场施工。招标后不久,市纪委依据人民来信来调查国投。原来是一个单位举报国投在招标中剥夺其中标资格。后经调查,这个单位在标书中有局部手写字的"字号",是被评委鉴定其违规而剔除的。后来了解,这个举报我们的桩基单位,仅自有一台小桩机,从没有做过超过 100 万元的桩基工程,平时就是靠"关系"生存的。大家试想,这样的"潜在中标人"一旦中标,商业中心的桩基工程肯定会掉进无休止的纠纷和烂尾的矛盾之中。

一方面必须严格执行招标的有关规定，另一方面又不能简单剔除"不胜任"者而进行自主选择，这样挑选施工单位便陷入了"两难"境地。一般说来，公共工程的质量和进度要求都是很严格的，有的还是当年的市政府实事项目，在时间控制上没有回旋的余地。必须在"两难"中找出一个现实的路径来，且这条路径还必须是有利于制约和杜绝出标者"寻租"的。

我们在实践中摸索出三个措施。

一是对潜在中标人进行考察，以合规的方法使参标单位符合"质量"达标。这项措施的目的，就是以合规的方式，把明显缺乏能力的报名单位剔除掉，当然实际工作的效果还是有限，但毕竟降低了"风险"。首先是考察其单位和曾经施工的列名工程，凡弄虚作假的当然要取消；再就是法人代表必须见面，这一措施可以使一些套用资质的围标望而"却步"；还有项目经理人是建设项目的关键，要考察确认其没有在其他在建工程中任职。要确保以上考察都是单向的，一定要阻止横向联通。

二是增加围标成本。按规定不能提高项目保证金和报名费，但低成本又方便和助长了"围标"。我们对一些质量好的潜在中标人自主增加押金的做法是默认的，但这些单位必须超过三家以上，以确保竞争性。

三是严格管理。首先是明细招标书和合同的环节管理，越"严"越有利于好单位的胜出。其次是要求项目经理人的身份证明资料必须收缴统一保管，限制其投机取巧。

一般说来，任何事情都可能有两面性，相关措施也可能是"双刃剑"。招投标的关键是禁止"寻租"，而甲方一旦做主，便可能使这些禁止项"短路"。事实上，我们的现实措施不是排斥招投标管理和让招投标监管"短路"，而是在招投标制度框架内设法剔除最坏者。当然这其中有两点至关重要。首先是主观的，必须出以公心，只要没有私心，做事便坦荡、有序；反之，肯定是心怀鬼胎，躲躲闪闪。其次是客观的，就是公开。我们每一步的成果都会在一定范围内公开。原则是不搞单人操作，不违规，支持统一市场招投标。

化解"两难",并不是降低管理的强度,而是从不同的方向"周全"管理。

"经历"的见仁见智

"优势"的扩展

我们倡行做平台必须两手发力,既要坚持市场推动经济发展的动力安排,又要充分发挥行政的规制和纠错功能。在实践中,我们始终注重"优势"的扩展。

先锋国际广场因四面临河、规划设计的掣肘因素当然很多,而岛上还必须有建军西路和小海路两条城市主干道的交叉通过,就更难布置了。大家开动脑筋,力求使设计最优。

建军西路是城市主干道,穿先锋岛而过,主干道经商业中心穿过、商业中心设置城市主干道,都是规划中不得已而为之的做法,再者,先锋岛本来就不太大,利用空间换面积应该是可行的规划思路。

围绕建军西路和广场"既互不争地,又不互相干扰"的思路,请设计单位提方案,召开"诸葛亮会",都没有出彩的亮点。我反复琢磨,提出"上下分开,交叉利用"的方法,后来规划设计了道路走地下通道,地上布置广场的方案。这个方案,最下层是建军西路主干道,中层是双向的非机动车道和人行道,而地面层则是一万多平方米面积的"海印广场",车流、人流各行其道,交通、商业相得益彰。

小海路位于先锋岛东侧横贯全岛,从商业广场客户流角度考量,是横亘在商业集聚区和先锋岛之间的一条屏障。综合分析,先锋岛的客流会主要来自建军中路商业区,处理不好对全岛影响极大。还有先锋岛本来就地势低洼,对做商业中心而言并不加分。分析各方面的因素和功能取向,规划设计先锋岛地面层上抬一层,小海路实行整段高架设置。

这个方案优点较多,一者小海路与商业广场平交,便于人流进出;二者小海路在全岛平展,使得登瀛桥和越河上的小海桥路面处理平缓顺畅;三者从主城区观察先锋岛视角舒缓,有利于先锋岛的全面表达。我们还在小海路高架下安排综合停车场,以缓解商业广场停车的压力。

这些方案投资方面可能要增加一点,但它充分利用了空间,也发挥了国有公司的优势,从社会评估的角度分析,应该是一个多赢的优秀方案。

这里实际上有两个问题值得探讨,一是从城建的角度分析,城市建设是个系统工程,理应综合考量,优化设计,尤其是公共项目与已出让土地的分界空间利用问题。而事实上很难做到这一点。一方面说明我们系统规划的机制还不够完善,另一方面也表明我们对"界线"的理解太机械了,以至造成了资源和空间的浪费。二是因国有公司的资产是国有性质,工作人员对"界线"上的戒意减少了,因而会放宽和容许国有公司对公共地块空间的统筹利用。既然国有公司可以,为何不可以探索形成一种对空间利用的流程和制度呢?

市场和行政真应相互融合,各展所长。

"能力"的困惑

在平台初创时,宽松的货币政策使融资变得顺风顺水,而一旦平台整顿,我们多少有点"力不从心"的味道。说实话,当时我们抱怨政策多变而无序,但换个角度看问题,亦说明我们的实际本领还是欠缺,应对复杂问题和信贷环境偏紧条件下的融资思路不宽,办法不多。

复杂和困境从来都是成功的老师。

先锋国际广场招商展开了,我们制订了招商计划,调动了全市招商资源,组织多个小分队,我带领团队,苦干了近一年,但招商结果却不尽如人意。

我认真反思,一者,决心大但缺乏商业资源,就是"无源之水"。万达集团创造了"订单商业",就是赖于有上万家的客户资源。后来"轻资产"走商管之路,同样还是缘于这些客户资源。二者,语境不同还坚持游说,简直就是"文不对题"。谈租金返点,我们既没尺度,也没胆量。说行业规则,我们更是外行。痛定思痛,我得出结论:让专业的人干专业的事。后来在招商过程中,开始聘用专业团队。

国投发展过程中,曾向社会公开聘用了一批人,其中有研究生毕业的,也有公务员队伍的。要想留住这些"金凤凰",就得"筑巢",就得让凤凰展翅。于是对一些专门人才,我们向组织申请可否认可一定的职级,结果是可以想见的。经过一段时间,其中一个研究生毕业的同志报考昆明产业集团总经理职位并被聘用,一下子升到正处级,目前这个同志为华夏金融副总裁,成为融资租赁的专家。还有一个同志亦被协调至昆明,很快被任命为云南宜良工业园区管委会主任,副处级。

这说明我们缺乏的不仅是人才,还有留住人才的机制。

创新得有激情

在创新话题的研究实践中,人们把"专业知识、与众不同的思维和内在创新动力"称作创新的三角结构。三角是稳定的,有了稳定的"三角",方可有脱颖而出的创新成果。三角也好,成果也罢,我以为最为靠谱的还是得有激情。

激情是什么?当然是内生动力,是一种异乎寻常的冲动和兴趣。

在做国投的日子里,一个个欣喜使我振奋,一个个危机又使我不屈。平心而论,支撑我的是不服输的秉性和时常保鲜的激情。

做工作,负责即可;而做事业,当有激情。

激情的基础是负责,但负责不是激情。激情应是融入强烈情感和不懈追求的产物,激情需要"语不惊人死不休"的韧性,还需要有"柳暗花明又一村"的追求;激情不仅仅是全身心的投入,还应包含主体的认识和表达以及情感的抒发。

在国投期间,有的好心人曾悄悄劝我:"把自己搞得这么累,何必呢?"是啊,确实累。有时因部下做不到位而嗔怒,有时又为时间紧、任务重而焦虑;有时因为方案"没感觉"而烦躁,有时又因为制作毛糙而发火。尽管千百次地告诫自己养成"平常心",可是就过不了心里那道"坎"。

我仍旧穿梭在各部门之间,时刻叮嘱他们:"机会可遇而不可求。"因为针对这个项目,我知道工程可以返工,地标没有"彩排"。

激情还需要一份执着和创意。人不可能是全才,但人必须要有追求和执着。为做好陆公祠布展,我翻阅了海量的资料;为理解城市综合体精髓,我走访和拜见了上百位专家、精英;为设计文化艺术中心的"脚印",我用自己的双脚来丰富对盐城文化的理解。……我不是想表扬自己,只是想把我的求真和执着融入地标,并能让参观者读懂地标的内涵和创意,为历史留一份有价值的"说明书"。

当然,激情的重点还是情,并让情澎湃起来。必须热爱,方有真情。"一见钟情"也行,"先结婚、后恋爱"也罢,总之,你得让你对所从事的事业"爱"起来。事后回忆,我在国投的日子里,那份情感和执着更多地则是来自"责任",这个常记于心的动力。

即使重新给我机会,我还会那样认真,那样充满激情。因为我始终认为,敷衍和认真肯定会有不同的结果。

世界观级的"秉性"是不会改变的。

舞台再大,你不上台,永远只是个观众;你不用心演,只能"跑龙套"。平台再好,你不参与,永远是个局外人;你不创新,只能浪费资源。

到站后,就得下车。于我而言,是转场,而国投必将换挡前行。

一开始我们追求大,而其实大并不是评价企业的核心指标。但是有一点是肯定的,就是企业必须从"基础"出发。

在没有经验的情况下我们探索前行,而事实一再提醒世人们经验并非必不可少的,真心希望后人有勇气把经验踩在脚下,秉持"创新"的基因,不断展翅向前。

在这个日新月异的时代,唯一不变的就是变,审时度势是必修课;在金融投资这个业界,不变就意味着淘汰,战略和路径是生死的选择;在做企业这个行当,赢利是它始终追求的目标,然而风控比赢利更难,风控才是企业家的看家本领。

期望盐城国投越走越远。

刷新盐城的天际线

　　之所以能成为城市地标的,当然是它的力度和个性,因为"个性"是地标的生命,也是地标的极致追求。陆公祠、先锋岛、新瓢城……一个个从历史走来,烙上时代的印记后又走向了未来。正是这一批"个性"的建筑刷新了盐城的"地标"。

"这样的机会,可遇而不可求。"

能牵头为一座城市做一个地标建筑,已经是一件无比荣幸的事情了,更何况让你给这座城市做一批地标性建筑。盐城国投就是这个做地标性建筑的,而开创和掌管国投的我,亦是如此幸运。我始终怀着虔诚而又激动的心情,庆幸这"可遇而不可求"。

纵观盐城市区,最有"历史感"的当数陆公祠了,陆公祠的修复重建工程,规模不大,然意义非凡。循着"家·人·国"的逻辑思路,你不仅会生发对用生命和忠诚为320年弱宋画上"感叹号"的陆秀夫的崇敬,而且还能领略可亲可敬的"男人的镜子"的人格魅力。

瓢城,是盐城的小名字,是雅是俗不去置评。重要的是它是这座城市的记忆。"新瓢城"就是用特殊的建筑语言把这个记忆再行固定下来,并用文化的主题传播下去。

城市综合体在中国发展得如火如荼,因为它是一座城市的客厅和名片。盐城先锋国际广场是盐城第一座真正意义上的城市综合体,"先锋岛·家天下",开启市民生活的"第三空间",同时还将刷新盐城城市建筑的新高度:216米。

也正是这216米刷新了盐城的"天际线"!

盐城因盐得名,盐是百味之王,因而,这座城市总是以其独有的文化内涵展示其"有滋有味"的魅力。

进入新千年的盐城,城市也步入了一个全新的发展时点。面对日新月异的城市,面对新崛起的一批足以见证盐城变化的城市地标:从聚龙湖畔的新瓢城,到通榆河边的迎宾馆;从见证传统历史的陆公祠,到涵盖现代和未来的先锋岛;从横贯东西的毓龙路,再到启蒙后生的科技馆……市民们振奋不已。这些建筑以其个性的外形、有冲击力的视觉效果和独特的造型语言,述说着这个城市的前世今生和其时代特征。而这些新地标背后,都有一个共同的制造主体,它就是盐城国投集团。

责任和幸运聚焦于国投。城市和未来也将以独特的方式记忆国投。作为国投的创始人及掌门人,地标制造的参与者,我倍感幸运。我和我的同仁用汗水、心血和智慧凝结成的这些城市"语言",在向公众和未来宣讲着这座城市的故事。

陆公祠——城市文脉的对话载体

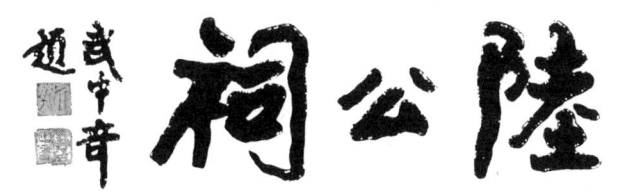

中国著名书法家武中奇作品

陆公祠修复重建的项目,在国投的诸多项目中很不显眼,仅投资3 000多万元。但当这个项目开工时,市长竟不请自来,亲临现场与市民对话:"盐城有2 000多年建县的历史,但因为面海多灾,城市中留存的可与之对话的建筑太少了。陆公祠就是我们这座城市与历史对话的重要载体。"陆公祠的地位凸显了,修复重建更并非小事。

陆公祠忠烈牌坊(冯羽摄于 2011 年 5 月)

陆公祠是纪念民族英雄陆秀夫的纪念馆。陆秀夫(1236—1279),楚州盐城长建里人,也就是现今江苏盐城市建湖县人。南宋左丞相,抗元名臣,与文天祥、张世杰并称为"宋末三杰"。咸淳十年(1274)陆秀夫出任淮东制置使李庭芝的参议官。后到朝廷任司农寺丞、宗正少卿兼代理起居舍人、礼部侍郎等职。德佑二年(1276年)正月,他奉朝廷之命至宋元之战的前线讲和,行至途中,元突然变卦发起进攻,临安(今杭州)陷落,宋帝等被虏,益、卫二王侥幸逃脱,宋廷官员四散逃命。而陆秀夫"逆行"追随二王于温州,并与张世杰等在福州拥立 7 岁的益王为宋景炎帝,升任端明殿学士、签发枢密院事。为躲避元军追剿,宋庭被迫乘船沿海南行,各地勤王的官兵正规军 17 万人、民兵 30 多万人,共同维护这海上行朝。行朝在井澳遇飓风,益王惊惧而死,群臣多欲散去,陆秀夫又力主并与一批大臣拥立卫王,即祥兴帝。任左丞相,与张世杰等指挥抗元战争,苦撑危朝。

至元十六年(1279),宋元决战于崖山(今广东省江门市新会镇),此海战宋军惨败,陆秀夫背负幼主蹈海身亡,年仅44岁。宋代,中华民族最后的文明与骨血精华尽损于崖山,宋朝亡。在华夏五千年的历史长河中,陆秀夫是唯一抱幼主壮烈蹈海、以死殉国的爱国丞相。

陆秀夫殉国后252年,盐城人民为纪念家乡这位伟大的爱国民族英雄,决定兴建陆公祠。

陆公祠始建于明代嘉靖十年(1531),明万历、清顺治、康熙年间均有所增建和修缮,抗战时又几乎被战火摧毁,1949年后重修,"文化大革命"期间再遭厄运,1983年基本按原样重建。终因年久失修,展陈落后,2008年,盐城市人民政府决定修复重建陆公祠,除对祠堂主体部分进行整修外,还新拓了文化古街,极为重要的是展陈要全部重做,由国投集团承建和策划布展。

市长当时在分配任务时曾与我开玩笑:"这哪是修历史景点啊,这是给道如家修宗祠啊。"近年盐城陆家续修家谱,我才得知,我确是陆秀夫第24代嫡孙。

中国的宗祠文化源远流长,但多为私家之所,系宗庙祭祖之地。可陆公祠从它诞生的第一天起,即为朝廷修建的公祠,是盐城人民纪念家乡民族英雄陆秀夫的神圣之地。

我们怀着虔诚之心,开启了这项意义特别的项目,从建筑、环境、展陈三个方面来诠释这位民族英雄的风采,弘扬爱国主义及忠贞文化,使盐城这块瑰宝熠熠生辉。

建筑——荣获国家园林古建优秀奖

"盐城名胜之善者,其陆公祠耶。"

陆公祠初建时,规模不小,东至儒学街,西至解放中路,南至陆公祠巷,北至粥厂巷。据陆氏家谱记载,朝廷还分配了祠田。乾隆十一年(1746),划祭田六十八亩五分,坐落于城市西门外,主要收益用于维持祠堂的日常开支。由于诸多历史原因,陆公祠的北侧、东侧地段逐渐被占用，这样，祠堂的空间就显得颇为局促。这次修复重建也曾拟拆祠北之楼，经多方权衡还是依目前建制适当增扩并修复重建。

陆公祠是盐城的城市遗产，文化底蕴深厚，又居于城市中心地带，长期以来多为文史古玩之人的集聚场所，久而久之便形成了陆公祠文物古玩市场。说是市场，其实就是些沿街的摆摊设点，以往曾因"有碍观瞻"而被取缔过，但终因没有出路而"春风吹又生"。因此，此次修复重建，如何处置古玩市场是个难点。

我们陷入了"两难"，一方面要新扩整理陆公祠，另一方面又不能将文物古玩的"马路"市场一关了之。经过反复研究推敲，拟定了在"陆公祠"修复时新建文化市场一条街。这样既整修和新扩了古建范围，形成较大规模的古建筑氛围，又提升和扩展了文化市场，使其成为文化交流、交易的场所。既强化了陆公祠传统教育的特点，又形成了文化收益反哺公祠管理的格局。

此方案得到市政府的评审批复。

陆公祠文化街

中国书法家协会副主席吴东民作品

我们聘请了建设部同济大学国家历史文化名城研究中心设计院为陆公祠修复扩建进行了专题设计，确定以现有明清宫式古建"三进式"为基础，在其东侧增建两层同样建筑风格的长楼，形成内街制，整个公祠建筑达到6 700平方米，其中新建建筑达到一半。

这样的规划优点何在？我们专门拜访了同济大学教授、博导阮义三先生。阮教授是中国历史文化名城保护专家委员会委员、历史文化名城学术委员会副主任，曾促成了平遥、周庄、丽江等众多古城古镇的保护与修葺，在全国首批十大历史文化名镇保护整修中，有五个镇的修复保护规划都出自阮教授的团队之手。

阮教授告诉我们，增建建筑意义很大，因为陆公祠处于周边现代建筑的包围之中，原建筑仅两排，体量小，外观不显著，天际线平淡，这样就很难使陆公祠凸显出来。现在以其原有明清建筑风格增扩一排，且设置成两层建筑，就建筑外观而言，形成了一定的规模建制，有了较好的古建氛围；调整和形成了西低东高的天际线，这样从主进口解放中路东眺，由低到高，错落有致，古建便形成了一个"小气候"，有利于公祠主题的烘托和展示。

中国古代建筑是中国文化和传统的集大成者。陆公祠首建于明代，其建筑特点当然是明清古建。明清古建既保留了唐代雄伟浑厚的影子，又继承了宋代秀丽纤柔、简洁自然的内涵，有着形体简练、细节烦琐的外观现象。又由于明清建筑是从唐代、宋代一步步走过来的，建筑形式的精炼化、符号化增强，建造技艺更加成熟，则标准化的痕迹明显。学术界有人认为明清建筑的标准化、符号化，使得单体建筑的艺术性下降，个性特征弱化，其实，创造群体空间的整体感和艺术性才是明清建筑的突破性成果。

明清建筑是中国传统古建的最后一个高峰，仿佛是即将消失在地平线上的夕阳，依然熠熠生辉。

陆公祠修复重建的设计，正是抓住明清建筑营造群体空间的特征，强调"整体感"。设计敲定后，经过公开招标竞争，选定了扬州意匠轩古建筑营造公司承建。

项目改扩建完成后，各方面的评价都不错，民众们看了也很认可，都说有古建群落的味道了。该工程经中国风景园林学会组织的专家评审，荣获 2009 年度优秀园林古建工程奖，获此荣誉为盐城首例。

环境——营建干净的宋风意境

陆公祠地方小，要在小空间、短时间内让参观者进入情境，精心策划内部环境至关重要。因此，在陆公祠环境布置上围绕两个方向做足文章，集中体现主题意境。

首先是干净。陆秀夫是宋末负帝蹈海的民族英雄，是盐城有史以来的唯一宰相，它的壮举为 320 年的弱宋画上了一个大大的感叹号。这次环境布置，处处体现陆秀夫的忠贞爱国。

雪映陆公祠（冯羽摄于 1989 年 1 月）

再者，宋代是中国历史上很有特点的时代。从建筑到家具，从庭院到摆设，大气简洁，讲究内敛，到处都能透出雅致的风格和文化的内涵，从内到外都体现了"干净"的风韵。

物的"干净"与人的"忠贞"是一脉相承的。

主门南侧，矗立着一座石碑，上书"宋丞相陆公祠"。这块汉白玉石碑，是陆公祠最古老的物件，原列于门内，这次我们用大理石镶嵌，立于主门，简洁而主题明晰。

主门口依史载复建了"中流砥柱"坊。主门的牌坊建什么式样，文献没有记载。我们依据青砖小瓦的明清古建主格调和"中流砥柱"的主题，设计了汉白玉材料的牌坊，洁白简洁，寓意明晰。"中流砥柱"四个字特地邀请了中国书法家协会主席张海先生题字，清秀而有力。

主建筑对面是电信公司大楼，与陆公祠建筑群风格有些格格不入，于是我们设置了"光前裕后"照壁和整排竹林，一来展示主题，二来又隔开现代建筑。虚心有节的绿色竹林作背景，衬托出青灰式的照壁，"光前裕后"

四字格外醒目，会让人驻足凝思。那四个隶书大字是陆秀夫的手迹。

在中进的庭院里，增制了陆秀夫负帝蹈海雕像。翻看诸多史料，陆秀夫负帝蹈海像很是不少，我们在充分利用原有画像的基础上，专请画家绘制，形成了现有的雕塑。就是让这一重要历史节点凝固，让后人体味陆秀夫的忠勇和献身精神。

整体规划图成形后，从主入口至儒学街，通透性较好，用青砖青石铺设彰显历史感，但到儒学街这端却收不了口，如何处理？我们反复

陆秀夫负帝蹈海（雕塑）
（如禾摄于2019年8月）

斟酌，确定建一座小亭子，命名为"表忠亭"。"表忠亭"在有关陆公祠的史料中亦有记载，亭子既与古建相呼应，又成为主通道的收口节点。

其次是宋风。陆秀夫的时代是南宋，为了让参观者能感受到宋代的文化和情境，空间上我们进行了特殊的设置和布陈。

在东侧转口处，设置了一座简朴的宋式广场。铺地的石材是特大号的宋代钱币式样，古朴而有质感。墙上的砖雕是宋时的器皿，让观众踏着"宋币"、赏着"古玩"，回到那文气袭人、繁荣无比的宋时旧景中。

在"行朝"的前后四年时间里，陆秀夫等拥立两朝宋帝，经温州、谪潮州、驻荃湾、登南澳岛，最后经硇州，终于崖山。其间，1276年3月，数千艘战船和几十万兵将护卫着"行朝"从温州江心岛出发，行至广州南澳岛时，也是第二年的10月了，一年多的舟行作战，物资消耗殆尽，皇帝用的茶叶都没有了，陆秀夫登岛之高峰果老山，寻果觅茶，见一小灌木，似茶，便尝之，苦中含甜，甚好。便呈宋帝代茶，宋帝很是喜欢，便赐名"宋茶"。其实宋茶就是草珊瑚花草，又名九节茶，清热解毒，让长期在船上起居的

宋帝及宫中官员人等用"宋茶",确为物尽其用。陆秀夫在登山觅茶途中,但看满山遍野的杜鹃花,他无心赏景,可灵机一动,这鲜花可献给太后作插花用。原来,长期颠沛流离,后宫的插花均已干枯,无以换之。杨太后插了杜鹃,心情也好了些,便赐名"映山红",此名沿用至今。

"草珊瑚"的味道,甜中带苦;"映山红"的花色,红中透紫。300年的重文抑武,留下了历朝历代难以企及的科学文化巅峰,而朝廷则被逼上了颠沛流离的"海上行朝"。我们便在陆公祠的庭园里栽了杜鹃,种了草珊瑚,并向观众介绍其由来,体味"行朝"的风韵与艰难,同时亦增加情趣。

展陈——围绕"家·人·国"的脉络

陆公祠虽延存近500年,但所存历史文物甚少,原布展也很陈旧,此次修复重建,实际上其核心是布展展陈。如何把展陈做好?我们花了颇多的心思,作了大量的史料研究和分析,并走访了多名专家和大师,在此基础上,我们确立了准确的布展导向,充满了虔诚的工作情怀。

第一,"家"对陆秀夫的耳濡目染,使其成为忠臣义士。

陆秀夫生于南宋理宗嘉熙二年(1236),据史记载,其在建湖长建里待了3年,3岁后因家乡受灾难以生存,便随父母去镇江投亲。然后12岁回乡应试,直至15岁,前后在家乡又待了4年。从政后一直奔波在外,直至1279年壮烈殉国,此间从未再回过家乡。

家乡给了陆秀夫深重的"底色"。3岁的小孩离家投亲,只因家乡战争频仍,又逢大灾,无以生存。史载陆秀夫离家的那年6月,出现了蝗灾,史称"遮天蔽日"。又出现罕见大旱,颗粒无收,饿殍遍野,"饥者夺食于路,市中杀人以卖"。13岁至15岁回家乡参加县试、州试。这个年龄段是"世界观"基本成形的阶段,况且是回乡参加"高考"的,肯定是记忆尤深。对于善思的陆秀夫来说,此间对家乡的所见所闻应该是深刻的。是时的家乡,刚好是宋元交战之战场,俗称"拉锯地区"。在盐城,就曾流传岳飞"三垛败金兵"的传说,金兵进攻南京,在盐城丁垛、刘垛和湖垛与岳家军遭遇,被打得丢盔弃甲,最终大败而逃。

南宋左丞相——陆秀夫（铜像）（如禾摄于2019年2月）

战争给家乡留下了深深的痕迹。

一者战争给家乡人民带来了深重灾难，普通百姓更是雪上加霜，颠沛流离的又何止陆家？

二者民众是同仇敌忾。经过战争的洗礼和民间说书等多种传播形式，"忠诚爱国"已植入民众的血液，少年陆秀夫便浸染在家乡浓浓的爱国氛围之中。

我曾在宋史中看到这样一则故事。当元攻下建康（南京）时，忽必烈的都督伯颜应宋之邀派使团到临安（杭州）议和，派出的团队走的是今日的宁杭一线，半途当中，这五六个身着异装的蒙古人便被民众乱棍打死了。闻讯的伯颜恼羞成怒，弱宋又检讨卖好，请求再派使团。于是伯颜又派使团走常州、苏州一线去临安。使团还未到苏州，又被民众灭了。伯颜大怒："南蛮之人，不可理喻。"由此可见，民众对侵略者的仇恨是深入骨髓的，抗元的热情十分高涨。

三者便是岳飞、韩世忠、梁江玉等抗元民族英雄妇孺皆知，当年盐城的永宁古寺,专门设有"三义堂",纪念三位抗元名将。曾有人说,宋代是中国历史上"忠臣"和"汉奸"迭出的时代,亦不无道理。

战争给了十多岁的陆秀夫极大的震撼,无论是行走在范公堤上,还是驱舟于串场河中,"祠堂"之内的熏染,"私塾"之外的现实,在年轻的陆秀夫心里都留下了刻骨铭心的烙印。

陆秀夫虽居住镇江时间稍长,但多是读书、学习,且是"寄人篱下"。家乡盐城的"苦难"和"战争",给年少的陆秀夫世界观的形成与定位,具有无可替代的影响力。

"家",久居也好,远行也罢,它注定是你心底处最深的记忆,永远是你魂牵梦绕的地方。这既是人之常情,亦是血的传承。

陆秀夫笔迹

还有,陆家为书香门第,家风淳朴,相传陆秀夫的父亲、母亲给儿子讲得最多的是范仲淹、陆游的故事。姓,是血脉的联系;家风,是文化的延续。在这样的家乡和家庭中,"忠贞爱国"是植入骨髓的。这就是"家"给陆秀夫最丰富的"营养"。

第二,还原陆秀夫的魅力。

在一份材料中,我看到这样一句话:"陆秀夫,男人的镜子。"这句质朴而又有力度的话,正是陆秀夫作为男人的魅力的真实写照。

陆秀夫聪慧过人,上私塾时,老师便夸赞:"此非常儿也。"其实更值得称赞的是陆秀夫的苦读精神。在建湖长建里,他借助酬神殿的"长明灯",常常是夜读不辍。回乡赴考那段时间,适逢正月十五闹花灯,长建里又是远近闻名的"灯镇",元宵节镇上人潮如涌,热闹非凡,可陆秀夫还是待在精舍里如饥似渴地读书,人们都叹服他惊人的自控力。

淳祐十二年(1252),他于县治所在地盐城参加了县试,得了第一名;

同年又在淮安参加了州试,他依然名列榜首,"得贡,并补太学牒"。即他被选拔为贡生,可以进入京城临安的太学学习了。太学,是宋代公费培养高端人才的高等学府。陆秀夫在太学三年,不仅攻文,而且习武。宝祐四年(1256)陆秀夫参加会试,与文天祥同榜中元,得中二甲第二十七名。三榜连捷,实属难得,这是对他刻苦学习最好的检验。

刻苦好学无疑是人的美德,而真正反映一个人"大气"的,当数在遇到挫折时的态度和受到委屈时的表现。陆秀夫的魅力还在于三度委屈压身,不改初衷。在陆秀夫十几年的从政生涯中,就曾有过三次蒙冤被贬的经历。

第一次是在其任李庭芝的主管机宜文字(相当于参谋长)时,因奸相贾似道诿罪于李庭芝,李庭芝被削职为民,陆秀夫受牵连也去职回乡,谪居京口(镇江),在冷眼嘲讽中苦度岁月。但他不消极,不气馁,时刻关注前线的动态信息,反复揣摩研究,随时准备再度为国鞠躬尽瘁。

第二次,是因说不清道不明的原因,陆秀夫被从前线扬州调动至朝廷文思院工作。文思院是掌管皇宫金银、玉器等华贵物件的部门,在常人看来是个"肥差",可对心在前线、情系百姓的陆秀夫而言,并非如此,他在这个岗位上供职十个月时间,多次上书,慷慨陈词,请求到前方抗元,但都被拒绝。可叹朝廷奸人当道,陆秀夫空有一腔报国之志,无法施展。当攻入建康(南京)的元军大都督、右丞相伯颜听说陆秀夫等忠臣义士的其人其事时,不由感慨:"宋朝有这样的忠臣,却不知重用,如果重用的话,我还会在此吗?"

第三次是在"行朝"期间,宰相陈宜中嫉贤妒能,假拟了一道诏书,免去陆秀夫一切职务。被贬之后,他只能就近到潮州闲居。

面对委屈,甚至诬陷,陆秀夫不怨天尤人,不改初衷。在其被贬至潮州时,仍忧国忧民,在朋友的资助下,创办了学士馆,为国家培养抗元精英。此乃"位卑未敢忘忧国"的忠义之士。

陆秀夫总是在朝廷危难时便不顾一切地挺身而出,或是在朝廷紧急时不计前嫌而奉诏入阁。其能屈能伸,一心向国。最终负帝蹈海,以身报国。这样的"男人",文能治国,武能安邦。其心为国,宠辱不惊,着实是人们品行的"镜子"。

第三,陆秀夫是惊天地、泣鬼神的民族英雄。

有人说,良禽择木而栖。宋代是中国古代史上较为特别的朝代,开启了文官治国的先河。宋朝时第一次以立法形式规定不杀士大夫的宽容政策,规定以流放代替死罪,规定女子拥有了对父母遗产的继承权。自宋开始,中国终于放弃了对商业的鄙视,商业贸易出现了蓬勃发展,商船开始走出南海,探寻中东阿拉伯的未知世界。宋朝成为当时世界上无与伦比的强国,GDP占全球的60%以上。中国历史上的重要科技发明一半以上也都出自宋朝。这样有"作为"的朝廷,没有一批忠臣能吏是不可能做到的。然而宋代也可能是中国历史上腐败等级最高的一个朝廷。维护这样一个朝廷,为这样一个朝廷送命,是不是愚忠?探究这个话题,得回到那特定的历史情境中。

宋朝历经北、南两段,但有个共同的特点,就是与辽、金、元反复战争、不断求和的历史。宋,虽然沿袭了封建王朝的基本制度,但它崇尚文化、避战求和以及重商兴城的特点,还是非常鲜明的。金、元虽同属中华民族的大家庭,然而这些"马背上的民族",其文化积淀和素养与汉民族是不可比拟的。在当时,金、元侵宋就是外敌入侵。作为宋朝之子民,是万万不可接受的,加之是野蛮对文明的蹂躏,所以中国台湾和日本一些学者曾说:"宋朝之后无中国",就是说这场入侵造成了中华文脉、血脉的粗暴中断。因此,抗元、抗金斗争,在当时不是"择木"的问题,而是是否"背叛"国家的真选择。

对于崖山事件,诗人流沙河有一联:宋灭无降帝,陆沉有秀夫。

与陆秀夫同榜中进士,并同朝为官后又同撑海上"行朝"的文天祥在被捕后,被强押至香港外海零丁洋观崖山之战时,写下了"人生自古谁无死,留取丹心照汗青"的千古名句。陆秀夫和他一样名垂青史,是中华民族的真英雄。

崖山之战,是中国古代历史上少见的大规模海战,场面异常惨烈,宋元双方共投入30多万军队,1 600艘战舰,1 000多只民船,激战23天。

陆秀夫负帝蹈海后，十几万皇室成员、朝廷官员和军民跳海殉国。《宋史》载，此后数日，"海上浮尸十余万"。陆秀夫等十万军民用鲜血和生命来捍卫华夏文明，何其壮哉！这场战争标志着南宋的灭亡，也表明中华民族第一次整体亡于游牧民族之手，标志着古典意义上华夏文明的衰败和陨落。

陆秀夫殉国后，第一个为陆秀夫建碑的是他的敌人，元初至元十七年（1280）枢密院副使兼潮州路总管丁聚，在潮州修建了一座陆秀夫衣冠墓，这就是"人格"的魅力吧！

我曾专程去崖山参拜，当年浩瀚的海口如今已成为一个静静的内湖港湾，当年血流成河的战场如今已是一片风景秀丽的近海群山。风景秀丽的代价是沉重的，十万军民的悲壮故事将永远镌刻在崖山的海石上。

广东湛江市东部外海有个硇洲岛。相传当年流亡至此的南宋皇帝赵昺在这里愤慨山河沦陷，将岸边巨石怒击水中，是"以石击匈（元）"，"硇"字由此而生。时至今日，硇洲岛仍流传"不拜皇帝拜忠臣"的风俗，宋世三杰祠庙分布众多，香火不断。老百姓在用古老而虔诚的方式纪念民族英雄。

厘清了三个大主题，我们便确定以"家·人·国"的脉络展示陆秀夫的事迹。

家·人·国，一个有序的思维策划逻辑，更是一个循序渐进、逐步深入的导入路径。

家：主要布展在序厅和景忠堂，通过陆秀夫的家世、家风、家乡、家庭来展示陆秀夫爱国的渊源。此厅配置了大型浮雕"陆秀夫在盐城"，形象地表现了"家"对陆秀夫的影响和熏陶。

人：试图还原一个聪慧好学、正直上进的人，主要布展在厢房和正祠堂。用实景蜡像展示了陆秀夫神殿夜读，还复制了当年殿试的"皇榜"。其外还用文图介绍了陆秀夫的乐于助人、孝敬父母等美德。

国：此主题是布展的主要部分，由"忠烈堂"和"仰止堂"以及庭园石塑、碑林等组成。用现代展陈手段，再现了陆秀夫勤政、廉政和崖山殉国的壮举。"宋代三杰"的雕像，使人们对民族的脊梁肃然起敬；声光电展示的崖山海战,又将人们带进了那场震古烁今的海战战场。而"义斥伯颜"的蜡像,定会让人扼腕而叹:弱国无外交。

"家·人·国"构成一个整体,层层铺垫,突出主题。整体展示真实、可亲、可敬的陆秀夫,丰满了盐城人心目中的偶像。陆秀夫,是中华民族历史结点上的"符号",是厚德盐城的渊源和记忆,同样,也是盐城这座城市的"DNA"。坐落于闹市中的"陆公祠",现已成为盐城的心脏。

盐城的"相"缘

陆秀夫是南宋最后一位左丞相,也是目前记载的盐城人唯一为相的。他用忠心和生命,为柔弱的大宋画上了一个大大的惊叹号,是盐城人永远的骄傲。

其实,在陆相之前的北宋,还有三位宰相是从盐城走出去的,他们是吕夷简、晏殊和范仲淹,被称为"西溪三相"。这三相都曾在盐城西溪任盐官。西溪乃今盐城市东台境内,南唐时属海陵监,后属泰州。

那么,盐城西溪连出三位宰相的缘由究竟是什么?

吕夷简从盐城一调到西溪,便广泛调研,遍访盐民疾苦,为了精细管理,他组织盐民砌成了三百丈的土坯围墙,修建了三十六眼仓廒,还制定了一套食盐产销政策,使盐民的收入大大提高,还增加了政府的盐税。比吕夷简小 28 岁的北宋参知政事(宰相)张方平对吕在西溪的评价是:"榷定盐策,度署西溪,大储放利。"由此可见,年仅 24 岁的吕夷简心系盐民,踏实会干。

晏殊,史载"五岁能诗",是出了名的神童。他 20 岁时便到西溪任盐监,在西溪留下了"无可奈何花落去,似曾相识燕归来"的千古名诗。他除了做好盐监本职工作外,还创办了书院,讲习教育。有人说,宋代书院是从晏殊开始的。西溪人为了纪念晏殊,便将西溪书院更名为晏溪书院。20 岁出头的年轻人,在旷野的盐场上,还想到为盐民讲经说法,大才也。

知名度极高的范仲淹在西溪任盐监时,目睹盐民受海患之苦,他向朝廷上书,力荐整修捍海堤,有人参他僭越,他全然不顾,接连再奏,终于得到朝廷应允修建捍海堤,为便于范仲淹修堤,朝廷将其改任兴化县县令。盐民为感恩范仲淹修堤,便将一百六十华里长的捍海堤称为"范公堤"。

20多岁,还是青春懵懂的年龄,便踏实会干,理盐政、恤民生;便授经育人,建书院、拓坊道;便心系百姓,修捍海堤、浚晏溪河。他们和陆秀夫一样,都有着心系百姓、忠于国家的大格局。

拜相可能有偶然性,但难道还没窥见其中必然性吗?简单而深邃,这便是盐城的宰相机缘,便是盐城的"相"缘。

新瓢城——诠释城市基因

瓢城是盐城的乳名。古时的盐城城池西狭东阔,状如葫芦。再者,城立于海边,无数的洪灾海难不断提醒人们对安全的关注,故取"瓢浮于水,不被淹没"之意,祈祷永远平安。

盐城地处淮河入海口,为淮水走廊,是宣泄淮水的前海湾。东汉时,因盐设县,称盐渎,并无县治。东晋时才定县治于盐城,城周筑有土城,此为盐城城池之始。宋时,在方城基础上建筑土城。然而,盐城地处里下河平原之末端,是"洪水走廊",洪灾不断,土城则多受洪水冲蚀。南宋建炎年间,黄河夺淮,黄、淮合并肆虐,泛滥的洪水多次对盐城城池冲击围困,土城亦数次损毁。宋末对土城多次修固,在修固的过程中,将城池向西凸起,迎向自西而东的蟒蛇河洪水,使上游的泥沙沉积下来,形成水箭,分流洪水,减缓水害,这样洪水便分别流入古洋河和南端的串场河,从而避免洪水对城池的直接冲损与侵袭。这样,盐城独特的"瓢城"模样便形成了。

明永乐十六年(1418),为防倭寇侵扰,更为抵御洪水侵袭,改筑砖城,并在西门、东门、北门兴建瓮城,从而最终定格了瓢城的城池形状。借"瓢"之名,寄托"永不沉没"之愿望,瓢城之名由此而来。

城市防洪第一闸——串场河闸（梁喜辉摄于 2014 年 10 月）

唐宋时盐城即为沿海，海岸线约在如今 204 国道一线。盐城灾害频率最高的当数洪水灾害，次之则是海潮侵蚀。洪水也好、海潮也罢，都是水患留给盐城人的伤痛记忆。灾害使盐城人"谈水色变"，而征服洪水侵害和海水倒灌则是盐城人心中长久的祈盼。

在盐城的历史记忆中，凡治水者，老百姓都给予了高度评价。一条串场河，串起了千年的记忆和流淌的丰碑。唐时李承率民筑捍海堰，史称"李堤"，解除海患后人民安居粮丰，百姓则称之为"常丰堰"；宋时范仲淹修堤挡潮，人们将堆堤称为"范公堤"；民主政府阜宁县长宋乃德带人筑堤，将范堤向北延伸，修堤挡潮御卤，老百姓爱称"宋公堤"。李堤、范公堤、宋公堤，跨过时空，传递着老百姓一个不变的期望，就是让水患不在；更演绎着一条极其朴素而又亘古不变的道理，为民者民爱之。

"永不沉没"是盐城的祈祷，更是祈求平安的祝愿。瓢城在盐城赋予了特定的内涵。记忆是城市的特质、文化，是城市的名片。新瓢城——一个承载记忆和文化的新地标由此产生。

新瓢城——盐城市文化艺术中心靓影(张一轩摄于2012年1月)

瓢城,用现代诠释历史的地标

盐城市文化艺术中心,位于市行政中心南端的核心景观地带、聚龙湖的南岸,呈半岛型格局。项目占地约70亩,投资共3.8亿元,主体建筑39 314平方米,包含一座1 200座的国内一流的大剧场、400座的多功能演示厅、600多座的影城,还有群众文化活动中心、艺术创作中心、工艺品展示以及娱乐活动的市民广场等,是一座颇具规模的文化休闲综合体。

2009年,我们接手承建盐城市文化艺术中心项目。当时,最难的也是最重要的是如何给建筑外观定位。文化艺术中心首先应该是盐城文化和艺术的集大成者,还应该是表达盐城历史特质和展示美好未来的标志性建筑。它无疑应该是一个现代建筑,但应该是一个有历史内涵的现代建筑,必须是公众认同的地标建筑。

根据以上的概念性定位,委托了多家国际级设计单位进行外观方案设计。后来组织了方案比选,市长和专家的评选意见空前一致,都选中了新瓢城方案。新瓢城方案是CCDI悉地国际的作品，是一个现代与历史融合、雅俗共赏的创意方案。

这就是目前呈现在聚龙湖畔的文化艺术中心。

新瓢城——盐城市文化艺术中心全貌（如禾摄于2019年8月）

第一，属于盐城的新瓢城。

远眺文化艺术中心，第一感觉是眼前一亮，惊叹其独特的外部造型。

建筑体由连续曲面包裹，形似水瓢，曲面展现出砖墙常见的错缝肌理，让人联想到城墙——一个动感轻盈的"瓢城"形象出现了。这与盐城"瓢城"的别名相衔接，将盐城人的记忆在这里定格、延伸。它既呼应了盐城的历史，又以新颖独特的外观风格连接现代，外曲内方，外简内繁，充满着艺术张力。

曲面为主的外部形象造就了建筑的气质——柔美、灵动。与盐城这座城市的气质相符。曲面在临湖和临广场侧有优雅大气的开口，为抽象化的城门。

这个属于盐城的新瓢城，通体为现代建筑，表达的手法也是时尚的，但它却有着丰富和深刻的历史内涵。不需要解说和注释，盐城人都读得懂它，它就属于盐城。

在这个建筑的塑造过程中，有三个方面是我印象最深的。

一是外墙的幕墙玻璃。外墙是用成千上万块定型玻璃拼接而成的，为了表现动感和柔性，每块玻璃的角度都是有变化的。这种非标的玻璃幕墙，施工难度是极大的。每块玻璃是个单体，但在整体中都有它特殊的位置和角度。就是说，施工单位的成熟度是极其重要的。一旦"出手"不到位，要整修和调整是极其困难的，正是俗话所说的"一字动百字摇"。

尽管中标单位的成熟度不错，但在建筑体东南角还是出现"弯度太硬，连接不匀"的问题。为这个问题，市长要求修改了三次，我还被市长当众"剋"了一顿。其实这种修整的难度是极大的。不说在建筑外要重新搭建20多米的临空脚手架，就说一块玻璃不规范，至少要动一百块玻璃调整，是非常不易的。所以中国工匠的内涵是博大精深的，不仅仅体现在其技艺的表达和深度上，有时往往还是"火候"拿捏的准确和"出手"力度的精当。

建筑的成熟往往是由经验和创意加持的。

二是两个南北抽象的大城门。外观上看，它是一个大弧形形成的拱门，其实，它是由东、西两部建筑悬挑并在空中搭接的。就是说，它不是一个实体建筑拱起来的，而是两个建筑在空中悬接的。我当时问建筑师，为何不做实体拱门呢，这样造价会少许多？建筑师告诉我，因为东、西两个建筑体体量不一，将来的不同沉降可能给拱和建筑带来安全隐患。再者，这样一个硕大的达50米的大拱，也缺乏灵性。而巧妙利用千百年来形成的立柱支撑之理，既美观又富有特点，何乐而不为？

三便是外观建筑的亮化方案。现代电子媒介，如LED给了我们无尽的展示手段和表达方式。夺目的光带，灵动的乐感，明暗层次，五彩缤纷，把"新瓢城"表达得淋漓尽致。

第二，矗立城市的雕塑。

站在市行政中心的大楼上向南远眺，聚龙湖碧波荡漾，文化艺术中心不仅是一座建筑，它分明就是一座城市地标的雕塑艺术品。

如果说空间设计体现了建筑师对环境独特性的思考，而这种思考更被延续到形象设计上。关键是为建筑形象定性,它应具备什么气质?从阅读城市开始,从感知历史入手。百河之城,淮剧之乡,杂技、小戏等,处处给人一种独有的灵秀之感。文化艺术中心紧邻湖面,更进一步渲染了这种感知,她确实是一座柔美、灵动的雕塑。

曲形平面向上纵向倾斜,结果会产生三维曲面。设计师与我们商讨,想要的是三维曲面的视觉效果,不需要三维曲面的实施难度。于是三维曲面被分解成一道上下错位的二维曲面,它们顺着三维化的变化趋势外挑或内收,实际效果表明,这种构造不仅实现了用二维曲面表现三维曲面,而且其层层变化的水平肌理,使曲面富于细微变化,更耐人寻味。建筑外表的三维曲面和错缝肌理的外部层面上呼应了水的主题,放大了建筑整体界面,形成了一种变化万千、通体灵动的效果。

在外围景观设计时,有人建议突出绿色之美,与湖景呼应,应多栽大树。经过反复斟酌,我还是坚持突出主体建筑的"雕塑"效果,在临水半岛部,一是栽植一些矮秆的花草和绿色植被,不用大树遮挡;二是突出底部的通透性,利用人们的视觉差异产生一种飘逸于水中的效果,更加烘托出"雕塑"的柔美线条和弧线魅力。

以壮观的聚龙湖为背景,美丽的新瓢城悬于水上,展现了美轮美奂的艺术境界,是现实与历史的深情对话,同时也是现代与古典的温馨拥抱。是回荡在诗画盐城上空一曲凝固的天籁,是矗立在黄海之滨一座硕大的雕塑。

第三,独特的内水街。

如果说瓢城外观展示的是宏大与现代,那么瓢城内里则展现的是另外一番小桥流水。

瓢城本身就是一则水的故事,水的魅力一定会更加增添瓢城的妩媚。水注定要成为新瓢城建筑叙事的主题。在开放的湖边建一座硕大的公共文化建筑,公众显然不能接受一个实心体建筑阻断广场与水岸。于是,我们要求建筑师作了最重要的空间处理——用一条南北向贯穿于建筑的公共通道,在中间把建筑体一分为二,南北用两个意向的"城门"贯通。体量中空了,场地也就活了。为此,设计师设计了"内水街"。

通向内水街,一条坡道把这条开放场所引向二楼,两层开放的街使建筑拒绝成为封闭的堡垒,并赋予从广场到水岸路径的强烈指向性。"水街"灵动地维系着各个功能主题,创造出许多半开放、互相交织的空间体验,戏剧化地柔和了内部的尺度。

在实施水街时,我总感到有点"别扭",因为内水街与外湖是两个不同的水体,能否将内水街与外湖打通,以连成一体呢?我们反复研讨,最终确立采用连通方案,就是将内水街与外湖直接打通,水庭景致也渐渐延伸至外湖。外湖游艇可直接行至内水街游览,听西边剧院的旋律,看东边工艺品的造型,船在景中,人在画中,美不胜收。

内水街精致小巧,错落有效,一旦走出北主体水门,豁然开朗,其心境感觉当迥然有别。内外一体景各异,"远近高低各不同"。

航拍"新瓢城"(周辰阳摄于 2020 年 5 月)

瓢城,用艺术表达文化的力作

一踏进大剧院的前大厅,映入眼帘的便是大型组浮雕,这是盐城文化的"脚印",题目是"沧海桑田"。它的诞生,本身就有一段故事。

文化艺术中心当有主题表达,而高浮雕则是表达文化主题的不二之选。然而,什么是盐城的文化主题呢? 这可是一个大大的难题。代际积淀是文化,生活的远方也是文化。

盐城文化这个主题,是个大题目。我们至少可以从以下四点观察其难:第一,从时间跨度来看,是6 000年春夏秋冬的文化积淀。西园遗址告诉人们,早在6 000年前盐城便有人类的活动,斗转星移,朝代更迭,人们与大海、陆地、灾害、战争……相伴相生中形成了独特的地域文化。第二,从空间形态观察,是沧海桑田的组合篇章。从大海到陆地、从古老到年轻,再从苦难到欢乐,盐城就是一部跌宕起伏的悲喜剧,文化的厚度非比寻常。第三,从区位特点研究,盐城是南北交融后沉淀的文化。南北文化的碰撞、过渡和交融,形成了南北兼收并蓄,又富含自身地域特色的文化。这种文化,有几分南北杂糅,但它又舍弃了北方的生硬,丢掉了南方的软圆。在南北相融、海陆交汇、古今传承的基础上,形成了代际更迭的文化高地。第四,从历史事件解析,凝练了盐城文化的内涵和特质。"七国之乱"使西汉朝廷意外发现"盐"的战略地位而"军管"盐场,从此并开启了盐与盐城的千年佳话:"曹操西驱盐民""洪武赶散"使盐城在海的基础上又融入了移民文化的因子,在悲怆的底色上平添了坚毅的内涵;"重建军部"不仅使盐城成为华中的中心、中国的节点,也启迪了民众、重塑了淮剧,使"无盐不办报"名扬大江南北。

"无盐不办报,无宜不办校",是抗日战争前后流传在苏南苏北的一段史话。"无宜不办校"说的是江苏宜兴,宜兴是苏浙皖三省交界的一个县,这块藏于深山、隐于苇荡的弹丸一隅,抗日战争时期便成为一处难得的避风港,加之此地素有重学尊校之风,在那战火纷飞的年代,宜兴的学校以惊人的速度增加,反而多了几百所。有逃难到此的校长、老师自主创办的,有被战火轰散后整校迁来的,还有新四军在敌后根据地兴办的。一时间,"无宜不办校"的名声便蜚声大江南北。

而"无盐不办报"则就是盐城在那个年代的真实写照。盐城也是个有着尊师重教传统的好地方,书香久远,文人辈出,是中国新闻史研究的开拓者、最早的新闻教育家戈公振的家乡。20世纪40年代,盐城站到了历史的风口浪尖上,"皖南事变"后,中共中央决定在盐城重建新四军军部,刘少奇、陈毅、黄克诚、张爱萍等老一辈革命家,带领中华儿女在盐城大地上建立了彪炳千古的抗日篇章。加之此后从中国香港、上海设法转移到盐阜根据地的一大批我国顶级的文化名人的加入,盐城则成为我国当时著名的新闻高地。

马克思说过,报刊是社会舆论的流通"纸币"。

1940年12月,中共中央中原局在盐城创办了机关报《江淮日报》,刘少奇兼任社长。1941年5月,中央决定东南局和中原局合并,成立中共中央华中局。华中局与新四军创办了机关报《新华报》,陈毅兼任社长,其间,还创办了《前线报》《无线电讯报》《盐阜报》《先锋》《真理》《敌国汇报》《军事建设》等报刊。中国香港、上海的一大批文化名人到达盐阜区后,在阜宁停翅港开办了文化村,新办了《新知识》等杂志,还组建了湖海艺文社,陈毅军长专门撰写了《湖海社开征引》,国民党也在盐阜地区发行《战报》。

据记载,抗战期间,盐阜区及周边有报纸六七十种,期刊30多种,画报近20种。中共中央华中局和新四军的这些报刊有三个特点:一是面向全国的。《新华报》是中国共产党宣传抗日统一战线主张的三大报纸之一。二是类别丰富。有指导战争的,有生活文艺的,有理论研究的,还有科技的如《无线电讯报》。在那个年代,电讯传输还是稀罕事。三是群众办报,主要体现在报纸是给军民大众看的,撰稿的主体是普通民众和战士们。当时的《前线报》仅一个主编、两个编辑,主要依靠大众投稿。因此,盐阜区活跃着一大批写稿"高手"和通讯员。"无盐不办报"则不胫而走,广泛流传。

报刊记载了那段烽火连天的岁月,也留下了沧海桑田的印记,把这样的"沧海桑田"写出来,再做成浮雕,并非易事。更使人着急的是时间太紧,前后只有不到三个月,而策划和制作浮雕最少要两个月。就是说留给文字创作的时间不到一个月。我们试着找了几拨人马,都因时间要求太紧而被回绝了。别无他法,只能自己来。集团成立了三个调研组,紧锣密鼓地展开了工作。为了这组浮雕,我翻看史书,请教专家,反复吟思,前后推敲,才形成了沧海桑田的主题线索构想。

沧海桑田,是盐城的真实写照,更是盐城文化的主脉。

6000年前,盐城的海岸线便在今天的云天关、西园、龙岗一线,就是说,盐城目前的陆地面积有一大半是从海洋演变而成的。大海的浪花和田野上的印记,便是这座城市的主旋律,更是文化符号的代际传承。

奔腾不息的江河湖泊之水东流入海,华夏中部濒海之所便形成了大片泻湖的低洼滩涂地,公元前196年,汉高祖刘邦分封其侄子刘濞为诸侯王,称吴王,统辖东南三郡五十三城,定国都于广陵(今江苏省泰州市境内)。刘濞在其封地里发现了这块"鸟不拉屎"的地方,就组织了一大群亡命之囚徒来此煮海造盐,积攒力量后,便拥兵联络楚、赵等国叛乱,后被平定,史称"七国之乱"。叛乱平定后,让世人大吃一惊。刘濞在这弹丸之地,仅靠煮盐就积攒起泼天财富,最终有实力与西汉王朝分庭抗礼。"盐"的战略意义凸显,随后便"军管"了这个神秘的盐业基地。

这是盐和盐城第一次跳进世人的视野。盐便是这座城市的胎记,更是这座城市永远抹不掉的"味道"。盐城是大海的女儿,然而,大海留给盐城更多的是苦涩的记忆。晒盐捕鱼是主业,捕鱼的"近海小取"只能使渔民勉强糊口,烧灶晒盐的盐工更是日晒夜露,苦难度日。更为悲叹的是海边堤破,台风海潮是家常便饭,海盗倭寇则不时抢掠。尤其是"洪武赶散"后的人口剧增,使本来就资源不丰的境况更是雪上加霜。人民在无尽的危险中期盼安宁,在颠沛流离的生活中向往安居乐业。后来随着陆地面积逐渐增多,百姓垦荒种植,开河爽碱,农耕则逐渐兴旺起来,到张謇的"围海复垦"形成高潮,种植养殖则成为主业,盐城则成为远近闻名的鱼米之乡。

水土是这座城市的生命之本。

一个特殊的机缘,使盐城成为举世瞩目的焦点。"皖南事变"后,中共中央针锋相对,决定在盐城重建新四军军部。毛泽东主席亲自手书了中共中央军事委员会在盐城重建军部的命令,刘少奇(当时化名胡服)任政委,陈毅任代军长。刘少奇、陈毅带领民众抗击日军,建民主政权,办抗大、兴鲁艺、修海堤、剿土匪、开银行、办报纸,使盐城成为华中抗日的中心。"重建军部"使盐城发生了质的飞跃,影响深远,也使盐城的文化得以蝶变和迭代传承。

"重建军部"是这座城市的历史勋章。

历史是有机缘的。中国古代有四大名著,是世界宝贵的文化遗产,是中国文学史上的四座伟大丰碑。这四大名著中就有三部与盐城有"交集",此是文学与盐城的机缘。诞生于元末明初的《三国演义》和《水浒传》,其实都是在盐城大地上生根发芽而成长的。据说,《水浒传》作者施耐庵是盐城白驹人,而《三国演义》作者罗贯中则是施耐庵的徒弟和好友。《水浒传》之于盐城,至少有三个渊源。一是大丰白驹(元末属兴化县)西郊的花家垛,是施耐庵写作《水浒传》的地方,此处四面环水,芦苇茂密,沙鸟底翔,渔舟缓唱,有着浓郁的"水浒"气息,你会发现,这不就是梁山水泊的蓼儿洼吗!二是白驹是农民起义军领袖张士诚首义之地,他起义后攻城略地,次年便在高邮称王,后定都平江(今江苏苏州)。占据的地盘南到绍兴,北越徐州,西至河南、安徽一带,东边直到大海,纵横两千余里,带甲将士数十万人。与朱元璋、陈友谅并称为元末三大抗元将领。其间施耐庵和罗贯中都曾经是张士诚的谋士。若没有在如此规模的军中当差,怎能写出草莽英雄栩栩如生的喜怒哀乐?三是元末明初的盐城沿海,都是盐场,地广人稀,管理痕迹单薄,其"生态"和文化很适宜当时曾在"敌"营当差、"非主流"文人的生存的。施耐庵在《水浒传》的手稿基本完成后便去世了。罗贯中《三国演义》的手稿一写好,便着手整理其师傅的《水浒传》,不断往返于白驹、淮安,编整、校对、刊印、装订,终于使两部传世巨著流传于世。

《西游记》的作者吴承恩是盐城近邻淮安人,据传,当年写《西游记》曾乘舟顺盐城北端灌河口而下,渡黄海至花果山一路实地考察。灌河边上的陈家港古时称"二圣港",其名因二郎神而得,二圣港海边建有"二圣庙"。在《西游记》里,我们既可读到"二郎神大战灌江口",也可看到"二圣庙"的描述。一方山水孕育了神话西游记。

崇文尚武是盐城这座城市的秉性。

岁月的凝练,生活的积累,形成了盐城独特的"个性"。"个性"之一是居危思"险"。盐城全市地面海拔高度不超过五米,地势低洼便成了洪水走廊,海潮和海浪常常越过海堤而肆虐家园。一部城市的历史,就是与洪水、海潮不断斗争的历史。因此,与险相伴的经历,使盐城人具有不惧危险的勇气和天生的风险意识。之二是拥盐驭"度"。盐是百味之王,人无盐则无法生存,而过量亦亡,生死之间即有度。盐城人以生死之题而形成了"度"的意识。凡事皆握分寸,不走极端,不强人所难。之三是南北兼"容"。盐城人有着海一样的包容和南软北硬的兼蓄,有着极强的学习能力,从不"排外"。这便是"沧海桑田"的文化内涵。

组浮雕共分三个章节。

第一章海韵。大海是盐城的摇篮,这是原生态的海韵文化。画面上有大海、滩涂,有仙鹤鸣唱,麋鹿争雄,还有盐工号子,弶港渔歌,既述说了范公筑堤的记忆,还低吟了西溪三相的旋律;既有日本遣唐使登陆盐城的画面,还有董永、七仙女美丽的传说,当然还该有农民韦彻的自立为王和从苦难的盐徒到吴王张士诚的"大风歌"。

第二章红雨。一个时代一段歌。新四军之于盐城,是文化新生的开端。红色的暴雨沐浴着一代代盐阜娇子。盐城的历史,从不缺故事。画面有中国早期启蒙思想的先驱者王艮,有"五卅"领袖顾正红,有中国新闻报人戈公振,还有书写《中国人民志愿军战歌》的周巍峙。他们是盐城文化的代表和骄傲。接下来便是鲁艺传奇,"文化村"新举,湖海艺文社创立、新安旅行团事迹等。吴运铎以在盐城经历写成《把一切献给党》,被称为"中国保尔",要饭女雪飞传唱《拔根芦柴花》,成为中国著名民歌演唱家。

第三章是田风。一方水土养一方人,一方人又创塑一方文化。盐城是中国非物质文化遗产淮剧的发源地之一,是中国"三个半杂技之乡"之一,同时也是中国文化的特殊表达地。明清四大名著有三部在盐城孕育

"沧海桑田"高浮雕稿

或成稿。施耐庵在白驹编写《水浒传》,罗贯中在盐城构思《三国演义》,吴承恩为写《西游记》在灌河口采风,孔尚任在盐城修改《桃花扇》,李汝珍在草堰场写《镜花缘》。盐城有负帝蹈海的宰相陆秀夫,有痛骂曹操檄文而闻名天下的陈琳;有中国连环画鼻祖"赵猴"之称的赵宏本,有中国草书协会会长胡公石。盐城民间有木杆画、发锈、糖人、年画;还有舞龙和踩高跷。文化高地,渐次呈现。盐城用文化和艺术诠释了一个"有滋有味的地方"。

诗意"盐田"造型。

清人段玉裁在《说文解字注》中说:"天生曰卤,人生为盐。"水是生命之源,盐是国之大器。把水和盐组合起来的哲理,则诠释了上天对盐城的厚爱。盐是贯穿盐城千年的载体,盐田则是铺张在中国东部沿海的古朴版画。

在文化艺术中心的前广场,我们展示了一个诗意的盐田。

盐田是方块的单调,当然也是海盐的摇篮和母亲。有时候白色是一种美,单调也是一种简约的美。盐田广场利用大构图几何板块,把"广场"划分出不规则的几何图形,主体的几何板块让人体味简约之美。

盐田当是白色的主调,但水深水浅会让盐田呈现出深浅不一的色彩,波美浓度变化也使盐田形态各异的表达出渐次的明暗美丽。我们利用这一系列肌理,设计出盐田变化各异的色彩和明暗纷呈的美妙。

盐田设计是简单的,因为广场功能不容许它复杂。盐田设计也是不简单的,因为它要将盐田之美凝练出彩,再用艺术的手法简约呈现出来。

盐田展现了盐城独特的滩涂之美,也与文化盐城相映生辉。

艺术"长廊"。

文化艺术中心的一切都应该是艺术的,这是我们的初衷,亦是我们的追求。

前广场上,设计了一个新瓢城主雕,我们是委托中央美院构思设计的。抽象的瓢城外形,变成了提琴之音响,五线谱贯穿其中,再用不同的材质展现力度,让人产生对艺术的思考。

盐城市文化艺术中心广场主雕（如禾摄于 2019 年 8 月）

中国书法家协会名誉主席、著名书法家沈鹏为盐城文化艺术中心和新瓢城题字，遒劲的草书题字与灵动的美妙瓢城浑然一体。

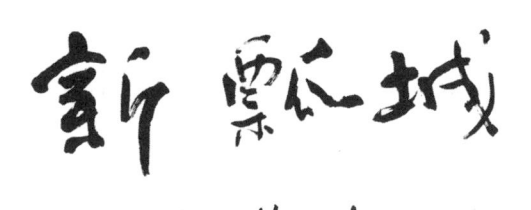

新瓢城

盐城市文化艺术中心

中国当代著名书法家、中国书法家协会第五届主席、名誉主席沈鹏书法作品

我们设计了独特的标识和家具系统，大红的彩带成为灰黑建筑群中的点缀，同时是游客小憩的座椅。跌落的瀑布水帘成为动感的音符，在不同高度的水体上溅落，弹奏出美丽的乐章。拾级而上的台阶，有平摆的，还有螺旋的；有石材的，更有木质的，在色彩和材质上都表现不一样的

感觉。

一步一景，景景成趣。景观用特殊的"语言"，在向观众述说着……

盐城大地上的"界线"

如果说瓢城是盐城历史的证章，那么串场河则是大地上的绶带。

在历史底蕴丰厚的盐城大地上横亘着一条南北流向的串场河，那是盐城的"界线"。这条河自唐朝走来，从戍守沿海的堡垒变成了居于中线的东西之界。这条界线，分出了海陆、离清了"绿白"，还成了血泪之线和民心之界。一条线，卧横千年，划出了万千世界。

最早关于盐城的名称叫盐渎，史书上称盐渎是"海上之舟"。据史学家和爱好者考证，盐城原是濒临黄海边的一众泻湖，湖与海连成一片，盐城则是这海湖之中的绿洲。每遇大海涨潮时，这片绿洲便成了海中之岛，这就是"海上之舟"的景象。当时盐城沿海因为没有海堤，岛上生存的盐民和农民受台风和海潮的侵扰则是家常便饭，盐民的生产效率低，生存环境十分恶劣。唐大历年间，淮南西道黜陟使李承便主持在盐城沿海修建大堤。北起沟墩，南到大团，约140里长，公元780年竣工投用。大堤建成后，既"束内水不致伤盐"，亦"隔外潮不致伤稼"。农子盐课，皆受其利。据史载："屯田脊卤，多收十倍"。盐民们亲切称大堤为"常丰堰""李堤"。

大堤也改变了盐城沿海的地形地貌，堤外是滩涂盐场和黄海，堤内是万顷良田，"海上之舟"不再。这条一百多里长的大堤，则成了海陆之界。

李堤在承受了二百多年岁月的侵蚀和水洗海冲后，来到了北宋。到万历年间，海堤多已不存，难以挡卤御海。而此时，盐民和农民的数量已大幅增加，每遇台风侵扰，潮水一泻千里，人畜死伤无数，百姓流离失所，盐田荒芜，民不聊生。西溪盐监范仲淹目睹此景，痛不欲生，遂上奏朝廷并获批准，重修盐城海堤。

范仲淹既用力筑堤，还用心固堤。海堤线型的选择就颇费了他一番周折。一开始选定了直线型,可大海丝毫不留情面,有的堤段第一天刚筑好,第二天就被海浪冲得毫无踪迹。大家屡试屡败,一筹莫展。范仲淹从喂猪的猪食桶沿漂着一圈稻糠的生活现象得到启发,便用稻糠撒海,随浪着陆成线再确定线型。筑堤时,雨季大至,潮涌惊人,有兵夫惊吓散走,一时人心浮动,千古名篇《岳阳楼记》开篇中提到的滕子京在筑堤现场,他神色淡定,处变不惊,沉稳说服了大家,坚持筑堤。

经过三年的艰辛,海堤筑成。此次捍海堤标准高,封塞严。外堤多以砖石护坡,堤内则插柳植草。筑堤用土形成了复堆河,至1260年前后将复堆河贯通连成一线,串起了沿海13个盐场,成为运盐的重要水道,串场河贯通南北。海堤建成,使海水、淡水截然分开,堤西则是淡水地界,"桑麻遍地,稻谷飘香",一片绿色景象;堤东则是滩涂盐场,少有绿色,成片的白色盐场。串场河两边景色截然不同,成为"绿白之界"。

串场河的连通建成,极大地提高了海盐外运的能力,淮盐因质量的提升和产量的增加而一跃成为全国盐场之首,形成了"两淮盐税甲天下"之说。繁忙的串场河、鼎盛的盐市,其背后是盐民无尽的辛酸和万般的血泪。

在盐场,硕大的洁白如雪的盐堆旁,与之极不相称的是一排排低矮的茅草房,赤膊烧火的盐工犹如一尊尊雕塑,是他们,用汗水、用年华、用生命,支撑着官府的重税和盐监的层层盘剥。

码头上,自是热闹非凡,在热闹的背景上,盐工们扛着沉重的盐包,脊背上的汗水噼啪噼啪地砸在脚上、掉进河里,他们用自己痛苦的肩膀扛起了盐业江山的运转。

河岸两边,是一群群拉着盐船的纤夫们,他们那低沉而有力的号子,既在宣泄着对生活的无奈,也在控诉着封建制度的不平。河面上映着傍晚落日的血光和纤夫的泪光。

串场河,是一条劳苦大众筑起的河,也是一条劳苦大众苦难的河。民间也称它"穿肠河",是封建制度榨干了千千万万盐民血汗的穿肠之河。

串场河的河面就是一面镜子,它照出了千年的岁月,照出了万般景象，照出了封建社会的残酷，当然也照出了一位位勤奋为民的清官。串场河在告诉一个个的为官的，为民的，民仰之，流芳百世。这其实也是一个个为官的"界线"。

先锋岛——历史与现代的交汇点

近年来，城市综合体已经成为中国城市的靓丽客厅，亦是城市经营和发展水平的重要标志，更是市民的生活中心和精神堡垒。

市政府决定由国投集团接手先锋岛项目，新建城市综合体，这一年是2007年。

我们对接手和开发先锋岛的难度有所考量，但后来的实践告诉我们，远比我们当初想象的困难得多，复杂得多。换种说法表达，我们干成了非常了不得的事。

说"了不得"，其一是拆迁太难。在市中心的先锋岛，2 000多户居民，40多家企业和单位，近8 000万平方米建筑的拆迁。很多城市"半拉子工程"的拆迁现场一再提醒我们，这才是最难的。

其二便是城市综合体之复杂。城市综合体的策划建设，在业内也是极其复杂和风险度极高的项目，我们这些"门外汉"居然搞得像模像样，起初真是无知便无畏。

戴德梁行的一个高级策划师曾对我说："就凭先锋岛，你的身价不菲。"

不是为我、为我们，而是为城市、为盐城，一定要记下这座首个城市综合体的前世今生。

"3+1"的背景，难承其重而又责无旁贷

先锋岛就是城市西郊因两条河道长期冲刷和淤积而形成的一个三角岛，历史悠久，因此，岛上住着一批城市最早的原住民，看上去，并没那么

浪漫,脏、乱、差一个。然而,她确实又是城市的一个独一无二的处所。

先锋岛之于盐城是独特的,它是盐城无可复制的城心之岛。看到它便让人想起巴黎城的思想之灵魂、情感之心脏的西岱岛,西岱岛是巴黎的起源之地,先锋岛也默默地见证了千年盐城。

条分缕析,我把先锋岛的背景资料归纳为3+1,即3个定位:

一是城市之源。盐城因盐于西汉末年设县,称盐渎,当时并无县治。东晋时改盐渎为盐城,唐初盐城修了土城墙,唐大历二年(767),黜陟使(相当于钦差)李承任淮南节度判官时,修筑了捍海堰,筑堤取土有了复堆河,将复堆河整理疏浚便形成了串场河。蟒蛇河是由大纵湖引出后东接串场河和古洋河的。古洋河该是盐城洪水东出大海的主河道,然而着实难承其重,它是一条自然形成的入海河道,弯道多是其最大特征,大洋湾、小洋湾、弯弯相连。盐城是淮水走廊,每至汛期,浩浩荡荡的淮水便涌进大纵湖,再入蟒蛇河。汛水进入蟒蛇河后便如脱缰的野马一样直奔盐城,在盐城分成两股,一股沿串场河向南奔去,另一股则走古洋河蜿蜒漫溢,久而久之两河交汇处便成就了一个半岛,这就是先锋岛,距今已有1 200多年了。

水流冲刷出的先锋岛,或大,或小,或盛,或衰,就是一部活的《水浒传》。施耐庵是盐城的符号。"水浒",最早见于《诗经·大雅·緜》,引申意思为"出路""安身之地"。

600年前,盐城为防倭侵扰,改建砖城,并于城西建安泰门,"瓢城"成形。西出建登瀛桥连接先锋岛。先锋岛为盐城西出之要道,水路之要冲,乃盐城最早的商业集市所在。

100年前,先锋岛商贾云集,水陆交汇,成为盐城最繁华的闹市中心。"鱼市口""八鲜行",水货毕陈;南北货,粮油盐,交易两便。民信铺(邮政)、盈记钱庄应运而生,轮船公司、泰山庙宇相继设立。

先锋岛发展迅速,有它的历史条件。百年之前,是河道运输经济时代,水路码头和陆路的交汇处便是枢纽。先锋岛顺接南北串场河,西迎蟒蛇河,北通新洋港(古洋河拓宽疏浚而成),为盐城仅有的三条主要运输河道的汇集点,不兴旺没有道理。再者,先锋岛经西门便入城,而城内难容鱼虾之腥,集市之乱,人多之繁,所以,先锋岛这块虽处城之边缘,却是商贸闹市。

先锋岛以"商业"形态引领和见证了盐城的发展轨迹。

二是红色圣地。"皖南事变"后,党中央决定在盐城重建新四军军部,军部设先锋岛上的泰山庙。盐阜之名声略逊于延安,成为新四军的红色圣地。先锋岛见证了刘少奇、陈毅、黄克诚、张爱萍等老一辈革命家的文韬武略,同时也记下了邹韬奋、贺渌汀、许幸之、薛暮桥、范长江等一代名人大家的抗战艺术风采。

先锋岛看到了鲁艺、抗大分校、江淮银行等一大批"新鲜事",也阅读了《江淮日报》的檄文、湖海艺文社的诗歌和词韵。

先锋岛承受了日伪的狂轰滥炸和疯狂扫荡,也历史性地成为中共中央东南局与中原局合并成华中局的初始地。

盐城是那个时代中国的骄傲,先锋岛则是这个骄傲的载体。

三是现代之根。城市总有传统与现代的分水岭,而先锋岛则是盐城这座城市的现代之根。

兴业电灯公司在先锋岛上安装了一台85千瓦的蒸汽发电机组,后耀盐公司又安装了100千瓦柴油发电机组,它是这座城市"电"的开始,第一排城市路灯也从先锋岛延伸而出。

利民汽车公司在先锋岛西门组建,它宣告了河道经济时代的逐渐退场;此后这座城市的公交公司也在先锋岛成立,城市第一路公交是从先锋岛的登瀛桥始发的。

燃料公司设于先锋岛,它终结了燃薪时代,城市从此有了万家煤炉。

先锋岛越河水厂建成,日供水6 000立方米,这座城市第一次有了制水厂,市民喝上了自来水。

先锋岛是幸运的,它见证了这座城市从传统走向现代的若干个"第一次",同时也开启了这座城市的现代之旅。

三个定位,足可以看出先锋岛的分量和地位。

然而，其背景还有一个现实，就是城市之疤。

从先锋岛诞生那一天起，它就是闹市的城郊、城郊的闹市。所谓闹市的城郊，很好理解，先锋岛的出生就是登瀛桥下的城郊，再向西便是农村了，先锋岛承担着城郊结合部的功能，这一"角色"一扮就是千年。先锋岛与城而言，地位特殊。古之城墙内多是衙门、太庙、寺庙、学校等，是绝无商业的一席之地的。而紧邻城西的先锋岛则是商业集市的首选之地，所以一直热闹非凡。再者，先锋岛是码头的集散地，因而比寻常闹市更胜一筹，即所谓城郊的闹市。

作为城郊结合部的先锋岛，决定了它的极其复杂性。一方面，先锋岛之居民都是城市的老居民。由于岛四面临河且不设防的实际，既是易淹区域，又是棚户式建筑为主，可以说，先锋岛居民是城市贫困户集中地，鱼龙混杂。我接手先锋岛拆迁时，就有善意的人提醒我，先锋岛列全市老城区三大难拆地之首。另一方面，先锋岛又临建军路商业中心的西端，与城市最繁华的商业中心仅一河之隔。一河隔出来两个世界，向东建军路是盐城现代城市水平的靓丽范本，而西端先锋岛则是城市贫民区的集大成者。说实话，先锋岛亦是城市之疤。

先锋岛开发前面貌（曹群摄于1984年）

先锋岛久违的鱼市口（曹群摄于 1984 年）

这块城市之"疤"，是盐城市决策者们心中之痛。清除之心由来已久。然而，因为先锋岛的复杂和重大而久久下不了决心。

1996 年，盐城市政府第一次启动先锋岛开发研究，并委托东南大学建筑规划设计院介入调研，经过近五年的研究策划，形成了两条大相径庭的概念性开发方向，一者是建成一个无人居住的生态之岛，再者则要打造成盐城的"曼哈顿"。

其后在经历不同声音的交锋和征求市民意见中，又经历了两届政府领导班子。到 2004 年，大体形成了先锋岛应建成公共中心和商业中心的共识，委托市房产局牵头落实。

市房产局积极努力，反复寻找开发商未果，同时启动了先锋岛拆迁，越经两年，终于拆掉了先锋岛东、南两侧的河滩地上散落居民和违章搭建。

2007 年，开发先锋岛这一棒又交到了国投集团手里。

"三个最"的构架，撑起盐城无可比肩的城市客厅

先锋岛规划建设城市综合体，形成了"三个之最"。一是全市最大的 HOPSCA，二是盐城最高楼，三是最有料的台山寺。

这是一次智慧和实力的对话，也是一次历史与现实的交融。

第一，盐城最大的HOPSCA。HOPSCA就是城市综合体，业内称其为第六代商业。商业是城市的灵魂和水平，商业的步伐往往与城市的发展同步。城市商业在经历了传统门店、商业步行街、百货公司、超市和MALL之后，跃上了城市综合体的商业模式。国外将城市综合体和MALL分得不是太清，一般说来，城市综合体应该是城市功能的商业广场，而MALL就是商业中心。业界认为城市综合体区别于其他商业业态界定三个特质：一是超大体量；二是有购物、娱乐、餐饮等三个以上商业的形态；三是经营的不是货品而是业态。世界公认的第一个城市综合体是法国的拉德芳斯，是欧洲最大的借助于立体交通枢纽而建成的城市综合体，综合体商业达10.5万平方米。

20世纪末，MALL的商业形态传入中国，立刻引起了商业投资者的极大兴趣，同时得到期望改变城市面貌的政府的趋同，更为重要的是，它契合了中国消费者的购物热情和休闲爱好，迅速得以推广。至2010年，全国城市有各类城市综合体2 000多个。

城市综合体的快速发展，引领了城市面貌的改变和消费理念之更新，但也明显暴露出理论研究缺乏和模式探索短缺。一是政府是规划无序、招商优先、乐观其成。按理说，一个5万平方米以上的商业体，至少要有20万以上的直接人口作为消费支撑，可事实上很少有人关注这点。还比如城市综合体之精髓是现代之城，是城市，是综合、立体的城市，而城市的主体则是政府而不是开发商，至少在规划方面政府应是主体。二是老板是仓促上马，感性大于理性，无主题的广场比比皆是。有很多开发商一时兴起便完成了从做住宅楼向商业广场的过渡。王健林对商业广场的水平有个形象的比喻，他说，砌住宅楼小学水平即可，搞写字楼则要有中专文化，而商场广场没有本科以上水平是不能碰的。近年来，商业广场建好后而兴不起来的例子比比皆是，就连上海的虹桥镇旁边也还有综合体的框架"烂"在那。再就是很多广场没有主题，随便起个名字，从业态到消费者根本就没研究和策划。是建好了再招商，结果根本招不进商。三是综合体无序发展。既没有政府引导,也没有行业指导,更缺乏专业研究。很多设计单位根本不知道什么是综合体,却也敢承接设计综合体的业务。

诺贝尔经济学奖得主约翰·斯蒂格利茨在《喧嚣的90年代》一书中说:"毁灭的种子是什么?第一是繁荣自身。"

综合体的兴旺和过热势在必然。不过,在这轮热潮中,城市综合体业务便很快沉淀、成熟起来,形成了城市综合体的基本模块。它的典型特征为:超大空间尺度,通道树型交通体系,现代科技城市,生活体验中心和地标式建筑。这五条成为衡量是否是城市综合体的基本要件。

先锋国际广场是严格意义上盐城可称为城市综合体的地方。广场共268亩落水面积,四面环水,规划建筑面积50万平方米,静态投资超过30亿元。广场分为商业中心、酒店公寓和宗教文化三个中心及立体交通绿化系统。商业广场达16.8万平方米,是盐城最大的单体建筑。

第二,盐城最高楼。依据先锋岛的规划,拟建五星级酒店和写字楼,共68层、278米高。可惜盐城这座城市的上空,刚好是飞机航线区,飞机场又离市中心太近,因此有航空限高的规定。这样的高层建筑必须得到空军有关部门的许可。我调离后接任的同志们几经努力,目前确定216米、51层的大楼在建,它依然是盐城第一高楼,刷新了盐城的城市天际线。

城市天际线,正以其独有的魅力为世人所青睐,她以其诗一般的语言,告诉人们什么是唯美;以其无障碍的广角,告诉世界什么是视野;以其变幻莫测的景象,来展示自己无与伦比的魅力。她的魅力在于:自己是静止的,可不同时点的她永

盐城最高楼(俞文鸿摄于2021年)

远是不一样的。

世界上不同城市的天际线永远是不一样的。

也正是因为天际线这充满魅力的特质，有人说，天际线应该是自然的，应该是不加雕饰的结果。是的，任何城市都会有自己的天际线，但是，不是所有的天际线都是完美的，都是令人赏心悦目的，或是让人震撼的。我分析了让人震撼的城市天际线，上海的，香港的，乃至伦敦、纽约等，都有两个共同点。首先必须是高的。尽管近年来城市追高备受世人诟病，然而一个不可否认的事实是，城市的高度依然是其超大城市的骄傲。

进一步调研你会发现一个更为有意思的现象，城市的高度与城市的实力呈正相关。换句话说，城市高度是城市实力的形象表达。从来没有吃着葡萄的人总说葡萄是酸的。下面一张表格会帮我说服大家。

江苏省各市最高楼与经济发展水平对应情况

市 别	名 称	最高楼（米）	GDP（亿元）	财政收入（亿元）	人均纯收入（万元）
南 京	南京绿地金融中心（在建）	550	11 700	1 271	4.81
无 锡	无锡国金中心	339	10 500	930	4.65
苏 州	东方之门	301.8	17 300	908	5.06
常 州	现代传媒中心	333	6 600	518	4.19
镇 江	苏宁广场（在建）	284	4 100	284	3.72
扬 州	美思威尔顿商业中心	280.9	5 100	320	3.13
南 通	金石国际大酒店	277.39	7 700	590	3.3
徐 州	苏宁广场（在建）	266	6 600	501	2.45
连云港	阳光国际摩天208	208	2 600	214	2.33
盐 城	先锋国际广场	216	5 100	360	2.67
泰 州	兴业国际大厦	220	4 700	344	3.09
淮 安	丰惠财富广场	150	3 400	230	2.49
宿 迁	宿迁中央商场	168	2 600	200	2.08

资料截至2017年底

其次必须是美的。当然美可能是见仁见智。然而真正美的东西大众是有共识的。就城市天际线来说,如果不是高低相间、明暗得体,不是过渡自然、色彩协调,不是鳞次栉比、错落有致,可以肯定地说,是不美的。而要达到美的效果,此前精心的规划、不懈的坚持、共同的坚守则是必需的。

高,是实力的表达;美,是水平的坚持。而震撼的天际线正是城市实力和水平的"显摆"。

第三,最有料的台山寺。先锋岛上有个泰山庙,初始是道教的,后来又成为佛教的,还做过私塾,再之后便是重建新四军军部所在地。这样,泰山庙便成为国家级文物保护单位。就是说,先锋岛可以开发,但泰山庙不能动。泰山庙不动,当然为开发和规划先锋岛带来了诸多掣肘。

思路决定出路。在综合权衡之后,我们确定还要做个寺庙。因为当时的认定是,盐城不缺寺庙,缺乏有影响力的寺庙和宗教交流中心。

盐城有着尊文重教的优良传统。无论是有钱人家,还是贫困农户,孩子的读书总是第一位的。为孩子读书,可以倾其所有,可以抛家舍业,可以吃苦受累。从另一个角度看问题,盐城是一个重视"智慧"的地方。

先锋岛上的"文殊阁"(如禾摄于2019年11月)

佛教中释迦牟尼佛之外有文殊、观音、普贤和地藏四大菩萨，文殊列四大菩萨之首，是聪明智慧之化身。文殊菩萨的主应化道场在五台山。可否将先锋岛的寺庙和五台山的文殊菩萨联系起来呢？带着这个题目，我们专赴五台山拜访了中国佛教协会副主席、大圣竹林寺住持妙江大和尚，得到了妙江大和尚的热烈响应，真是盐城与文殊有缘！在命名为"台山寺"的先锋岛寺庙，妙江大和尚佛笔题名，并亲自赴盐城主持台山寺奠基洒净仪式，还答应每年到台山寺坐场，主持佛教活动。

依据文殊菩萨副道场和佛教交流中心的定位，我们规划了台山寺庙，并在先锋岛的最西端，兴建文殊阁，总建筑高度60.8米，基座以下2层，基座以上5层，阁内供奉巨型文殊菩萨塑像。

月照文殊阁（钱春生摄于2019年8月）

台山寺，一个凡人智慧"加分"菩萨智慧的非凡地方。

"五个"难点，成就了五个亮点

难点之一，当是拆迁。

其难度和过程真是难以言状。我和大家熬过了多少个不眠之夜，我又多少次受别有用心的拆迁户的"围攻"。多少次，真有撑不下去的感觉，但我们挺过来了；多少次，承受拆迁户的误解和犯难，但我们也走过来了。

还是用三组数字表达拆迁吧。第一，先锋岛先后拆迁8万多平方米、2 000户，为全市最大的拆迁项目。2009年，先锋岛的拆迁量占盐城大市区拆迁量的一半以上。第二，先锋岛拆迁费用约3.4亿元，是拆迁费用控制得最好的。第三，先锋岛拆迁未有一人受伤，更未发生任何事故。

美中不足是拆迁的安置房不理想，拖的时间太久。当然这是顶层设计的毛病，盐城的拆迁和安置是两条线运行，如果当初决定由国投建安置房，就不会有后来的拖延了。

难点之二是主题。

城市综合体不仅要承担改变城市面貌的重担，同时还得成为引导市民生活和消费方式调整的载体。综合体是城市客厅，当有文化内涵，因此，先锋国际广场的主题设计至关重要，既关系到广场的商业生命，亦决定其横向引领的客观效应。

城市综合体是一个大概念，主题确定必须基于客观基础，还得引领时尚。

先锋岛的客观基础，当时有三个要点：

一是必须融入建军路商圈，成为引领者。建军路商圈是盐城当时独一无二的商业中心，且是多年的唯一中心。因为登瀛桥阻隔了向西拓展，解除这个"阻隔"是头等重要的事，必须在主题、空间、交通等多方面全面贯彻，必须让先锋岛站在"引领"位置上。"滞后"绝对不行，"平起平坐"也意味着死路一条。

二是先锋岛应该展示综合体之长。综合体不是简单的几个业态的相加，而是一个整体，一个让消费者感受到生活体验的综合。这正弥补了建军路商圈单调的商业大楼的不足。

三是依据市政府公共空间的定位，起初是不考虑住宅的，但反复研究认为，综合体的表征就是人气，"人气"在空间和时间的设计上应做好布局。没有住宅，夜间就是一座缺乏人气的岛。因此，先锋岛在酒店的基础上，安排了少量的高档住宅，以留给将来更多的策划空间。

从消费角度分析，当下时代的消费主体是女人、小孩和年轻人，他们将引领消费潮流，把这些人界定为目标消费群体，才是明智的。我们经过戴德梁行等世界顶级商业策划机构的概念策划，咨询了国内诸多商业策划大师，并考察了国内一流的商业综合体，确定先锋国际广场以"家"为策划对象，主题为"先锋岛·家天下"。

主题阐述主要有三：

首先，家庭是"完全"消费的乐园。先锋国际广场除具有一般综合体的购物、休闲、餐饮、酒店、娱乐等基本业态外，我们还拓展了文化、宗教等精神消费。重新布展了新四军纪念馆，复制了江淮银行等一批历史符号，兴建全国最大的文殊阁，拟招引台湾诚品等。做到想买的、想吃的、想玩的、想看的应有尽有的"家"。

其次是家人生活的"第三空间"。现代社会在快节奏氛围中，人们大抵在"单位、家庭"或"学校、家庭"等两大空间简单往返，枯燥而乏味，同时还漏掉了诸多时尚和爱好。先锋岛旨在给"家"提供"第三空间"，以填补茶余饭后、工作之暇家人欢愉和消费的新空间，让家人在新情境中体味不一样的乐趣并留下独特的记忆。

我当时设定的广告词是："老婆，下班后去哪？""还能去哪，去先锋岛呗！"

再次是城市的公共客厅。先锋岛因特殊的地理和历史积淀，本来就

雕塑——家（中央美院设计）（钱春生摄于 2019 年 8 月）

是市民心中的"麦加",先锋国际广场又是盐城无可争议的顶级地标,她本该承担"家"的公共客厅的角色。让主人向客人介绍不一样的盐城,展示盐城"西岱岛"的魅力。

"先锋岛·家天下",是家庭生活方式的体验之都,是一个让人对家产生依赖和留恋的活的"生命体",是一个可以改变人的"生活习性"的地方。让快节奏"慢下来",刻板日子"活起来",家庭关系"美起来",使先锋岛成为市民留恋的"家"。

难点之三是建筑。

当时摆在我们面前有三大障碍:一是强调旧和新的共融,泰山庙不能动,现代商业怎么立?二是商业中心如何协调?三是树型交通怎么做?

红色圣地——泰山庙(如禾摄于 2019 年 11 月)

第一,旧和新的共融。首要的自然是建筑风格的定位。初步设计出来后,我们经历了数十轮的讨论,见仁见智,最后倾向性的意见是在商业体现代建筑中注入历史古建的符号,与隔壁的泰山庙产生呼应。我们这个设计理念得到市长的赞同后,便开始了建筑设计,这就是大家看到的先锋岛概貌了。次之我们也在现代与古老建筑之间嵌入传统商业街。这是个不得已而为之的措施,因为泰山庙古建与现代商业体的建筑反差太大啦。这个传统商业街应该是古建的现代版,现代建筑的古建风格。后来在诸多专家的点评中,都认为这是个画龙点睛之笔。再次便是关注天际线的起伏有度。从南北视角观察,南低北高,主视角观察很舒展;从西到东,则"高—低—再高—最高",其趋势为西低东高,为体现起伏并照应东端最高层,在西端设置了60米高的文殊阁。这个天际线既协调,又充满美感。

第二,大和小的协调。商业中心总建筑面积达16.8万平方米,是个"巨无霸",但它又是由三大建筑群和百货、超市、餐饮、影院、娱乐五大类若干个小项组合而成的,应该说相当复杂。它有很多必须回答和照应的难点,例如建筑流线的设计和安排,业态的分类和布点,业态间矛盾的解决和弥合,综合布线的协调等,这是复杂的一面。还有另一面就是国内少有成熟的设计团队。因为这类设计涉及门类太多,很难有一个相对稳定的团队专做商业中心设计的。这就注定"业主"必须多"费心",不然,其后遗症会很大的,诸多欠缺一旦铸成,则可能难以弥补和修改。这类"教训"俯拾即是,而我们这些商业广场的"菜鸟"在操刀,则风险度就更高了。

我相信一分耕耘一分收获,更秉持凡事先弄懂、再决策的原则,是在商业中心的完善工作中让我学懂了这些。其中,我先后上百次拜访和请教各类用户和设计团队、专家,遭过白眼,吃过"闭门羹",还有人嘲笑:"要你问这么细干什么?"我先后召开各类会办会议180多次,确认修改、调整的数不胜数,我始终坚信:规划修改多,使用问题少。

当然设计的修改是相当复杂的,俗话说一字动百字摇。修改后的微调、适应、检验和论证,是非常重要的。

在这当中,铭城设计团队以其专业和负责任的态度让我敬佩,该院的副院长董斌几乎全程在先锋岛跟进办公。他们是老师,更是专家。

就设计来说,感慨尤深的有三件事。

一是百货的设计。起初百货的设计是"L"两端相对独立的两块。我带着图纸初稿招商,在上海大洋百货公司内,一位资深经理直言不讳地对我说:"董事长,你这百货不改不得了。"我连忙请教,他实打实地告诉我原委。商业中心的百货是主力店,是引领和牵头的,一般体量在3万平方米至5万平方米。且必须是个整体,千万不能分两块。有多少运营的案例一再表明,两块百货几乎没有生存下来的。

我"吓"出了一身冷汗,多方求证后,共同对图纸作了重大修改,在"L"的节点上,设计成一个硕大的营销空间,五楼中空、透明吊顶,中空广场通向两端形成一个百货整体,也就是目前的"百货"现状。

二是部类的安排。一开始我们根本不知道什么叫"部类",后来通过专业人士才了解到就是业态构成和业态分布的规划。按照商业中心的既定业态构成:零售63%,餐饮20%,休闲娱乐12%,服务5%。但任何一家商业中心都会有自己的定位和构成,经过反复研究比对,我们认为零售这一块不能低于60%。没有规模体量,就难承建军路商业西端之重任,也无法和金鹰、商业大厦竞争。再就是餐饮这一块应适当扩大,从商业中心发展轨迹看,餐饮从"配套"到"板块"再到"主块"是趋势,消费者往往不是为了来购物而"吃饭",而是为了"吃饭"来逛商场。还有休闲娱乐要扩大,这既是先锋岛特色,也是商业中心发展趋势。我们确定要有一定量的户外娱乐。要使这个"家"有魅力,必须在"吃喝"和"玩乐"上做出特色。确定了业态构成,便进行了业态分布,专门委托台湾的一家设计公司做部类设计。部类设计的业务性很强,也得有前卫理念。例如"生长线"的安排问题,以往的理念是"商业营销"为主,而当下则是以"舒适消费"为主,也就是以人为本,经营是因消费者舒适而加分。再比如,过去的商场多实行"单循环",利用"必走华容"扩大消费者的行动面,而现代的商业中心必须实行多循环。多循环则考验设计者的水平和能力,因为"多循环"很可能因为不明晰而使消费者"茫然"。还有,以往的商场设计,一楼是不安排厕所的,其缘由是一楼厕所会成为公共厕所,与商业无益。这些陈旧的设计惯例必须打破。

三是餐饮的安排问题。餐饮安排有着极强的独特性。必须有上、下水,集油池,排烟系统,还必须有隔味处置等。就是说,餐饮最好远离其他业态,但商业中心的特点就是整体性,它不能游离于其他业态之外。这里就有个降低交叉影响和"隔离带"的问题。所以说,规划、设计相当复杂。

第三,平面和立体交通。交通设计是综合体最难,也是最复杂的部分,既有平面交通,又有竖向交通;既有内部交通体系,又有与外部交通对接。这个设计颇费周折,一开始我们将交通放在整个大设计中,后来发现深度远远不够,便专门委托交通设计单位做专项。在实践中不断明晰了几个问题:首先商业中心的交通不是商业体交通,它是城市交通;其次,不能是平面交通思路,必须是立体交通思维;再次是内外交通体系相互独立,但必须是一体化的综合设计。

内部交通动线必须遵循"通达性、昭示性、方向感"三项基本原则。先锋岛内部交通动线有三个亮点:一是环形主动线。在商业中心地下设计了环形主动线,四向均有主出入口。二是垂直交通便捷。除了有50多部电梯承担垂直交通外,建军西路交通线设计了立体交通,上下有三层,既有车流通道,也有非机动车通道,还有人行通道。三是增扩停车位。除按规定设计了停车位外,我们还将小海路全部架空,道路下面形成停车场。

外部交通本来就复杂,先锋岛商业中心因为是岛,更凸显了其交通组织的难度。我们设计修筑了六座大桥,力求达到与外界通达无障碍。尤其是登瀛桥桥面做到与路同宽,并基本放平。为了强化建军路地下商场与先锋岛的通达,还规划了地下通道(目前未施工)连接。因为从某种程度上说,先锋岛商业兴旺与否,取决于与建军路的无障碍连通程度。

业界共识,商业中心的交通流线是生命线,因为交通流线不合理而使商业中心被废的例子屡见不鲜。先锋岛的交通设计目前是盐城最复杂,也最为流畅的商业交通和过境交通的范本,是典型的通道树型交通,是立体交通的成功案例。

难点之四是招商。

按照业内的惯例,综合体开发一般遵循"策划—招商—规划—建设—运营"的顺序,而先锋岛不可能循序而行。当然究其实质不单单是次第顺序问题，更是"为造城而招商"，还是"依使用而造城"的问题，此为一。其二，先锋国际广场是由盐城国投作为投资主体的，在招商方面不占优势。第三是最重要的，在于区域商业的水平问题。其直接的检验标准即坪效水平（坪效是每平方米所产生的销售额），由此折算出当地的消费水平。达不到一定的坪效，很多百货公司是不可能参与的。就2010年的水平，盐城的坪效仅为上海坪效的三分之一左右。就是说从盐城的商业消费水平分析，对国内一流的商业公司吸引力是不大的。

基于这样的基础，我们制定了庞大的招商计划，全面出击，在上海、广州、深圳、北京等地组织专门招商活动。经过一年多的不懈努力，但现实的效果却不如人意，痛定思痛，我们悟出了一个结论：得让专业的人干专业的事。

随后，便展开对专业团队的选招，这其中酸甜苦辣，五味俱全，外人难以体味。我们曾找到策划上海新天地的盈石团队，发现其定位太高以至无法落地三线城市；又试图请国际五大行之一的戴德梁行帮助，结果试了两个月，终因不得要领而分开；还洽谈过台湾人的御昆公司，虽在南通有成功案例，但终归因其资源不丰，起点不高而以分手告终。最终我们锁定台湾林道公司。林道的核心人物是台湾人，有着丰富的商业资源和较多的成功案例，报价亦较为合理，但缺陷是专业团队不够稳定。经公开竞选，并报市政府批准，由林道公司负责先锋岛的招商、二次装修策划、部类设计和运营等项业务。

截至2011年底，先锋岛商业中心招商大部分商家已到位，百货由香港新世界进驻，超市是大润发，影院是横店影城，再就是肯德基、苏宁电器等都相继进场。商业面积的签约率达90%以上。

从总体分析，先锋岛的招商是成功的，主力店等均为国际知名企业。从2009年9月商业中心开始打桩，到2011年10月，仅仅两年时间，完成了16.8万平方米购物中心和广场景观的建设、装修，并实现招商有效衔接，大润发、宴会厅等开业运营。在三线、四线城市能做成这样实属难能可贵，在业界堪称了不起。

先锋国际广场的商业中心开业的年底,我即离开国投,我继任的同仁一如既往地精心打造先锋岛,亦属顺利过渡,我亦感恩在心。

后来有人质疑台湾团队的招商,还认为先锋岛不如之初策划的预期等。这么大的事,有人关心是好事。然而,招商是资源和经验的结果。成了,看似简单;一旦不成,则会一筹莫展,不是寻常努力便可做到的。再者,商业中心的重点在于经营维护。倘若维护不到位,后期运营就不好做。对此本人以为更多的则是不同语境下的见仁见智。

难点之五是景观。

国际广场的景观是其重要组成部分,同样亦是城市水平的表达和特色。先锋国际广场侧重于三个特点。

首先是岛的展示。岛之于城市是不可复制的资源,因此,景观展示岛的魅力应该是重点。我们设计岛的四周均是滨水景观。岛南应是娱乐风景区,曾设计过摩天轮方案、溜冰场方案,目前则是水与喷泉等娱乐项目为主体。岛东是临水绿化区。起初在岛东的滩地上有些点式建筑,后因空间局促而取消,设想应该是南国高干树种下的草地平台,营造一种闹中取静的休闲风景区,同时亦可遮挡小海路高架水泥条块的缺憾。岛北厚度不大,但我们还是规划人行临水栈道,其间夹杂陈列着先锋岛"脚步"的吊机、码头、水泵等艺术化物体,使人在休闲中与先锋岛的过往默默"对话"。

其次是历史的延续。先锋岛不仅是先锋岛,它是盐城的特殊代表,它是百年时空的生动表达,于是我们设计了沧海桑田的"海印广场"。在广场上还永久陈列了"百年印记"的钢雕。原来的策划还有一个先锋岛陈列馆的。

海印广场的沧海桑田主题绝好地展示了盐城的历史文化。在6000年之前,海岸线在现204国道以西一带,后唐代形成了李堤,宋代建造了范堤,百年之前有了公司堤(张謇退盐复垦的公司筑的堆堤,简称"公司堤"),中华人民共和国成立后又有了三道海堤,这六道海堤跨越6000年,纵深达100千米。盐城是上天眷顾而成就的杰作,我们称此为"六千年的天书"。六道海堤在硕大的海印广场上一一呈现,让人们在历史与现代的海陆更替中尽情穿越。

"百年印记"是城市历史的浓缩展现。城市的历史是这座城市的厚度,但由于地处淮水走廊,加之有近千里长的海堤,常遭洪水和海水的"格式化"。盐城可与之对话的历史古物少之又少。我们必须让后人有一块可以留住记忆的东西在海印广场上,因此设计了先锋岛百年的商业之源、红色圣地、文化之所、城市之根的印记,用钢雕呈现。

水墨"先锋岛"(如禾摄于 2019 年 10 月)

再次是现代的符号。商业中心的景观必须是城市景观。第一是侧重于建筑的美感。在商业中心主入口,设计了两块中国红大印,这种传统符号的现代表达,很有力度。在次入口的广场过道上,设计了红色门饰,在传统商业街的建筑处理上,也是颇费周折,我们想表达的意图是"现代感的古建"。第二是独特的家具系统。从 Logo、标牌、座椅、指示标志等均形成自己的特色。例如广场灯,整个灯身都是由先锋岛特殊符号构成的。集广场照明、楼宇亮化和广告位于一体。Logo 则是友情邀请上海世博会标识设计人,盐城籍的邵宏庚先生设计的,是一个现代感很强的变形"无穷大",寓意商机无限,赢利无穷。第三便是雕塑。在广场上设计了"家"的抽象主雕,是委托中央美院设计的,现代感特强。在商业中心内广场则有"摇钱树"雕塑,把钢质材料与活体树木有机结合。在主门口设计变形 Logo,伴有动态水体。再就是亮化,我们把传统街亮化成"银街",把内广场做成"金巷",将广场装扮成"满天星",以达到"金巷银街满天星"的亮化效果。

"天际线"遐想

盐城第一高楼的崛起,刷新了这座城市的天际线。

天际线,我查阅了诸多条目,比较规范的说法,是由城市中的高楼大厦构成的整体结构;或由许多摩天大楼构成的局部景观。

我说,天际线就是城市高楼大厦群及建筑的高低不同、错落有致而展现在天幕上的剪影。它至少应有三个特征。首先得有高度。这是若干研究天际线的机构和网站的共同评定准则。因为有高度,方可凸显天际线的美感。同样,高度也是天际线流行的理由和魅力所在。其次是独特性,现今世界上还没有两条一模一样的城市天际线,天际线扮演着每个城市给人的"独特印象",甚至还成了城市美感的独特代言者。再次就是动态发展中的静态展现。一些新的大楼和建筑当然会改变天际线,但天际线更是时间的积淀,不同的时代和不同的建筑都会加入"呈现"天际线的行列。准确地说,它基本不是一个"大手笔"的城市规划所能设计的产物,因为,再精致理性的空间、数据、模型,永远也无法模拟出城市天际线演变时那复杂、精致、连续的过程。

做人,做地标,真该寻着"天际线"的轨迹而前行。

"有高度",该是做地标所需的第一位的。虽说地标是由区位、体量、功能等因素决定的,但"有高度"还是做地标的追求。陆公祠项目实施后,在布展和陈列上我们原来可以不要下那么大的功夫,因为按一般要求,做好硬件是建设者的本分,而布展当属其次。但我们还是坚持不懈地追求极致,找角度,希冀盐城这"第一古迹地"能恰如其名。盐城迎宾馆项目规划后,我们总是以"这是盐城最好的建筑吗"拷问自己,力求不留遗憾。"文殊阁"修改了不知道多少稿,坚持的"第一阁"的追求定位,为佛教界留下精品。

"独特性"肯定是地标的生命。人们批评当下建筑的"千城一面",其实表明公众对个性的向往和追求。建筑留给公众深刻印象的往往不是在于好，而是在于个性。尽管观众会因阅历、学识、爱好的不同，而对建筑以其自身主观演绎的方式欣赏着，然而建筑的个性表达还是有客观标准的呢。文化艺术中心的建筑以其"独一无二"的设计展示其独特性，这其实才是"新瓢城"的DNA。先锋国际广场的主雕"家"，初看与"家"几乎毫不相干，但仔细观赏、琢磨，倒觉得别有洞天，以其独特的表现形式诠释着"家"的内涵。

我们怀着做地标的目标行事，尽全力将其做好。会不会、能不能成为地标则是客观展现了。就好像坚持以做好人的愿望来塑身，而结果客观点评也未必就是好人。但其中有一点特别重要，就是主观"设计"与客观"展现"的重合，答案肯定在主观上。我们不能因为"横看成岭侧成峰"就放弃个性的坚持，也不能因为"自有后人评说"而不负责任。做地标的实践使我坚信：桃李不言，下自成蹊。

"天际线"如此，地标亦如此，那么人的"天际线"呢？

沉淀与激荡

不沉淀无以清澈,沉淀久了也会死水一潭。水利行业的久远与积累是其引以为豪的"财富",同样这"财富"也可能成为水利前行的负担。沉淀与激荡的辩证法,才成就了朴素的"水利万物"。

盐城水利,是观察和研究水利不可多得的一个好样本,无论是静态观察其形态,还是动态考研其发展过程,都能给人以惊喜和感叹。

而最有个性的当数三点。一是"爱恨交织"。盐城人是在海水里长出来的土地上开始生活的,与水有着不一般的情感,尽管海潮不时"光顾"家园,洪水亦如期而至,但长期的积累使他们学会了怎么与水打交道。一千多年前,突然冲过来的黄河水既击坏了"鱼米之乡"的名声,也打碎了"安居乐业"的美梦。盐城人不怨天尤人,而是在既有的基础上又开始了新一轮的水利规划与安排。面对着上有洪水过境、下有海水倒灌的被动实情,硬生生地将"水患"变成了"水利",建成了真正意义上的水患无忧的米粮仓。

二是"多了多了,少了少了"。盐城为广袤平原,又是淮水走廊,域内既没有可资的外域天然水资源以补充,亦缺少大湖大泊以储备蓄调。当洪汛暴发时,则四域泛滥成灾更甚,这便是"多了多了";而上游干旱季节,处下游之盐城则缺水更加厉害,便是"少了少了"。有魔幻般的水情,盐城就一定有绝妙的方案。

三是"末端水脏"。如前所述,盐城处水系入海之末端,不仅有淮河洪水过境,还得承载上游面源和点源的污染负荷。这种污染的特点是很难追溯和不可控性,并且周边经济发展与盐城污染水平呈正相关性。至 2000 年,盐城已经很少有三类水的河道了。虽多法齐上,然收效甚微。

一部盐城的历史,实际上就是与水打交道的画卷。沉淀以寻求规律,激荡要整治水患。

一代代盐城人谱写了沉淀与激荡之歌,新时期则又开启了新一轮的沉淀与激荡。

水的清澈在于懂得沉淀，而水的力量则来源于激荡。

激荡与沉淀的循环往复，构成了水的动静魅力。水是生命之源，同时也是启迪人类生存与生活的哲学"大师"。世界有水而生，人类缘水则灵。

2011年，省里要求各市抓紧清理兼职的市长助理和秘书长，我们这些本因工作需要而兼职的市政府副秘书长便不再兼任了，市委决定让我改任市水利局党委书记。而真正到水利局上班，是2012年了。

行政职能局的党委书记，多少有点"因人设岗"的味道。始终秉持"不给组织添麻烦"的我，还是让组织费心了，尽管这也是"被"。

对于这样一个实职淡位，我当时的心境是喜忧参半，喜的是有机会让我这"透支"的身体得以休养生息，忧的是一下子闲下来了还真有点应付不下来。但是既然到水利了，就得向水学习：沉淀，以追求清澈。

经过一段调研之后，我发现水利"沉淀"得太久了。久了，便会形成思维定式，而一旦定势太久了，便会波澜不惊，不再"激荡"，久而久之，水会变质的。我便选择了抓"创新"这件事。一来不涉及"权力"之争，二来对行业的发展会大有裨益。

抓创新这个重点，还真不是一件容易的事，得循序渐进，逐步深化，主要分三步实施，一直抓了四五年。

第一步是组织创新竞赛活动，侧重点在于培养大家兴趣，启发思维。第二步就是主题创新活动，引导基层发现问题，解决难题。因为问题是走出困境的最好向导，兴趣是领人钻进创新的最佳诱因。第三步是实施行业创新驱动，使创新成为推进水利改革和发展的主要动力。

沉寂的行业有了"浪花"，水利人无愧于水的名号，创新点燃了"激荡"的引信而"灵"花四绽。

我爱水利，这爱既复杂又深沉。我对水利人的埋头苦干和吃苦敬业充满敬意，但同时又对水利的经验固化和安于现状而不安和纠结。"沉淀"的水利太需要"激荡"了。

研究观察的视角还是从眼前开始吧。

盐城水利的方位及前瞻
——基层水利变了啥？走向哪？*

厘清从哪里来，是为了明了要到哪里去。

探讨水利的变化和走向，是系统"创新"活动的推动，再者，本人加入水利时间不长，既可以用水利的积累，也可以从"旁观者"的视角来观察和探讨水利。

盐城市地处江苏省中北部，濒临黄海，是里下河平原地区。无论从横向分析，还是纵向研究，盐城市水利都是研究基层水利一个不可多得的样本。全市沟河纵横，高低不平，为水利的铺展提供了极佳的基础条件。"淮水走廊"的恣意、海水倒灌的惨景，留下了"谈水色变"的隐痛；提水灌碱的探索，农田水利的升级，又谱写了"爱水有加"的篇章。这些亦为基层水利的样本意义增加了深度和色彩。水多、水少、水脏的实况，给盐城人探寻"大调水"格局，谋求饮用水水质和优化城市治水等形成了"倒逼"前提。这又注定了盐城水利与时俱进的个性。

转换视角，我们都处在一个变革的时代。在感叹"世界是平的"同时，还得应对"大数据"的海量信息。一方面在精心的提炼和提升经验，固化流程，而另一方面又不得不在批判和否定中重新启程。变革中的中国，既在应和着全球化和"谷歌化"，亦在推进体制的转轨、经济的转型和社会的嬗变。在这样的大势下，水利也在发生着巨大的变化，当"变"成为常态时，厘清背景，认清特征，把握水利变化的走势，则至关重要。综合来看，至少要厘清这样几个背景：一是水利由传统水利向现代水利转变，其工作的重点、方向乃至发展方式等已经和正在发生着深刻的变化；二是"盛

---

* 此文曾于 2014 年刊登于《中国水利报》和《党史党建工作与贯彻"十二五规划·2014"》。

世水利"的格局已经展开,高层的高度重视和大量投入,真正成为基层水利深化改革和发展的"引擎";三是现代化水利、民生水利和生态水利正逐步展开;四是基层水利的公共性基点并未改变,但其理念导向、融资等市场性特征逐步显现。

如果说以往的水利变革"被动"色彩较浓的话,那么,下一步水利变革则应避免"逼停、无序、缺力",应以"主动、积极、理性"为主题词。

基于以上大势和背景,拟分三个方面研究和探讨基层水利的变化、创新及走势。

"蟒蛇河"托起"盐龙湖"(梁喜辉摄于 2016 年 5 月)

水利发展的历史方位

传统水利向现代水利转变,步入了现代化水利的发展期

当前,水利经历了原始水利、传统水利后,步入了现代水利的发展期。

水利工程已进入一个体系完整、互相配套、功能较全、用养结合的新阶段。"大水利"的观念成为区域水利工程的基本导向,区域和跨区域调水体系逐步构建;防洪在工程措施的规制下走出了被动应付的局面,开启了以调度管理为主的防汛格局;农田水利工程不断提档升级,用水的及时性得到保证,用水效率逐年提高;城乡水环境整治成为水利重点;水利工程的合理性和效益水平不断提升；农村饮用水提质工程围绕水源和管网的重点，全面形成区域供水格局。

设备的升级换代使水利工程走上与时俱进的轨道。千军万马的挑河治水被机械化施工取代，分点式的柴油机抽水排涝让位于区域规划的电气自动化泵站。小圩变大圩，防洪的工程性措施不断升级；小泵换大泵，散点的网状格局发生了根本性变化。水利以挖河治水为主的"水大头"形象逐渐被科学、精细化治水的实践所代替。

"智慧水利"正在改变也必将加大改变水利。电脑的普及和互网络技术的广泛应用，使"智慧水利"成为可能。防汛平台的构建、政务微博的上线、OA办公的普及、PPT的广泛应用等，都在改变着水利。海量信息和历史资料的唾手可得、网络互通和视频远程交换的轻松便捷，不仅在时间、空间上改变着水利运作，而且在思路和观念上不断带动着水利人的变更升级。

现代管理方法的广泛应用，推进着水利管理水平不断提高。水利系统的人力资源管理、项目的目标管理，乃至TQC管理和SWOT模式的广泛应用，使水利的机关管理、工程管理和水管单位都不断升级换代，尤其是"目标任务项目化、日常管理制度化、资金经费预算化"，更是推动了水利管理水平的不断提升。

农村水利向社会水利转变，跨进了社会水利的挑战期

基层水利是从农村挑河治水、防汛防旱开始的，而今天，城市水利、民生水利已成为水利的重要组成部分，社会水利的特征逐步呈现。工作重点的转移必然带来新的难题和挑战，就城市水利而言，纷繁多变的城市水课题会因极端性天气频度的增加和城市空间格局的变化而变得愈来愈复杂。

城市水利至少要面对城市河道的新使命、城市水灾害的新挑战、市政建设的新课题、水情教育的新任务。

城市河道的新使命。随着城市的加密和扩张，城市河道的污染愈来愈重，这样城市河道的治理和保持便成为管理城市的必需。近年来，随着生活水平的提高和需求的多元化，市民寄希望于水清流长，更期望岸绿景美。水脏时，人们关注水清；水清了，人们会更关注水景。城市一般都依

水而建,城市的历史都会有水的动人章节,传承城市文脉和水韵,河道和水体是重要载体。城市必须追求特色,而"水"无疑是最佳的表达者,"百河之城"无可复制。有人说:浮躁和拥挤,可用水来平复。水既可陶冶情操,亦可涵养心性。因此赋予城市河道、水体丰富和生动的景观语言,是城市河道治理的新使命、永恒的使命。

城市水灾害的新挑战。曾经,全国诸多城市因极端性天气突遇洪水而导致人民生命财产的重大损失的案例,是天灾,更应该思考"人祸"的成分。既不能因是天灾就无奈,更不能用"若干年未见"来卸责。雨果说,下水道是城市的良心。城市下水道大多存在先天不足、施工缺陷、维护滞缓等问题,必须得到解决。"立体"城市的应运而生,也给防洪除涝提出了新的课题。应急反应流于形式和迟缓,尽管有了手机、网络等快速传导条件,但在预案的形式主义、官方的反应滞后和灾害指挥的无序性等因素衰减后,暴露出城市防洪应急的无奈和缺憾。所有这些,都必须以科学的实践给以解答。

市政建设的新课题。城市防洪设计的检讨与实施。既不能沿用无序而又缺乏系统的传统下水道模式,也要慎用国外高投入、一站式的下水道样板。其重点应该在分布式泄洪理念的运用、防洪设计与城市管网设计的无缝对接等。城市水灾害耐受度的考量和应对。应增加城市的"透水性",避免全硬质化地面的商业广场和混凝土砌块护坡的河道等,推广"绿色海绵"系统,增加城市湿地,力求提高城市的透水度;应强化城市的疏水性,河道治理因为成本高且难度大就填埋,遇到大的开发项目,河道也得让路,城市的湖、塘在不断缩小乃至消亡,这些都必须得到纠正;应注重城市的通透性,绿地和湿地是城市的"肺",尤其要关注城市空间密度,防止"雨岛效应"的叠加。

水情教育的新任务。要与时俱进地拓展水情教育,注重水文化教育,通过水史、水脉和景观水、"虚拟水"等,着力培育全社会的"爱水"理念;注重水环境教育,侧重培养人人有责的"护水"观念;注重水危机教育,努力养成良好的"节水"习惯;注重水灾害教育,教会市民应对洪水的自救方法和减灾的相关措施,使防洪成为应知应会。

工程水利向资源水利转变，处在水资源管理市场化的关键期

挖土方、修闸、建站曾是基层水利的全部，由此产生了工程为导向的基层水利。随着市场经济体系的逐步确立和公共性质水资源市场化的不断拓展，治水思路已逐渐转变到以水资源配置为主要手段的水资源水利。

确立水资源优化配置的治水思路和体制。工程水利奠定了行政方式垄断水资源分配的治水思路，其应运而生的以水资源优化配置为主体的治水思路和体制则产生了重大变革。首先是以市场为导向，用经济杠杆为主调节水资源的开发、利用、治理、配置、节约和生态环境的保护。其次强化水资源的战略性，以水资源的配置来推进区域经济和社会的发展。再次以经济思路、法治方法来规制和推进水资源的可持续利用。最后，以水资源来定位城市、经济和社会发展的思路。

取水许可制度将逐渐转变为水权制度。取水许可是一种行政安排，在市场为主导优化水资源分配的格局下，应逐渐过渡到水权制度，确立水资源是商品的观念，提高水资源的配置效率。按照所有权与使用权分离的原则，让水资源使用权进入市场，以价格杠杆为主，通过一定的规则实施水资源的初始分配，推动水资源的再分配和商品水的市场化。不断培育水权市场，用经济的方法调节不同地区和不同流域间的水资源供需平衡。例如应确立盐龙湖商品水的性质和交易规则。

核心问题是水资源可持续利用。水是自然资源，但水资源短缺的严峻形势和区域间的不平衡性加剧了水资源的供需矛盾，因此水资源水利的一个核心主题就是从根本上保障水资源的可持续利用。只有以市场为导向，才可以形成持续不断的水资源供方市场，才可以形成爱水、节水和保护水环境的良好机制，才可以推动水权市场的形式和成熟，才能推进水量市场向水质市场的转变，以促进水资源的可持续利用。

"九龙治水"格局向一体化转变，面临水利体制一体化的机遇期

"一体化"是实现水资源有效管理的必由之路。我国在长期实践中形成了较为独特的水管理体制，是计划经济下行政为主导的分权制约模式。这种"九龙治水"的管水格局，其弊端是显而易见的。近年来，借鉴国际管

国内首例大型人工净水湖——盐龙湖（梁喜辉摄于 2015 年 10 月）

水的经验，按照水的自然属性和客观规律，对城市和农村的涉水事务实行一体化管理，实现城市与农村、地下水与地表水、水量与水质、供水与排水、用水和节水等涉水事务统一管理，最终实现水资源的优化配置、高效利用和永续利用。国内外的经验和教训都表明，水资源一体化管理是符合管水规律、提高用水效率、适应市场特点和社会发展的现代化的管理制度。

"一体化"是解决现行管理弊端的钥匙。当前，管理的滞后与时代的进步和民众的诉求形成了非常明显的反差。一方面，水资源在流域管理上的"条块分割"，区域管理上的"城乡分割"，法制管理上的"政出多门"等体制性障碍弊端尽显，而另一方面，人民群众对用水、饮水的诉求不断提高，社会对涉水矛盾处置的关注、期待和公开等形成硬约束，加之极端性气候形成水灾的有效应对和及时处置已成为公众心理的底线要求。解决这些反差的有效钥匙就是实现水资源的一体化管理。

当前是实施涉水事务一体化的机遇期。水利从农业的命脉转变为社会、经济发展的基础，用水、吃水、水环境、水安全、水文化等已遍布社会和经济发展的各个层面，因此，水的管治变得更为复杂和专业，加之水灾害频发、水资源短缺、水污染严重、水生态恶化等问题日益出现，要加快解决水问题，必须靠坚实的工程基础和科学支撑，更要靠体制保障。水的管理体制的变革则势在必行。再者，在市场起决定性作用的水体制改革的过程中，在水的城乡二元结构逐渐解体的情况下，水的体制改革既要坚持效率优化的原则，更要坚持便民服务的宗旨。涉水事务一体化管理是理性选择。随着社会的进步和发展，一方面民众对水服务的要求越来越高，另一方面，大家对改革的期盼也越来越强烈。可以这么说，当前是涉水体制改革的最佳时期。

实施并完善水资源一体化管理制度。必须实施供排水一体化，投融资一体化，水价一体化和水务管理体制一体化。需要解决的问题，一是理顺并实施水务一体化管理体制；二是解决供水、排水、污水企业之间的利益平衡，整合和优化资源；三是平衡政府、企业、消费者之间的利益关系，优化水费征收和使用；四是规范和托管行政管理，解决各部门之间的权益平衡，建立责、权、利明晰的水务管理体制。

水利时代特征初探

水利的市场化进程在加快，行政和市场动力并存，将倚重市场导向

在社会主义市场经济体制构建的进程中，水利的市场化进程亦在加速，但同时也应看清水利在经济中的基础地位和在社会中的公益性质并未改变，目前，水利改革和发展的行政推动力和市场带动力并存。

要放大行政推动力。水利具有很强的公益性，基础性、战略性，因此，水利的改革和发展必须有强大的行政推动力。2011年中共中央、国务院发布一号文件，召开最高规格的全国水利工作会议，中央连续多年加大水利基础设施投入等，这些都是行政推动力的具体体现。然而，基层水利部门在放大行政推动力方面还有待提升。其主要表现有，借助于行政力推动水利改革发展的措施缺乏力度，全局工作部门化；行政推力异化为业务处理的惯性比较明显，导致"纸上谈水"；横向矛盾的协调和地方问题处置的方法略显生硬；水利资产市场化进程滞后和水利资产法定化进程中条块立项与城市规划抵触的尴尬等。形成这种现状有这样几个背景，一是

水利部门从建立至此，基本是以工程水利为主体，业务性较强，这就形成了水利人埋头做业务的基本格局，条线意识较强；二是水利部门一直崇尚埋头苦干、乐于奉献的精神，加之"水大头"意识的膨胀，应该说横向交流意识较弱；三是对农村水利向社会水利转变跟进不紧，往往被动应付；四是行政思维的"惯性"致使在市场经济的条件下不适应。

要积极消除行政弊端。消除行政弊端与强化行政推动实际上是并行不悖的。这里的消除行政弊端主要是消除行政的惯性思维、僵硬的行政方法和过时的行政老大思想，确立服务为宗旨的行政思维。要学会用市场观点和经济手段推进水利，不断强化水利内部的市场化进程，以效益和效率意识主导工程管理，以市场的办法放大水利资产的效益，以竞争和有序的措施推进水利建设。

要逐渐强化市场带动力。推进水利市场化，主要在四个领域着力：一是构建与市场相适应的水利主体。期望躺在事业单位"摇篮"里的主体去搏击市场的风浪是不现实的。二是不断扩大投融资改革，善于利用社会资金和金融资金推进水利发展，投资结构的变化才可能带来管理的革命。要注重水利工程的经济性表现，彻底清除水利工程排斥"赢利性"的思维定式，彻底清除利益独占的传统做法，彻底清除脱离市场的陈规陋习。三是不断加快水利工程建设和管理的市场化步伐，对相对较独立又适宜的事宜推进专业"外包"，用经济杠杆优化力量配置。四是不断扩大水利资产的效用。注重发挥资产的融资功能。水利资产有收益的船闸、水库、景点乃至水资源等，都可以在市场化后进入融资领域，要探索抵押贷款、发行债券、资产证券化等融资手段的应用。水利资产的融资既是放大水利资产价值，推进水利发展的关键措施，又是培养水利人市场竞争意识的有效办法。

水利的开放程度在加深，专业和合作向度共展，将侧重合作发展

如果说工程水利强调的是专业，那么水资源水利则是以合作开放作为主要背景。纵观行业现状，其封闭特征显而易见。在推进现代化水利的大背景下，在实现水利转型升级的过程中，提高水利的开放性势在

必行。

确定以开放为导向的水利发展观。随着全球化程度的加深和竞争方式的转变,开放和合作成为时代的潮流,企业的竞争亦已经从"红海"走向"蓝海",人们已走出"零和博弈"的思维定式,可以这么说,没有哪一个企业、一个部门或行业,拒绝开放可以获得成功的,因此,水利部门必须坚持以开放为导向,这里所述及的不仅仅是方法问题,实际上是一个指导思想问题,尤其要引起同行的重视。水利发展的程度,从某种意义上说取决于水利的开放程度。

确立积极的开放理念。水资源的共生性和民生水利的公共性决定了水利开放的客观性。确立积极的开放理念,既是水利加快发展的需要,更是水利基于社会、融于民生的基本要求。"积极"就要与时俱进地学习。信息和网络改变了社会,当然也改变了水利。水利管理的自动化水平将不断提高,水利行政的网络化交流将势在必行;新的管理方法和手段的广泛应用将成为趋势;新的经验和做法将在交流中互相借鉴等。"积极"就要寻求共赢的合作。水利行业的单纯专业化程度在不断降低,取而代之的是在共赢中合作,在相互交汇中发展。随着水务一体化的实行,"一条龙"管理将决定水利新领域的拓展和传统条线的打破,决定水利在合作中前行,水利的专业不仅不排斥开放,而且还能在开放中兼收并蓄,且更好地拓展水利的专业。

水利的内涵和外延在拓展,资源和文化特征兼备,将突出人水和谐

水利的战略性研究。水利的战略性是现代水利的主要特征,应该说有许多战略性课题必须给出答案。就盐城市而言,首先,要制定出应对水资源潜在危机的策略。全市平水年用水 55 亿立方米,除自产水外,每年调外来水 30 亿立方米左右,从长远考虑,依赖调水本身就是风险。那么增加水资源的调蓄功能和提高外调水的保证率,谁为上策? 其次,要从水资源的状况定位三次产业比重、产业内部的轻重以及优化产业发展的空间布局。再次,要深化饮用水的战略考量,如后盐龙湖时代供水水质的保证,饮用水源的建设和经济性,商品水的市场化推进等。第四,海水淡化及开发。第五,城市水利的启动和深化。城市建设中水安全措施的落地和社区安全防范措施的到位,城市水平衡和水景的方向及经济性,极端性灾害的预防和应对方略等。

水资源"红线"的落地。党的十八大规定了耕地、水资源和环保的三个"最严格的管理制度",水资源的"三条红线"制度亦陆续出台。如何确保"红线"管理到位,必须加强研究和探索。水是流域性状态,总量控制的管理制度该怎样考核?"三条红线"制度的设定具有宏观性和滞后性的特点,那么,如何管理前移,从源头控制,增加及时性?"红线"制度是行政规定,如何拓展法制化进程;"红线"的技术措施和经济手段的运用;适用"红线"管理的人力配置和资源安排等。

水利经济的发展。水利经济的发展主要赖于现有资源、技术优势和商品水拓展。我认为关键有三。一是放开搞活。无论从什么角度分析,资源和技术的效益最大化都是可取的,要放开搞活,但要设定尽量不要做土地开发出售;尽量不要做没有控制和"甩手掌柜"的合作;尽量不要做不发挥长处的尝试和行政式的企业管理。二是实现制度创新。要探索"事业单位"模式下的水利经济,创新制度设置,从制度层面处理好调动积极性和规范管理的关系。三是探索"商品水"的市场化措施。例如工程措施下的盐龙湖,符合商品水的特征,应该按市场规律运营,这样,既为盐龙湖的良性循环提供条件,又为政府投资开发水源工程探索新路。

水文化的传承与开发。一方水土养育一方人。水文化是区域文化的组成部分,同时亦是地方人文特征的具体体现。水文化是历史传承,是社会的精神财富。盐城的水文化极其深厚,因是"淮水走廊"和海潮侵害,"恨水"而引发不屈不挠的治水;因是盐碱滩地和河网洼地,"爱水"而产生凝结智慧的用水;因是流域下游和"百河之城","护水"而引发了现代的城市水利。水不仅为盐城提供了生产、生活的人水和谐的生命之源,更为盐城留下了解读历史和前瞻未来的符号。

水之于城市具有独特的魅力。水可使浮躁的社会"降噪",水可使拥挤的空间增加弹性。因此，水是现代人陶冶情操和培养性情的载体，是现代环境不可或缺的重要元素，天生是水，后生为文。

水利的法制化水平在提升，法制和服务并行不悖，将更加法制完善

水利法制化水平将不断提升。主要应体现在涉水法制体系的完善和水行政执法水平的提高。水法规的修改和完善从执行的视角分析，应突出以下几点：一是构建并完善好水行政法规体系；二是修订在实践中不完备的法规；三是将诸多"号召性"的法规完善好，就是说有相当部分的水法规是号召性地提出了该怎么做和不该怎么做，但没有该做的褒奖和不该做的处罚，缺乏操作性；四是加快最严格的水资源管理制度和水生态文明等重大新课题的法制工作。

审批行政让位于服务行政。行政这几年最大的变化就是逐渐从"审批行政"的模式中走出来，在行政的指导思想上不断确立服务经济的基本思路。一是坚持以服务经济、服务民生为出发点，创新行政流程和优化行政审批备案；二是坚持以效率、效益为导向，提高服务水平，消除行政腐败；三是以服务之心提升法制化水平，逐步清除不合时宜的"惯例"。清除

国家"一五"计划水利重点工程——射阳河大闸（朱国贤摄于2015年8月）

在超量加价的水价政策中行政事业单位豁免的陈旧规定,清除以水资源费的免收来"优化"投资环境的不公平做法,清除自由裁量权过大导致"寻租"的粗放管理,消除水行政执法屈让于所谓"环境优化"的不规范措施。真正使服务寓于法制之中,使治水走上法制化的道路。

水利管理的创新走向

防洪从控制洪水向管理洪水发展

工程性措施的完善和信息网络化的普及使管理洪水成为可能。

更新防洪减灾理念。从战术防洪转向战略防洪。小圩并大圩,理顺流域,使区域性防洪成为重点,防洪多重于战略定位、横向调度和应急救援。从常规防洪转向科学防洪,优化工程性措施,提升非工程性措施,设法降低洪水强度和重现期的频率,拉长防洪周期,实施专业防洪,用现代科技手段管理洪水;从泄洪转向洪水利用,盐城是季节性缺水城市,而每年泄洪多达20亿立方米,留住洪水使其成为水资源是利用洪水的重点,可扩大平原湖荡的开发和利用,增强水的调蓄功能。

搭建汛情管理平台。如果说过去防洪侧重于"现场"的话,而今后防洪将侧重于"调度",现代网络技术使调度成为现实。随着多级汛情管理平台的搭建成功,时间上的水量调度、空间上的差异化水位和抢险的及时性成为防洪抢险的主要内容。

科学设置预警机制。要优化以"及时"为核心的汛情防险调度体系。重新评估并设置各流域、各地警戒水位,落实汛情调度预案。要优化以"有效"为目标的防险应急能力。可协调专业防险队伍,同时硬化社会抢险队伍,按照少而精的原则,确保拉得出用得上,防汛物资贮备实行网络化管理,推进市场化手段虚拟贮备物资。要调整防汛救灾的重点,尤其要研究城市救灾,有效应对极端性天气形成的灾害,确保城市居民、重要生命线工程重大经济节点的安全,尤其强化预防和抢救相结合、专业救灾与社会救灾相结合。

千里海堤，保民安全（颜水菊摄于2010年）

规划设计从简单孤立向综合提升发展

这里述及的规划主要是指水利工程规划。水利工程规划和水利工程建设是纲和目的关系。实践中，规划在水利工程建设中的强制依照性不断增强。因此，要转变规划理念，提升规划质量。

要注重规划的战略性和统筹性，既要考虑流域和地区间的统筹，也要注重不同类型的水利工程间的协调，更要明确治水导向和总体思路，充分发挥规划对水利的引领作用。

要注重基础水利规划。改变以往规划重流域、轻农水，重农村、轻城市，重用水、轻饮水的格局，从基层做起，确保规划的前瞻和务实。

工程设计从单一功能走向景观工程。工程设计坚持功能第一的主旨本无可厚非，然而，随着时代的发展和人们审美情趣的提升，拓展工程的功能、注重工程的外观则显得越来越重要，水利工程亦从单一功能的时期迈向了景观工程的时代。

外观向"美"方向发展。水利工程的外观一改传统千篇一律，缺乏生动的状况，将步入一个全新的注重外观特色时代，外观尤其注重张扬建筑物的个性及建筑物同水的和谐关系，不仅使水利工程达到了预设的功能，而且使一座工程就是一处水利的景观、一个时代的"符号"。

景观向"个性"方向延伸。水利工程既注重工程本体，更因地制宜规划建设工程景观。按照一座工程就是一处水利景观的要求，努力拓展景观的个性，借鉴目前建筑景观的经验和特色，追求水利景观的个性张扬。追求个性，不能本末倒置，要注重本体与景观的比例和协调；不能生搬硬套,注重功能与景观的套搭和表达。

工程设计将走向"深"度。随着水利工程设计市场化步伐的加快,建筑设计市场竞争激烈,水利工程设计将不断向深度拓展。其主题当然是展示时代特征、体现水利魅力。水利工程景观设计将从简单走向复杂,再走向新境界,将从注重工程功能转向建筑语言的综合表达。水将是景观永恒的元素和背景,设计将挖掘水的综合表达和有机融合;绿将是景观表达基本的色彩,强调水和绿的层次和结合;水脉传承和张扬将是景观主题的生动延伸。水是生命之源,河是历史脉络,水利景观演绎水的文脉传承,拓展河湖魅力,是十分精彩的特色之美。

饮用水从城乡分供向区域供水发展

随着城乡二元的逐渐解构,城乡发展一体化的步伐在不断加快,这样,城乡居民饮用水一体化也迈开了新的步伐,优化城乡居民饮用水质量是水利重大的民生课题。

不断拓展饮用水的区域供水。农村居民饮用水从不安全走向安全,从小井、小网走向与城市同质、同网、同价的区域化供水。全市620万农民的安全饮用水,经过两轮的攻坚克难,在市、县政府的努力下,于2015年全部实现区域供水,这是时代的民生工程。

不断优化饮用水源的水质。盐城处淮河尾闾,加之是泥土污积平原,土壤的渗透性极强,水质差和水质的共生性并存。因此,优化饮用水水源的水质显得尤其重要。一是拓展湖荡净水。盐城开挖了盐龙湖,以生态自然的措施净化水质,使饮用水源的水质提高一个等级。各县也都因地制宜的拓展河、湖、荡净水,以促进饮用水源的水质提升。二是建设清水走廊。逐步将饮用水河道采取截污导流和流域综合整治等措施,建成清水河道,并强化河道的功能区管理。三是普遍建立城市第二水源,打通两个水源的连通,以应对突发灾情之急需。

不断提升饮用水的供水水平。借鉴国际供水做法和经验,改造和提升供水管网,以期实现饮、用水分供,向居民提供管道直饮水。

工程运管从经验管理向科学管理发展

工程设备和施工方式将不断升级换代。水利工程的设备将随着时代的进步而进步，就像"抽水机船"进入历史一样，设备亦将不断更新换代。水利工程的施工方式也在不断地变换和更新，人海战术的挑河治水让位于机械化施工。随着时代的进步和技术的更新，水利工程的施工、设备和运营等必须更经济、更精细、更效率乃至更环保。

自动化和远程控制将使工管变得方便、高效。水利工程运营管理的主要任务是设备维护和安全运行。随着电子自动化程度的不断提高以及网络远程控制技术的广泛运用，许多"无人值守"的工程将应运而生，直接从事工程管理人员的数量将逐渐下降，水平则要提升，尤其是知识更新的频度将加快。因此，新型工管人员不仅要有专业技能，更要具有技能更新的理念和能力。

现代的管理方法将广泛应用。水利工程管理具有忙闲不均、专业繁杂的特点，因此特别需要引进先进的管理理念和管理方法。管理也将由标准化管理发展到以人为中心的柔性化管理为主，由以现场管理为主体过渡到事前论证、事后评价的全程管理，由事业单位管理模式升级为竞争理念指导下的责、权、利相匹配的新的管理模式。

水生态从局部治理向水生态文明发展

确立水生态文明的理念。水的共生性决定了水生态文明的广泛联系性，同时也决定了社会的广泛参与性。要从"教训"中确立新路经。"先污染再治理"导致的灾难和巨大成本，客观上"废除农民是农村河道维护主体"而导致治理的艰难和维护的不可持续，"城市河道填埋、河坡硬质化"带来的环境过硬和生态循环的变更，"填湖围荡、造田养殖"出现的生态退化和洪水调蓄能力的萎缩等，都从另一个方向给水生态文明的建设指明了方向。要从"经验"里提升新方法。既要研究国外水治理的经验，更要借鉴外国水污染的教训，既要研究水生态文明的主要内容，更要学习近年来一些城市水生态治理的好做法和先进经验，既要加快生态文明建设的步骤和进程，更要步步扎实地打好基础、做出特色。要从可持续发展上把握重点。水生态文明既是社会文明的一个重要组成部分,又是水生态可持续发展的保障。坚持保护自然的基本观念,力求水生态的有效平衡;坚持承载能力可控的前提下开发利用水资源;坚持人水和谐,永续发展。

把握水生态文明的关键。一是水资源的可持续利用。打通并保证"江水东引"和"江水北送"的三条通道,构建跨区域调水的空间格局;着力疏浚河道,新辟和拓展湖、荡及平原水库,增加水资源的调蓄功能。二是水生态系统完整。着力形成农村河道轮浚机制和保养维护制度,呵护沿海湿地;加大城市河道的治理力度;从制度层面控制水体污染。切实保证湖、荡、湿地不萎缩,水生态多样性。三是水环境自然优美。因地制宜做好城市水生态公园,提高公园的品质和怡人性。

人力资源从专业人才管理向能本管理发展

水利的改革与发展必须基于人力资源的开发和利用,换个角度思考,人才将决定水利发展。

更新管理观念。要逐渐改变人力资源"控制管理"和"静态管理"的传统做法,探索事业单位管理模式下的人才动态管理办法;要逐渐改变"重引轻培"的习惯模式,探索人才更新和继续教育的良好机制;要逐渐改变"增事必进人"的落后思路,确立"借力"的理念,探索"买事不买人"、构建"智库"、聘请"远程专家"等借用人才的好做法。

推进管理升级。要注重现代科学管理方法的运用,做好"事本管理"向"人本管理"的过渡,再向"能本管理"的升华。要坚持做好以"事"为中心的制度管理和目标管理,通过组织化、程序化的管理,使管理变得更有价值,更有效率。坚持做好以"人"为中心的激励管理,充分调动和发挥人的主观能动性,以达到人的"能力"的最优化使用。坚持在"以人为本"的基础上,逐渐形成一种以人的知识、智能、技能和实践创新能力为核心内容的能本管理新思想,以实现人与事的能级匹配。不断探索适合水利系统的现代人力资源管理模式。

优化人才导向。适应行业和时代的需要,着力形成培养人才"新能力"的机制导向。一是学习能力。考察人才,不光看会干什么,更为重要的是看学习能力的强弱。知识更新能力和继续学习能力已成为新型人才的必备技能。可以探讨目前情况下管理工种的分类与分级,建立技术技能与报酬挂钩的机制,鼓励复合型人才的拓展。二是合作能力。现代社会的特征是人际关系的高度社会化。因此,新型人才的合作理念和掌握合作方法是不可或缺的。三是创新能力。创新是转型时期推动发展的关键动力。所以,新型人才必须具有创新思维和创新能力。

总体而言,基层水利是水利系统的一个点,在很多方面的创新和改革是可以有所作为的,然而,它毕竟只是一个点,诸多的改革举措还赖于顶层设计。水利是个古老的行业,时代在飞速前行,而我们也不能停留在原地,要积极探索水利的新发展。因此顶层设计的重点是思路。那么,水利这个行业应是什么样的改革思路?本着"匹夫有责"的精神,冒"僭越"之错,以一孔之见,期抛砖引玉。

水利变革之管见
——是谁动了水利的"奶酪"?[*]

社会运行产生了政府,虽时移世迁,但政府的税制、狱讼和水利等主要功能一直未有变更。由此可见水利之于政府和社会的重要性。

时代进入一个新的千年,社会则步上了变革、全球化和"谷歌"的全新世代,中国也在转变经济增长方式、完善社会治理结构和全面深化改革的市场经济之路上不断前行,在此大势下,"变是唯一不变"成为常态,水利也不再是单一的水利工程,而变成了社会水利、资源水利和环境水利,和其他部门与行业一样,悄然走上了一条变革和创新之路。

面对水资源短缺、水生态损害、水环境污染新老问题相互交织的窘境和思维已成定势、路经产生依赖、方法渐被固化的工作现状,水利必须推

---

[*] 此文系作者写作于从事水利基层工作期间,完成于2016年12月。

进理念转换、重点更新和动力重置。这当然是痛苦的抉择,但肯定是别无选择的,好在习近平总书记2014年3月深刻提出了"节水优先,系统治理、空间均衡、两手发力"的治水新思路,为水利的变革和创新指明了方向。两年多过去了,水利行业全面学习和深入贯彻新时期治水新思路,面貌有了很大的改变,然而客观的评价,这种变化不是颠覆性的,换句话说,水利朝着新时期治水新思路的方向努力,可能才刚刚起步。

尽管一直与政府同行,尽管有着不凡的过往,但面对着市场经济为主体的变革社会和政府职能转换的推进进程,水利和政府所有部门一样,得在创新和转换中强化"阵地"意识。

这就引出了一个新的课题,在主动与被动的转换中,水利的"阵地"怎样了？研究和反思这个问题,既有利于水利作为部门在党和政府全局工作中的定位,为水利的创新和不断深化改革提供路径选择,更为全面深入地贯彻新时期治水思路、开创治水兴水新局面所必需。

你不能改变社会和趋势,就应该改变自己。

从"阵地"视角解析水问题

"节水优先"该怎样策划展开？

习近平总书记高屋建瓴地提出新时期治水新思路,是全国治水兴水的总遵循。这个新思路既是对既往经验的总结和提炼,更是对治水中问题、短板和缺陷的反思,更为重要的,还是在社会主义市场经济和全面深化改革的背景上,为用水、治水、兴水指明了方向,具有极其重要的现实意义和战略性,从另一个角度看问题,新时期治水新思路的实施亦是水利行业转轨变型和不断发展蝶变的重大机遇。

其实,治水的现状更深刻地证明了新时期治水思路践行的极端重要性。就节水来说,第一,资源倒逼而引出的节水题目,从当下的工作现状看,既不是节水的优先,更没有形成全社会的氛围,节水成为社会风尚尚待时日,不客气地说,节水工作依然是部门"自恋"式的活动。从顶层设计来看,节水工作牵头在水利部,节水城市创建在住建部,同向不同轨,"系统性"欠缺,没有显现合力节水的效应。某省在节水城市创建中,对水利部门的载体创建成果一律不予认可,全部重启,"游戏化"工作。第二,节水的市场化推进任重道远。长期"行政式"节水,使节水市场化既缺乏基础,也缺乏形式。在水的资源市场性未显现之前,市场化节水其实就是句空话。第三,水利长期的部门设置和条线运作,当然推进了水利和节水的不断发展,节水这项社会化活动,也逐渐形成了"部门化"模块。第四,水利一直是依赖政府投资而实施工程水利的,"重建轻管"已成必然,节水则被"边缘化",客观地说,节水更多停留在文件中,在市场经济为主体的经济环境中,明显是"跛足运行"。

节水的当下现状,应该说是部门行政主导下的必然,换句话说,顶层设计和市场化拓展应是下一步推行节水的两个关节点。

首先当然是顶层设计。要全面地理解"节水优先",什么是优先,至少有三层含义。一是从顺序上说,应该是第一的,就是说,节水应放在所有治水、兴水的首位。注意,不是第二,不是从属的,它应该是第一考量。二是引领的分量,节水优先应该是治水、兴水的"牛鼻子",它应该统领治水其他工作,并贯穿治水兴水的全过程,应该说,节水做不实,就无从谈治水,更不能说是兴水了。三是节水优先是绿色发展理念在水利的具体实施,绿色发展和可持续发展理念应该体现在治水的实践和兴水的成果上。就是说,节水优先的贯彻执行是全面性的安排、总领性的位置。

要形成节水优先的国家理念。如前所述,节水优先应是全局定位,既是可持续发展和绿色发展的需要,也是形成社会文明风尚的重要组成部分,更是惠及子孙后代的关键举措。建议整合"全国节水城市"的创建认定活动。事实一再表明,由政府牵头、举全社会之力,集中力量解决突出问题,逐渐形成规范机制的诸如"全国文明城市"和"全国生态城市"等各类创建活动,成效非常显著。节水是全社会活动,十分符合全国创建的基本特征,更需要全民参与综合推进。应开展"全国节水城市"的创建活动,纠正"城市创节水,农村不参与"的割裂做法,使节水创建活动回归全社会,符合水的自然特征,构建全社会节水认证体系,以促使节水优先走上国家层面、全民参与的正确轨道。

其次便是节水的市场化推进。节水动力回归市场之时,就是节水不断兴起之日。水利部门主导的节水合同化管理的尝试,应该是推进节水市场化的有益探索,但这种在"节水末端"实施市场化的节水措施,效果应该有限。推进节水的市场化,关节点还在于推进水资源的市场化,说白了,就是要设法使水值钱,使节水有利可图。长期以来,我们对水的公共性把握很到位,但对水的资源性研究不够。没有形成严格有效的水的管理制度,水的价值就难以体现;没有水权的公开市场,水的效益就不能呈现。所以说,节水优先重在转变观念,推进水的市场化,在市场的环境中构建节水服务市场。

当然,从一定意义上说,节水的顶层设计和市场化推进不仅仅是水利部门能主导的事,然而从行业主管部门的角度给出策划和建议,亦是一个部门不容回避的职责。

市场会侵蚀水利的"领地"?

现行的水利工作模式是在计划经济管理体制下构建的,同时是赖于建设公共水利大目标而运行的,应该说在市场经济为主体的中国特色社会主义运行体制下,有了适应性的调整,但并未从根本上调适。这种现状必然导致"两手发力"的"空转"和水利行业的"封闭",从另一角度看,水利并未实现"动力革新"和"动力重置"。客观地讲,水利可能并未意识到动力危机,而这种危机更多的是水利缺乏市场的危机。

分析水利的市场性,当然主要看水资源建设和管理的市场性。

由于水资源具有公共和市场的双重特性,加之中国疆域面积之大,水资源的分布不均等,应该说水资源的市场化是个极其复杂的难题。但是如前所述,如果没有水的市场性,总在"水价"上定位"指导",就不可能有水资源的市场性。那么水的市场价值便难以显现,水的资源性特征在市场配置资源中就不可能发挥"动力"作用。

水利工程建设投资长期依赖政府投资,在现行项目审批、管理的环节中,应该说对市场是排斥的。一个投资单一的领域当然缺乏市场性。加之水利条线的决策者因为"不差钱",对社会投资、融资等当然也不感兴趣。大多水利的社会投融资大体还在"做做样子"的层面,当然无"动力"可言。

水利的管理应该说更缺市场性。仍然沿用"建工程——建管理单位——招事业人员"的运行模式,项目实施首要考虑的是招人、养人。例如在自动化发展到"35千瓦变电所"可以无人值守的今天,水利的闸站运行基本还是人工管理,即使有自动化控制系统也是"摆设",因为担心自动化上去了,"庙"就该撤了。水利工程投资有一整套的审批模块,顺理成章,路径依赖。电子信息化管理这样的投入经费,哪怕数目很小,也很难落到基层,所以形成了水利系统电子信息化程序不一、制式不同、接口各异、分散投资、互不系统的状况,"重建轻管"根深蒂固。

要推进水利市场化,当然首先要解决水利需不需要市场的问题。有人说,水利是公共产品为主,不需要市场化。还有人说,水利有行政动力就够了,要市场干什么。分析这个问题,得从"取向"和"实证"上入手。中国实行以市场起决定作用的经济体制,就是要充分发挥市场配置资源的决定性作用,就是要发挥"市场"这个动力推进经济社会发展。水利是产业,当然必须坚持市场"取向"的改革,再者,长期依赖单一"行政"的动力水利,究竟还能走多远? 在基层,建了上亿个中、小水利工程,结果陷入"无主体管理"的窘境,使"最后一公里"走不到位,与其在"教训"上磨合,不如在市场上改革。

以水利工程为例,市场化必将推进水利工程投资的多元化,投资的多元化也必将带动管理的市场效益化。从水利行业发展的角度分析,水利的市场化不仅仅是引进投资的效应。水利工程多为公共项目,公共项目也可以吸引社会投资,例如目前的PPP模式,便是放大行政优势、利用民资管理所长的好方式。其次水利工程也有许多赢利性项目,例如水库、电站、船闸等,要做的是必须让项目赢利显性化,以吸引社会投资,而不是掩盖赢利,排斥社会资本。再次,水利的融资应不断拓展。水利本身的超前性和周全性,决定了水利投资是海量资金,强化融资可放大投资效应,缩短投资时间,以促进水利发展,促进水利融入市场和社会。

在市场对资源配置起决定作用的环境中,水利融入市场,在市场中发展和壮大是必由之路。

水建工程严管"后效应"的冷思考

水利建设工程队伍是中国水利建设较早、也是较庞大的队伍之一,长期以来,一直坚持"献身、负责、求实"的水利精神,为水利发展作出了特殊的贡献。然而,如果把水利建设放在全社会的行业层面上去观察,其地位和实力与庞大的水利工程投资相比是极不相称的,在社会全行业竞争中,水利建设缺乏竞争力。以资本市场为例,在沪、深两个市场上,除"安徽水利"外,再也找不出主营水利建设的上市公司。水利部控股的两个上市公司,一个主营水务、一个主营发电。水利建设在资本市场的"塌陷"现象,难道不应引起我们的反思? 江苏是水利建设的大省,也是水利建设队伍的大省,目前拥有水利水电建设总承包一级资质的企业数目是"6+2",而"6"的纪录保持几十年不变,是全省水利建设的主要力量。这6个一级资质企业平均年龄60岁,几乎承建了江苏全省所有大中型水利工程,荣获若干个"大禹"奖,有的还"工程报国"走出国门。而经粗略统计,6个企业的净资产总和仅8亿元上下。全省水利建设行业的建筑骨干和主体,干了60多年,就这么一点资产,难道这还不能引起我们的思考?

水利工程企业为何干得热火朝天,而"只长骨头不长肉",反复研讨,大概主要有两个因素。

一是水利工程的"鸡肋"效应。水利工程管理是中华人民共和国成立以来最早构建的行业管理模式,一直坚持"艰苦创业、献身求实"的指导思想,工程预概算和决算、管理,始终把握"微利"的基本尺度,且一脉相承。按照长期从事水利工程的企业说法是:"吃不肥又饿不死。"按规定,建设工程定额的利润理论设定为7%上下,但水利行业与市政、交通等决算相比较,实际利润的差距是比较大的。当然不同的行业和工况是很难进行同口径比较的,然而,从水平的比较分析,以及企业的实际感受上,利润差距是明显的,一般说来,有以下几个因素:

第一，水利建筑定额的实际水平较低。按常理，水利建筑定额与其他行业相比，会有行业特点的区别，就其定额水平而言应该是相当的。但在理论和实际操作的把握上，差距甚大。从相关可比因子项分析，在所有行业定额的执行上，水利的实际水平是最低的。例如人工工资，其他行业多为半年一调，而水利三五年不调是惯例。同期同口径比较，水利人工工日定额为44元，市政则为82元，水平高出了一倍，而实际的市场价格比市政定价还要高（数据以2016年物价为标准）。再比如，在概算审批时，水利的房屋定额一般按面积计价，而其他行业都是按工程量清单分项计价，水利计价粗而不足。第二，水利工程材料计价偏低。编制概算时，材料是按照发布的造价信息编制的，而在审批时，一般不会按照造价信息，而是比照市场价格降低定价；再者，有的水利工程从概算到审批执行多达四五年，致使决算认定价格与市场价格相比已物是"价"非。一般说来，材料价格会占到工程总价的70%上下，就是说，材料价格的差异最易导致工程价格水平的偏差。第三，水利工程的措施费和附加项目管理严苛。按同时段同类机械费比较，水利每立方米混凝土为60元，而交通则为120元~130元。同运距机械土方相比，水利每立方米9元，而市政则为每立方米18元。大家知道，土方可是水利工程的主项。第四，水利工程管理严而苛刻。严格管理是水利行业的特点，当然也是水利引以为傲的。然而，水利工程从概算审批，到工程现场管理，到决算，工程合同多为"闭口合同"，"签证"繁且难，大多没有签证。

严管的体系运行结果，使水利工程项目长期薄利成为常态。

二是水利建设行业的"封闭"特征。既然水利工程的价格水平偏低，那为什么还竞争较强，还会有企业做呢？这又有两个因素。第一是水利工程的行业壁垒扎得较紧。通俗地讲，水利工程的资质审批是最难的。例如，江苏省的水利工程一级总承包企业，60多年来，仅增加了2个，形成了长期的"6+2"格局。行业壁垒的收紧，行业内的工程企业则有了较为淡定的中标预期，同时，招投标的竞争激烈程度当然会大为下降。尽管水利工程利润相比是低的，但是还有利润，还能养活企业和工人，因此，大家也乐此不疲。第二是水利行业的资金付款是稳定的和可预期的。在建筑市场付款普遍成为"问题"时,水利不欠款便是优势。因为水利工程资金大多为省以上项目资金,这些资金除了手续繁杂以外,是稳定的,这为工程付款奠定了基础。水利工程的另一块资金是地方自筹。随着地方财政实力的增强,这块资金的到位率也在逐年提高。所以说,这也是水利工程有吸引力的重要因素。

我们再来看两个工程实例吧。一个是同期同地在一个人工湖上建设两个有10个流量的进出水泵站,提水泵站是水利实施的,而出水泵站是按市政定额执行的。水利项目决算资金1 600万元,而市政则是3 600万元,相差了一倍多。提水和出水泵站相比主要是泵水扬程相差1米和配套用房面积不一样的区别,但从总体分析,两个工程的功能和规模是完全相同的。另一个例子是在一条河上,同时段建设的两个"一等单级套闸"项目,两闸的投资主体分别是水利部门和交通部门,水利的概算是1.37亿元,而交通的概算则为1.88亿元。水利的决算为1.02亿元,其中主体0.83亿元;交通的决算为1.5亿元。两闸的主体规模及设计几乎一模一样,而投资额偏离度相差太大。

同类同期可比性较强的水利工程与其他行业工程的价格差额,一般不应该认为是工程的价格差比,而应该看作"利润额"的差比。

由于水利工程建设的利润额相比较低,水利建设企业长期"紧运行",那么,水利工程建设企业在资本市场上的全市场"塌陷"则势在必然。

我们该向长期坚持艰苦奋斗的水利工程企业职工深表敬意,而水利工程企业在资本市场的"塌陷"和全社会竞争力弱化的现实则是残酷的,在市场经济为主体的环境中,孰轻孰重?是否该重新定位?是不是该从顶层设计、指导思想,从执行层面,抛弃患得患失的思维定式,融入市场,让水利工程建设企业在"市场"中不断长大,不断变强,以体现水利在经济板块中应有的份额和实力?

专业抗洪抢险队伍是弱化和缺位并存

2016年入汛以来,受超强厄尔尼诺现象的影响,各地频繁发生洪灾,洪灾具有入汛早、场次多、分布广、灾情重的特点。在特大洪汛灾害的抢险中，解放军、武警部队成为抢险的绝对主力。那么，水利人呢？

据电视报道，某省一处圩堤决口，两个多小时后，央视记者在现场报道时，溃口的现场上既没有水利抢险人员，更没有抢险的痕迹。大家试想，记者能赶到，专业抢险队伍倒赶不到？

7月10日，湖南华容新华垸堤坎溃口，临时征用17辆卡车堵口，才使堤坎合龙。专业储存防汛抢险物资的水利，难道没有思考的余地？

7月23日，邢台发生洪灾，据报道死亡25人，失踪13人。面对鲜活离去的生命，仅用"意外"感叹恐怕不够，难道从事专职防汛的水利工作人员，不该反思？

所有这些，直接指向一个沉重的事实：水利的专业抗洪抢险队伍薄弱且"缺位"。

以一个800万人口的农业大市为例，在20世纪70年代，就曾经拥有9个计500多人专业抗洪抢险的抗排队。但随着时代的发展和抗洪抢险的转型，这支队伍基本丧失了抢险职能，乃至成为行业的包袱。从实际情况分析，基层水利的专业抢险职能并没有随着现实的转换而转型，事实上，水利的专业抢险职能有的弱化，有的基本丧失。这里引出了两个问题，第一，基层是不是不需要专业抢险队伍？第二，养这些专业抢险队伍值吗？

先来看第一个问题，基层有没有专业防洪抢险的必要。其一，这么多年来，尤其是中央2011年1号文件发布以来，水利进入了一个高投入的时代，基层水利防洪防汛的工程性措施得到了强化，但是应该看到，一些大江大河和重要流域的防洪措施得到了升级提高，而面广量大的农村和边远地区的防洪防汛设施还是相当薄弱的。水利部规划司司长汪安南在总结2016年防洪的薄弱环节时亦强调：小河流存在薄弱环节，小型水库病险隐患较重，农村的基层防汛预报和预警体系不完善。以上分析结论就是，农村面广量大的小河流、小设施的防洪出险频度将增加，而这些险情的抢险依靠部队是不现实的，依靠现行农村体制中的农民也是靠不住的。因此，区域内的专业抢险队伍必须重建。其二，由于大量工程措施和非工程措施的采取，现行的防洪抢险已经发生了巨大的变化，"人海作战"模式退位，取而代之的应该是机械化的专业抢险队伍，加之"城市看海"几成常态，"水体黑臭"沦为顽疾，对付这些复杂的防洪抢险，专业队伍的构建势在必行。其三，目前的防洪抢险队伍是按行政区划构建的，这就决定了它的系统性和互补性缺失。就防汛抢险电子的信息化"软件"来说，各地建各地的，各级建各级的，互不相干、互不兼容。这缺乏互通的不系统的信息化，怎么可能支撑起系统的防洪抢险呢？这些与其说是技术问题，不如说是人为的"短板"。

综上所述，在一个 800 万人口的农业大市，至少应构建一支 100 人以上的具有信息化、机械化的专业抢险队伍。

再来看第二个问题，养这些专业人员值吗？首先应该清楚，安全危机，从来都是养兵千日，用兵一时。在 20 世纪六七十年代那样的穷财政，能养 500 人，目前的财政难道养不起百十人的队伍吗？而这些养人经费往往可能是一次洪灾损失的零头。

无论是教训推演，还是现实观察，都必须构建和强化基层专业防洪的抢险队伍。

以上这些问题的存在，从表象分析，都存在"阵地"短缺问题，其实，从来没有一成不变的阵地，也不可能有一劳永逸的地位。而问题的实质，其实都涉及体制、机制等深层次的原因。要解决这些问题，当然不能靠"就事论事"的传统方法，必须使水利人的观念来个颠覆性的转变，唯有如此，才可能使水利在社会中发挥更大作用，而在发挥作用中奠定水利在社会的地位。

以全新理念拓展兴水之路

本人以为，"有为方可有位"。水利的"阵地"，只有在全局和市场的有为与竞争中，才能不断增加内涵和扩大外延，而其中观念颠覆性转变应为首选。要达此目的关键在以下两点，这无关乎水利业务，但确实至关重要。

要确立科学的定位

习近平总书记提出的新时期治水新思路，说实话，对水利人而言，真是太重要了。水利人不缺业务，但可能在"方法论"的思路拓展上不占优势；水利人不缺勤奋，但可能在市场手段的运用上并不占先；水利人不缺水平，但可能在调动综合资源为目标服务上缺少举措。新时期治水新思路为我们指明了方向，更为重要的是，在"方法论"上给水利人拓展了新的空间和路径。

第一，确立战略意识，认清水资源和节水的新定位。

首先要看清"无可替代"的现实，认清节水的特殊地位。"石油可以进口，但水没有了，到哪儿去进口？既无法全面进口，也找不到替代品。"这平实而又深刻的话语，揭示了水资源和节水的特殊性。我们既不能就水看水，将其看成一个一般的物品；更不能就节水抓节水，而要站在战略高度上规划和推进节水。促进水资源的可持续发展，不能让节水在"部门打转"，使节水活动游戏化，不能让节水在行政的怀抱里"强化"，而要让节水走进市场。

其次要把握"水主沉浮"的时代，认清节水事关长远。针对现实严峻的水资源形势，世界上许多专家不断发出警报，也有更多有识之士惊呼，世界将从"油主沉浮"过渡到"水主沉浮"的时代。在中国，更要看到这样一个现实，"我们成功告别短缺经济，但相伴而来的却是水越来越缺"。就是说如果节水不从转变生产、生活方式着手，很可能不能奏效，或是节水形同虚设，那么我们的社会便不可持续。古人云：人无远虑，必有近忧。不立足长远思考节水的安排，便很可能是"头疼医头，脚疼医脚"。再者，水资源涉及方方面面，千家万户，其时空分布各异，特点不一，更需要用系统的方法研判水资源，特别注重节水的社会性，而不是在行业的轨道上越走越窄。

再次要分析"社会习性"的积淀，认清节水是社会文明的标志。加拿大是水资源非常丰富的国家，然而节水依然是国策，且节水的推广很有成效。就是说，节水习惯的形成是社会文明的重要内容和标志。况且，节水习性的养成还可推进社会生产方式和生活方式的转变,使社会形成良好风尚。

如果我们站在高位,便会有"一览众山小"之境界,就一定会将水资源和节水放在全局角度去谋划,跳出部门,走向社会,迎接节水的"柳暗花明"。

第二,确立系统论的方法,认清治水、兴水的新路经。

中华人民共和国成立以来一轮又一轮的治水之策,推进全国的水利快速发展。面对水的新形势和新需求,我们该用"鸡蛋里面挑骨头"的精神,检索水利工作的不足:一是行政区划的路径依赖,削弱了水资源的体系性特征,使得一些上下游、左右岸、地上地下、城市乡村屡屡出现相互影响、相互掣肘的现象。二是行业条线的方法积淀,割裂了水资源的社会性本性,使部门水利成为定式,节水普及多方受限,某种程度上亦遮掩了水利人的"眼光"。三是用水治水的思维定式,缺乏用养结合的理念。"把水当着取之不尽、用之不竭、无限供给的资源,把水看作服从于增长的无价资源,长期以来对经济规律、自然规律、生态规律认识不够,把握失当。"四是重建轻管的约定俗成,缺乏对水资源的深入研究,使水利工作长期"跛足"运行。

综上所言,对水利实施系统性调整、均衡性考量至关重要,这是治水、兴水的效率、效益之路,也是必由之路。

如果我们把水利放进全社会的坐标中,便会有全新的视角研判水利。

从竖向分析,至少要确定这样三个理念。一是用养结合的理念,把眼光放在"养"上。要看到水资源、水生态和水环境的承载力是有限的,要看到水既是资源要素,更是生态要素。治水、用水的过程实际上是资源和生态消耗"积累"的过程,要设法不断减轻这种"积累"的负面效应,使水资源在可持续发展的轨道上运行。二是确立"量水发展"的理念,把重点放在"量"上。坚持以水定需,量水而行,因水制宜,既是资源环境发展到一定阶段对水的必然要求,又是绿色发展的题中之义,做到"有多少汤、泡多少馍"。三是与时俱进的理念。把思维定在"变"上。水利工作的若干积累是我们的财富，但又可能变成我们的负担。水利行业尤其要倡导创新精神，站在系统的语境里分析水、研究水，以推进水的市场化、科学化。

从横向观察，要践行这样三个思想。一是"生命共同体"的思想。水是山、水、田、林、湖生态系统体系中的一个重要环节，"生态是统一的自然系统，是各种自然要素相互依存而实行循环的自然链条"。千万不能"就水治水"，而要将水回归其自然体系中，并在呵护生态系统中确立用水、治用的新路径，做好山、水、田、林、湖的自然文章。二是系统性的思想。目前的行政性安排，将水利变成了一个行业，并使水在行政区划内独立，这无疑破坏了水的系统性。有这样一个例子，一个市在防洪防汛的过程中，一开始坚持"村自为战、严防死守"，结果圩区多，范围小，圩堤弱，动力低，安全风险高，后实行统一规划，实施"小圩联大圩，升级达标"，全面打破村、镇界限，全市圩区数减少80%，万亩以上的圩区达到100多个，排涝模数全面提高，使全市的农村防洪从20年一遇提升到50年一遇，防洪安全水平显著提高。方法变了效果也会跟着变。三是社会水利的思想。水利有史以来都是秉持问题导向而展开的，随着水资源短缺、水生态损害和水环境污染等一些新问题的出现，呈现出问题新老交织的状况，社会水利的特性显著上升，一方面问题呈现在各个层面、各个领域和不同区域，另一方面又表现在治理的社会性上，就是说，需要社会的参与和努力才可奏效。这就需要水利人植入社会水利的思想，充分发挥和调动各种积极因素，以推进水利的不断进步。

运用系统方法推进水利，既是解决当下问题的有效方法，也是提升水利效率和效益的不二途径。

第三，确立"两手发力"的路径，重置水利发展的新动力。

由于水利公共职能居多，加之我们的治理体系脱胎于计划经济，所以长期以来，政府投资治水几乎是唯一途径。随着社会主义市场经济体制的确立，应该充分发挥市场配置资源的决定性作用。客观现实也一再表明，光靠行政的单动力推进水利，既有动力乏力的问题，更有投资的效率、效益低下和社会性缺乏的毛病，如前所述的市场性缺乏而导致的水利工程建设队伍的竞争性弱化,以及水利对社会投资的"冷漠"等,问题盖出于此。因此,推进水利的市场化改进,势在必行,刻不容缓。

当然,强化水利的市场性,其重点应分清政府和市场职能界限,以各司其职。而对当下水利而言,强化市场性更为重要。本人以为,应注重三个方向。

一是重置水利动力。投入无疑是推动水利发展的主要动力,在不断优化政府投入的前提下,应充分发展市场对水利的推动作用,应鼓励各类资金进入水利投资领域。如前所述,市场资金介入水利,既是对水利发展的动力重置,更是推进水利投资不断优化的积极因素,又是社会水利的必由之路。二是植入市场"基因"。市场机制对水利发力,当然不仅仅是投资,更为重要的是水利应融入市场,在市场机制中推进水利,而不是排斥、漠视市场。无数事实证明,市场化改革,早改早主动,被动改革只能是处处"被动"。三是构建市场机制。关于水的资源属性及市场表达,是水资源市场化的重中之重。要学会用市场的办法推进水的改革创新,设法让水的价格杠杆作用得以发挥,充分发挥水资源市场的主体功能。

要确立市场的理念

在市场经济为主体的经济发展模式下,水利应融入市场是定律。如前所说,水利的问题,大概都通向市场性缺失这一主要毛病。因此,确立市场的理念,是治水、兴水的一项革命。没有这场革命,水利的一切创新改革几乎都可能是纸上谈兵。事实上,这场革命是困难的,于水利人而言,甚至是痛苦的,但应该看到别无他途。

首先要有自我革命的精神。市场经济设置的原始出发点就是充分发挥人的趋利性,以推动社会经济发展。我们要相信市场,并且要相信市场的活力,水利一旦进入大市场,会产生蓬勃的活力和生机。在这当中,作为水利人要有革命的精神。要舍得放弃一些经验,舍得丢掉一些观念,舍得让渡一些权力。例如,不放开水利建设市场,水利工程的低效益状况便不会改观,水利工程建设队伍做大就是一句空话,这已经为60年的"经验"所证明。要向市场放权,更多地利用经济手段解决经济结构扭曲问题。要在市场上更好地生存和发展,就必须抛弃大量的旧观念和旧规则,这对于创设这些规则和经验的人来说,是痛苦的,但没有置之死地而后生的决绝,是不可能到达市场彼岸的。

其次要掌握市场的规则和手段。对于计划经济体系培养出来的我们而言,不熟悉乃至不习惯于市场体系,是可以理解的。但是我们不能再自欺欺人,相对于高铁、交通,乃至市政、环保,我们的市场含量太低了,正是由于这种含量低,我们才在市场的环境中屡屡显露出平庸,才使我们的阵地和载体逐渐萎缩,才使我们在一轮轮的冲击中目标不能遂愿。行政和市场作为手段本无优劣,既然选择了市场配置资源的方式,我们就该熟悉和掌握它。不能凭想当然,更不能一知半解,要融会贯通,方可举一反三。目前主要是缺乏懂市场、掌握市场的干部,说个不客气的话,主要领导的这堂课更应该补上。

再次必须确立开放的姿态。长期的部门分隔使水利人不善于和外界打交道,其实封闭是市场体制的大敌。开放是市场竞争的必要条件,确立开放的心态是秉持市场理念的先导。如前所述,不放开水利管理市场,就谈不上水利管理的市场化,在行政"大手"的遮盖下,市场这只"无形的手"当然没有生存的空间。当然开放既有顶层设计的开放,也有基层拓展的开放,然而最重要的是每一个水利人都要保持开放的心态,唯有如此才能形成水利的开放,才可使水利在开放的竞争中不断进步、不断扬弃、不断提高。

最后,行政和市场的融合运用。水利的公共属性和市场性兼而有之,使得水利在运用行政和市场手段的取舍上变得格外复杂和困难。而现实生活中,我们往往不需要取舍,更多的是两种手段的融合运用,把握以下几点显得十分重要。一要坚持市场主体的导向,就是说,凡是市场能做的,应该交给市场做,诸如水利建设市场、水利投资融资和水利工程的管理等,都应该在市场竞争的环境中充分发挥市场的资源配置作用。水资源的产权应该进入市场,唯有如此,才可充分发挥市场对配置水资源的优化作用,要设法完成水资源行政定价向市场定价的转变,这很难,也是水资源体现其自身"价值"的公平做法。二要提高行政的水平。当然先决前提是要做行政该做的事,在此基础上扩展行政的作用。例如某个省编制水利现代化的方案时,其做法是"编制方案—评审方案—审批方案"。这是典型的行政推动业务化,必然使行政的推动力弱化。再比如,像"全国节水城市"创建活动就必须实现顶层设计,这是显现行政推动力的关键。还有行政要提升对市场的掌控力。要善于运用市场的方法调整市场问题,例如世界难题"公地悲剧"的化解,行政就该起主导作用,这种主导主要体现在制度设计上,而不是具体项目上的指手画脚。三是要设法让规划发挥作用。水是生态环境的基本要素,水资源又是公共资源不可或缺的一部分,所以在保护生态等方面,应走法制之路。目前的水利法规总体感觉是"软",不管用。一个"软"的法规体系如何能承受水环境污染和水生态破坏的监管之责。还有水资源管理的三条红线是党中央、国务院规定的,但就目前而言,还没有找到合适的表达形式,前有土地红线管理可借鉴,后有环境红线的高压态势,而水资源的"三条红线"呢?波澜不惊,不温不火。难道我们在行政和市场的辞典里都找不到答案?

　　水利能在行政推进中建功立业,也一定会在市场的竞争中有为有位,当然,水利人的观念更新肯定是第一位的。

后　记

本书的写作陆陆续续用了三年多时间，留下了一尺多厚的手稿，终于画上了句号，我亦长长吁了一口气，然而，刚刚产生的如释重负的感觉又渐渐地被诚惶诚恐所置换，本书在字里行间向读者传递的是：做事，一定要当自己的主角，靠赓续的创意，做踏实的努力。掩卷思索：难道具备这些就是全部？

我坐在上海浦江国际金融大厦55层顶楼的办公室里，掩卷思索，抬头远望，看着窗外奔涌不辍的黄浦江、浦东"三件套"及东方明珠构成的经典"上海标识"，我心中似有所悟，对啊，我做的和所能做成的每一件事，其实都是时代的馈赠。

改革开放改变了中国，当然也转变了人们的思维路径和行为模式。上海浦东的"经典"，其实是在述说着一个事实，没有改革开放，就不可能有今日之景象。

本书涵盖的时间从我任乡党委书记开始，直到离职退休，跨度近30年。这30年，是中国改革开放全面展开和深化的30年，同时也是互联网不断升级和普及的30年。我们这些中国计划经济体制下锻炼出来的最后一批基层干部，在直面改革开放和互联网浪潮的涤荡时，确实有过束手无策，甚至碰得头破血流，徘徊过、抱怨过，可从未躲避过，始终没有停下探索的脚步。透过这些过程和经历，我总感觉能找到苦苦寻索的答案。

行政区划的调整是一件大事，当然也是改革的内容之一。我主持新乡合利"重启"时，便侧重于对"冗重"的乡镇体制做"轻型"化探索，表面看是"命题作文",其实是不得已而为之。让人意想不到的是,起初我在乡镇的一些看起来"离经叛道"之举,尽管当时亦遭到一些非议和挑剔,但终究还是获得了百姓的认可和大家对实绩的"点赞"。

到阜宁县政府担任副县长时,紧张感还未褪去,便遇上了县属企业投资受阻和乡镇企业改制转型的关键阶段,面对投资失速,左冲右突地使招商引资成为工作的"重头戏"。投资来了,又发现县城的东南西北居然都"放"不下企业,更为无助的是,"成熟"的行政管理几乎无法让稀罕的外商企业"新芽"成长。唯有一途:自办开发区。既为企业"放"得下,更为政府管理经济"洞"开一扇新门。当时的一系列所作所为,其他不论,仅"开发区禁查"这一条,就有一百个理由给你按下"暂停"键,把你打到"原点",真乃细思极恐也。

我到响水任常务副县长,和大家一起做"大电厂梦",又撞上了国家审批体制调整和改革的"南墙",一连串的"格式化"后重启,让我们经历了审批体制改革从"粗暴"逐渐走向了"成熟"。这过程,看似跌跌撞撞、"被"动轮转,却始终没有改变"向上"的总基调。

面对愈演愈烈的区域经济竞争,加大基础设施建设是必由之路,财政的"捉襟见肘"让政府融资平台走上了前台,同时,又潜移默化地给"政府"植入了"市场"的因子。盐城国投那段不凡的日子为这样的探索写下了最好的注脚,回想当年,我们承受了来自不同方向的"生死之劫",却又能奇迹般地绝处逢生。

一次次的受阻,总能另辟蹊径;一次次的转型,总是蝶变重生;一次次的"被"动,又一次次地"从头再来",我们又总能看见柳暗花明的盛景。面对这近乎戏剧般的结果,曾暗自感叹自己的运气特佳,也曾沾沾自喜自身的努力。然而,当我把这一连串的过程放在一个宏大的背景上去思考、去揣摩时,便发现其实忽略了一个至关重要的因素——时代的推力,即改革开放的巨大推力。回头推演,假如没有改革开放,社会不会宽容,行政不会放手,舆论和领导同样也不会手下留情、网开一面。在那境况下,想做成那些看上去不是循规蹈矩的事,无异于痴人说梦。因此,风来浪起,既要顺浪而行,更要逐浪而跃,这便是我眼中"弄潮儿"的真谛。

要顺大势而为,不是被动接受、无所作为,而是有"被"有"立"。因为社会转型时代的每一次转变"节点"的出现,都可能是左右为难的抉择,是不知深浅的摸索,是史无前例的"被"与"立"。没有"被"我们就不可能跨过"定势"的藩篱,实现思维的迭代;不可能踏过"行政"的台阶,跃入市场的"蓝海";不可能突破"经验"的屏蔽,达到不断更新的"自然"。循着这"被"的轨迹和"立"的感悟,既可洞见"被"后风景、"立"后波澜,还可给未来留下生长的营养。转型时代做事,顺大势而为才是关键。

我感慨生逢不凡的时代,有了这个不凡,才使我做成了几件有点斤两的事。为这分不凡,也该鼓起勇气让"被"复盘。尽管这复盘并不轻松,担心以偏概全,害怕言过其实,更顾忌曲解和误导,一言以蔽之,有点诚惶诚恐。

这本时间跨度达30年的书,实际上是我一生从政生涯的沉淀和做事的积累及感悟,当然也包括从教训中获得的裨益。有人说,著书立说,务虚看水平,写实靠勇气。我深以为然,并悉知个中滋味。这是一本说事和写实的书,掩卷之际,仍有不足。尽管我前前后后始终坚持让事实说话,客观、准确,最好原汁原味地陈述工作经历。然而,30年的岁月终究会让事实"模糊"起来,就是主观无意,客观上亦难免差池。本人工作虽几易岗位,但终究还在基层工作,"地气"使我不断赋能,然而,"管中窥豹"的情况终难避免。生逢社会转型之大势,又承担事关全局的项目,虽一直追求创新、优化,但是,其结果未必尽如人意。"被"后思维路径的调整、方式方法的重构,在做事中不断积累,在探索中颇多的感悟,纯属"见仁见智",还望读者海涵。

与做事的"可遇而不可求"一样,我亦遇到了一批批志同道合的同仁。是他们鼓励我、支持我,和我一起激发头脑风暴、寻找灵感,当然也一起承担着欢乐和苦楚。是他们的努力和辛苦见证了"团队"的重要。高国专、袁连美、王强、徐义、邱军华、周曙光、刘中连、顾祝生、孙新建、王林军、戴同彬、朱国贤等,在我回想做事的过程中,一个个名字总是情不自禁地跳了出来。

本书的写作、整理、修改、校对等,是件十分繁重而又枯燥的事,"小伙伴"们给了我许多的帮助和鼓励,假如没有这些持续的"能量",这本书是什么样的结果还真不好说。王家根、孙立昕、李小虎、谢兆君、王卫国、陈法金、蒋凤霞、殷闻崧等,他们总是随时贡献自己的见解和观点。还有朱晓东、田大道、黄庆、姜家文、严平、荣义仿、梁喜辉、戴磊、顾芦森等,在文稿和照片等方面给予了无私的帮助。他们的辛勤劳动和汗水都在本书的页面上得以呈现。

新华社高级记者张正宪、中国人民大学教授顾海兵,饱含"乡情""兄弟"情谊的建议和指点,对本书来说不可或缺。

编辑部的老师们,是他们的敬业精神和专业水平使本书的"最后一公里"得以圆满,也让我从更深的层面上理解大道至简和不厌其烦的完美统一。

最后,我和所有的人一样,要感谢我的家人,尤其是我的爱人许爱兰。人们往往看到的只是她们作为干部家属的光鲜与体面,却很少能体味到她们多于常人的辛劳与付出,乃至担忧。

我诚挚地感谢他们,亦赋能前行。

在本书的构思和写作过程中,借鉴、引用和参考了诸多书刊的一些成果或观点,未能一一标注,在此一并表示谢忱;有些照片是相关机构提供的,亦未能一一具名,谨致谢意并致歉。

本书付梓之际,适逢党的百年华诞,这也是一个普通的基层干部献给中国共产党生日的薄礼。

作者
2021 年 4 月于上海

图书在版编目(CIP)数据

大时代逐浪：我的工作经历 / 陆道如著 .— 上海：上海社会科学院出版社，2021
 ISBN 978-7-5520-3572-8

Ⅰ.①大… Ⅱ.①陆… Ⅲ.①传记文学—中国—当代 Ⅳ.①I25

中国版本图书馆 CIP 数据核字(2021)第 153244 号

大时代逐浪
——我的工作经历

著　　者：陆道如
责任编辑：邱爱园
封面设计：裘幼华
出版发行：上海社会科学院出版社
　　　　　上海顺昌路 622 号　邮编 200025
　　　　　电话总机 021-63315947　销售热线 021-53063735
　　　　　http://www.sassp.cn　E-mail:sassp@sassp.cn
排　　版：南京展望文化发展有限公司
印　　刷：上海景条印刷有限公司
开　　本：710 毫米×1000 毫米　1/16
印　　张：18.75
插　　页：1
字　　数：257 千
版　　次：2021 年 9 月第 1 版　2021 年 9 月第 1 次印刷

ISBN 978-7-5520-3572-8/I·434　　　　定价：78.00 元

版权所有　翻印必究